U0894777

我生命的第一天

THE FIRST DAY OF MY LIFE

[意]保罗·杰诺维塞 著　　陈英　李燕超　余婷婷 译

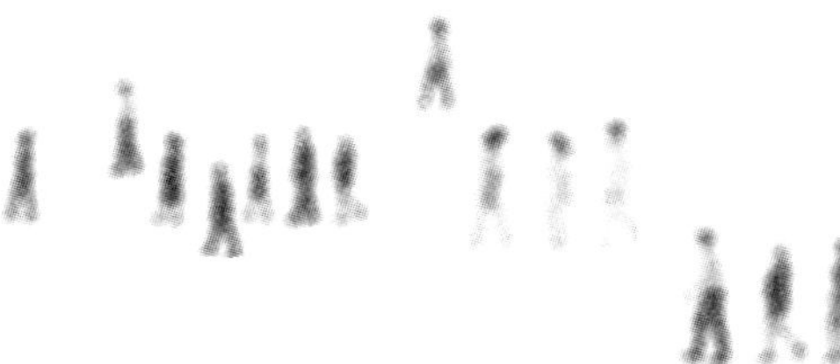

江苏凤凰文艺出版社
JIANGSU PHOENIX LITERATURE AND
ART PUBLISHING, LTD

图书在版编目（CIP）数据

我生命的第一天 /（意）保罗・杰诺维塞著；陈英，李燕超，余婷婷译.
—南京：江苏凤凰文艺出版社，2019.7

书名原文：Il Primo Giorno Della Mia Vita

ISBN 978-7-5594-3791-4

Ⅰ.①我… Ⅱ.①保… ②陈… ③李… ④余… Ⅲ.①长篇小说－意大利－现代 Ⅳ.①I546.45

中国版本图书馆CIP数据核字（2019）第104827号

江苏省版权局著作权合同登记：图字10-2019-156号

书　　名	我生命的第一天
著　　者	保罗・杰诺维塞
译　　者	陈　英　李燕超　余婷婷
特约编辑	申丹丹
责任校对	张婉宜
出版统筹	孙小野
版权支持	张晓阳
封面设计	金牍文化・车球
出版发行	江苏凤凰文艺出版社
出版社地址	南京市中央路165号，邮编：210009
出版社网址	http://www.jswenyi.com
印　　刷	三河市金元印装有限公司
开　　本	880毫米×1230毫米　1/32
印　　张	10
字　　数	220千字
版　　次	2019年7月第1版　2019年7月第1次印刷
标准书号	ISBN 978-7-5594-3791-4
定　　价	42.00元

目录

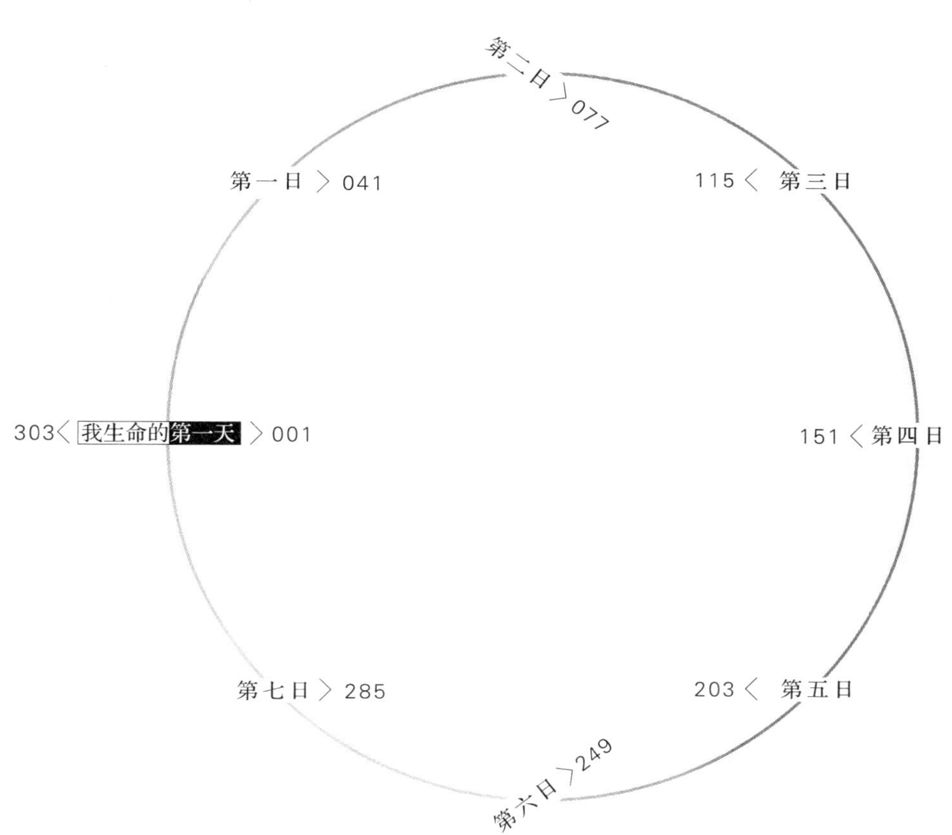

我生命的
第一天

“紧闭双眼，世界和你无关。”以前祖父总是这样跟他说，从家到上班地方的那段漫长路途中，祖父常常紧闭双眼。

祖父每天都要乘坐火车，往返于新泽西和纽瓦克，除了圣诞节。

“闭上双眼，你会感觉你还活着。”

拿破仑一直记着祖父说的这些话，在最近这段时间里，他闭眼的次数越来越多。

此刻，他听到两三声急促的敲门声，传递着门外人的焦急。

“拿破……时间快到啦。你准备好了吗？”是汤姆的声音。汤姆很年轻，才二十岁，是一个学经济的学生，为了支付房租兼职做助理。

“拿破，你还好吗？”男孩又问。

拿破？拿破仑心想，**为什么他老要叫我拿破？拿破仑是个大人物的名字，你叫这个名字时……**

又传来了指节敲击门板的声音。

“拿破，你没事吧？”

拿破仑深吸了一口气，慢慢抬起了眼皮：镜子里是他的面孔。他四十九岁了。那是一双看透一切，但已经疲于思索的眼睛。他脸上的胡子三天没刮了，头发也很长时间没理了，已经盖住了耳朵。他的照片一排排放在一起，记录着他的脸一年年细微的变化。那是一个缓慢衰老的过程，没有留下深深的皱纹，却展现出一项严重的缺失：他的笑容没有了。他的脸上再也看不到一丝笑意。镜子里映出的是一个听天由命的忧伤男人，他掩饰住内心的暗淡，只等着门打开后，释放自己积蓄的能量。

“拿破，你没事吧？”汤姆的声音里多了一丝警觉。

“我还活着。”拿破仑回答说，话里并没有讽刺的意味。

“你要准备好了，就可以开始了，大家都在等着呢。”说完，汤姆就走开了，他的脚步声和走廊里的嘈杂混在了一起。

拿破仑站了起来，他穿着一套灰色西装，下面是印着“生命之花”的 T 恤。他调整了上衣的领口，有些忐忑地整理了一下头发，戴上了眼镜，走出了化妆室。

走廊很狭长，似乎没有尽头。霓虹灯光颤动着，就像他的双腿。上台前的最后一小段路，他总是双腿发颤，但没人察觉到这一点。他从一群人中横穿而过，每个人都有话要对他说，每个人都觉得自己的话很关键，会决定今晚的节目能否顺利进行。拿破仑既没有停下来，也没有回应任何人。他唯一的想法就是，最后跟他说话的那三个人都已经与他共事了一段时间，他还是没有记住他们的名字。他努力回想，但脑子里却好像鼓起了一个气泡，他什么都想不起来。

他转过了最后一个拐角，那个将他与舞台分隔的拐角。

大厅里的喧闹声涌过来，淹没了他纷乱的思绪。

一个女人递给了他几张纸，对他说了些什么，他根本就没听进去；一位中年妇女用刷子刷了刷他的衣服，一个光头男人给他外套上安装麦克风。

现场的人声交织在一起，听不见大家在说什么。

拿破仑闭上了双眼。**我还活着**。

突然，高音喇叭的声音盖过了满大厅的嘁嘁喳喳，宣告着那晚人们会聚于此的目的，要求大家注意。

掌声雷动。

我还活着。拿破仑又一次在心中默念，他定定站着，双眼紧闭。

“嘿，拿破？”是汤姆在叫他。

拿破仑看向他。

“该上场了。”男孩真诚地微笑着。

他们的眼神交会在一起：汤姆的眼里全是期待和担心，他担心发生无法挽回的事，他期待着对方的确认，示意他“一切都已就绪”，而拿破仑的眼里则是一片空洞。

每一次登台前，拿破仑都会想到《死囚漫步》[1]，这部电影和这场节目没任何联系，在帷幕后面，没有死刑注射等着他，有的只是为他欢呼的观众。但无论如何，他脑海里还是不断浮现出西恩·潘[2]最后走向刑场的画面。

一阵掌声从大厅第一排向后方如浪潮般涌去。拿破仑的面部肌肉仿佛一瞬间被唤醒，他露出了一个浅浅的微笑，这足以让汤姆安心。

---

[1] 由蒂姆·罗宾斯执导，西恩·潘、苏珊·萨兰登等主演的剧情片。——译者注

[2] 西恩·潘，1960 年 8 月 17 日出生于美国加州，著名演员、编剧和导演。1996 年，在第 46 届柏林电影节中凭借监狱片《死囚漫步》获得人生第一个最佳男演员奖。——译者注

“我还活着。”拿破仑第二次对自己说，他发现自己竟然大声说出了这句话。

汤姆很喜悦：“你还活着，拿破……我们都知道，让他们也看看吧。”他拥抱了拿破仑，抱得很紧，就好像拥抱着自己走失的父亲。拿破仑有些腼腆地回应了他，用手臂环抱了他的肩膀。在他们的旁边有那个拿着刷子的女人，三个拿破仑记不得名字的人，还有其他拿破仑记不清身份的人。在这个时刻，他们只是一张张催促他上台的脸。

皇后乐队的《将你震撼》的第一个音符，彻底将他从麻木中唤醒，就像弗兰肯斯坦[1]的身体遭到电击一样。现在，他非常振奋，就像是回到了“励志演说家”拿破仑·麦克布莱德漫长职业生涯的巅峰时刻。拿破仑·麦克布莱德是一个能够开启你人生新旅程的人。今夜，大厅里绝大部分人就是为他而来。他深知这一点，他不能让他们失望。

拿破仑依次看着他的合作伙伴，深深吸了一口气，上台了。

舞台属于他。

明斯拉夫剧院里坐满了人：拿破仑看向正厅，又看了看两侧。剧院里的座椅是红色天鹅绒的，这些年，他已经看过好几百次了，可今晚整个剧院座无虚席。

一千五百九十七个位子，他不断思忖着。

一千五百九十七个座位都坐满了，这是从来没有过的事儿。这就像

[1] 英国作家玛丽·雪莱小说《科学怪人》中的人物。——译者注

坐飞机，总有人在最后一刻放弃登机。如果飞机坠毁，会发现总有乘客没有来，待在家里的人就逃过了一劫。然而今天晚上，或许那些没能进场的人会在劫难逃。来这里的人都渴望救赎，而拿破仑就是少数能给他们指一条生路的人之一。

观众都站在座位前，都跟着佛莱迪·摩克瑞[1]的音乐旋律摇摆，拍手，欢迎这位巨星登台。

拿破仑穿过舞台，从右边走到左边，充满激情地拍着手，不顾刺眼的灯光，直视着观众的眼睛。他身后是两幅巨大的海报，上面是他微笑的脸庞：五米乘五米，每张海报二十五平方米，上面写着他的格言："掌控你的人生"。

此刻的拿破仑和之前判若两人，之前的颓废模样，那个皱着眉头，看着镜子里的面孔的人已经完全消失了。拿破仑现在仿佛换了一个人，变成了那个战无不胜的法国将军，率领千军万马，救人于水火中。他是一个人生战略家，非常专业，所以人们心甘情愿花整整六百美元来购买正厅票，或者花四百五十美元购买两边的位子，只为了出现在这里。

音乐声逐渐减弱，改变观众人生的时刻到了。

"你们准备好了吗？"拿破仑用强有力的声音问。

观众齐声回答："准备好了！"声音激昂。

"我没有听到你们的声音。"

观众再一次大喊"准备好了！"，震得墙壁都开始摇晃。这让拿破

[1] 皇后乐队主唱。

仑想起了火车经过祖父家旁边时的场景：祖父住在铁路边，火车经过时，有一扇小玻璃窗总会叮当作响，每次似乎都要碎了，却一直没有碎。祖父母已经去世多年，他把小玻璃窗安在自己的公寓里，常常凝视着它，思念和感恩在心里交织，他希望有什么东西经过，可以让玻璃再颤动一次。但自从他住进纽约上东区一座高档住宅楼的二十三楼以后，再也没有什么东西能让他的生命颤动了。

“来吧，我们开始吧！”拿破仑朝着极度兴奋的观众喊道。他们叫喊着，继续拍着手。拿破仑前前后后地走动，在小小的舞台上，他利用所有可能来观察他们。这一千九百五十七个被魔鬼侵扰的灵魂，渴求着能从这里带走一份幸福，他们坚信这是一个好机会。

这就是个好机会。

“欢迎大家来到第二十一期《掌控你的人生》节目。”

观众一下子振奋起来了。拿破仑故意停顿了一下，然后用震撼人心的声音说：“今晚我将给你们重重一击！”

他又停顿了一下，观众的声音也慢慢减弱。拿破仑看着眼前观众的脸，一个一个地看着他们，他想让他们感到自己最特别，最独一无二。每个人都应该觉得自己是被选中者，因为每个人都需要救赎。拿破仑清楚这一点。

“是的，我将会给你们重重一击。我会碰到你们的痛处，调侃你们的恐惧，会让你们陷入困境。我这么做很失礼，你们知道为什么吗？”

又是一次停顿。

最后一句话回荡在大厅里。似乎所有人都张着嘴，等待他揭晓答案，刚才令人振奋的激情变成了催眠的安静。

拿破仑的目光缓缓地扫过观众，他在仔细观察他们，仿佛想要直抵他们的心灵深处。

拿破仑压低了声音，问：“你们知道为什么吗？”

在漫长的迟疑之后，拿破仑宣布了答案：“因为你们很强大，因为你们比自己想象的更强大。”

拿破仑从舞台侧边的台阶下来，到达剧院正厅，走在最中间的通道上，来到了观众之间。有人伸手，想要和他握手，就像看到摇滚明星那样。拿破仑常常想：“他们为什么要和我握手呢？”最后，他相信答案是：“因为我可以拯救他们。”

确实如此。他加重了语气：“从这里出去时，你们要想着：‘我能做到！’”

掌声雷动。

“我不会告诉你们，外面的世界一切都好。我会告诉你们，外面的世界令人厌恶，充满了问题，但我们可以解决这些问题，我们今天晚上一起在这里解决它们。因为我们要过好自己的人生。”

拿破仑转身看向舞台背景：在两幅海报之间有一个大荧幕，关了一些灯后，演讲的标题显得更加醒目：掌控你的人生。

拿破仑指着标题，张开他的双臂。

“因为你们要‘掌控——你们的——人生’！”他抑扬顿挫，慢慢喊出最后几个词，为了能让观众印象深刻，听进耳里，记在心上。

他跑回舞台上，转身面向观众，喊道：“你们想做到吗？”

肯定的回答震耳欲聋，仿佛一列火车向他袭来。

他微笑着重复道：“你们想做到吗？”观众齐声回答，声音仿佛一列火车，震得小玻璃窗叮叮当当响。

“谁想给我这个机会？”

观众直直地看着他，所有人的反应都一样：每张脸庞都充满迷茫和困惑。

“谁相信我？”

看吧，又到了这一步：大家都很忐忑。

“勇敢一点！来吧！谁信任我？”

一只手犹豫地举了起来，一只接着另一只，几秒之内，就有了十几只手举了起来。

拿破仑又从舞台上下来，停在一个男孩身边。这个男孩二十五岁左右，可能因为性格腼腆，他从来都没向任何人说过自己的心事，此刻所有人的聚焦也让他十分害羞。但他必须举手，这对他来说是最后的机会，对很多人来说都一样。

男孩脸红了，拿破仑对他微笑着。

“你叫什么名字？”

“马克。”他的回答有些迟疑。

拿破仑把一只手放在男孩肩上，男孩几乎想往后退一步。

“我叫什么名字？”拿破仑问他。

“拿破仑。”男孩犹豫了一下，回答说。

现在，这里的主人笑容更明媚，他压低声音，语气温暖而迷人。

“马克，我不知道你想寻找什么，但我知道一件事情：你在这里是因为你很痛苦。”拿破仑又转向人群说：“你们来到这里，是因为你们每一个人都在经受痛苦。”

观众一起点头，承认了这个事实。

拿破仑捧着马克的脸，温柔而专注，仿佛是捧着一个刚出生的婴儿：男孩这次没有躲闪，而是接受了他的拯救者。

“马克，我们做一个约定。”他的声音就像一个模范父亲向孩子解释人生真谛，极具说服力。拿破仑没有孩子，他父亲也从来没和他这样说过话，但这些年里，他接触了很多想从他身上寻找安慰的人，他学会了敞开心扉地聊天。

“今天晚上，我将帮助你改变对人生的看法。有些东西，你觉得是挑战，但那会变成机遇。我会告诉你应该做什么，应该放弃什么。这对你来说并不简单，但你能够成功。”拿破仑转向观众喊道：“因为我不允许你们任何一个人迷失，一个都不行！”

观众一齐鼓掌，马克的眼睛闪闪发亮，他知道，这些话首先是对他说的。

“那么，马克，你愿意给我一个机会吗？”

大厅里一片安静，所有人都想变成那个男孩。马克看了看四周，点了点头。

成功了！拿破仑知道这个过渡一定会奏效。他立刻准备好了接下来的话，声音中充满成功的激动和感恩：“这个男人给了我一个机会！”

观众们都在鼓掌，马克露出了一个羞涩的微笑。

现在，拿破仑要把所有人都拉进自己的阵营，彻底征服他们，让他们承认他是绝对正确的。

“为什么你要给我这个机会？”

“因为我信任你，”男孩立刻回答了他，几乎出自本能，“我信任你。”

拿破仑的双手仍捧着男孩的脸，把额头靠在了男孩的额头上，最后说了一句“谢谢”，声音如此深沉痛苦，马克抑制不住哭了起来。

就在拿破仑紧紧抱住马克时，音响技术员詹妮弗开始播放一段巴洛克风格的音乐，感人肺腑。此时所有疑虑都被抛诸脑后，马克心里只想着：我们是一体的，只有我和你。紧紧相拥的几秒钟过去了，拿破仑松开了手，头也不回地走开。感人的时刻结束了，现在要重新振奋精神。立刻调整情绪。就像芬兰浴，这种策略叫作“情感浴”，先热后冷，冷热交替进行。起起伏伏，就像生活，没有那么多时间反思。

管风琴和小提琴已经开始演奏史提夫·汪达的《迷信》，讲的是当我们面对无法理解，但却又令人痛苦的事时，迷信不是正确的选择。

不知道是谁今天选了这么一段音乐，简直就是和拿破仑说的话作对。他赶快跑到舞台上去，跟着音乐节奏拍起手来。他的能量是无法抵挡的，观众都已经站了起来。

所有人都站着，跟着节奏跳舞。

我和你们，拿破仑心里暗暗想。**我和你们。**

拿破仑闭上了眼睛。这次，他的小玻璃窗真要碎了。

拿破仑最爱在秋季的夜晚出门散步，初秋气候宜人，不像冬季气温会降到零下 10℃；也不像闷热的夏季，摩天大楼间的空气让人尤其烦闷。

天黑后，拿破仑可以从一个街区走到另一个街区，一口气走上好几个小时。竖起的衣领盖住脸，头上戴着帽子，像其他纽约人一样步履匆匆。他看起来像是一个约会要迟到的人，但大多数时候，他只是漫无目的地走，不想继续走了就招手叫一辆出租车回家。

今晚本该和以往一样，但拿破仑的步伐缓慢而沉重，好像很谨慎，也很忧虑，这是之前没有过的事。

当他走出剧院，时代广场的喧嚣迎面扑来。汽车在人群中穿行，不停地鸣着喇叭。成群结队的游客开着闪光灯拍照，忙着在推特上发帖子。拿破仑对社交媒体一向避之唯恐不及。除了站在舞台中央，他不愿意成为世界的中心。他只爱孤独，这可能是因为剧院里有成千上万观众为他欢呼，让他觉得自己独特又重要。如果有人透过玻璃观察他，不和他交谈，会觉得他是一个江湖骗子，靠抓住别人的痛苦和弱点发了大财。拿破仑确实发了大财，但他深信自己说过的话，并坚信自己可以帮助别人。他在拯救别人的同时，也在尽力拯救自己。上大学时，拿破仑就知道这是他的命运。

拿破仑曾经想成为一名作家，但除了在一些不知名的杂志上发表过几篇小文章，以及替过气作家代笔写了两本小说以外，他没能出版任何东西。当他明白这个爱好无法维持生计后，就决定开始利用自己的天资，做一个倾听者。拿破仑一直是一位极佳的倾听者：边听边在合适的时刻说出恰如其分的话，或者是在某个合适的时刻，说出对方想听的话。他从未带着恶意做这些，他一直觉得这是一种天分。在麦迪逊一家剧院担任制片助理时，他真正发现了自己的这项天赋。有一天，一个演《斯图尔特·密尔的希望》的男演员在上台前几分钟突感不适，而拿破仑是当时所有人中脑子最好使的，因此他负责上台，向愤怒的观众解释演出取消的原因。剧院老板其实已经拿走了全部的门票收入，他根本不管这个突发状况，所以剧团没有可用的资金，也根本没能力退还票钱。拿破仑面对一百零九个观众，并没有详细地解释“突感不适”和“门票收入”之间的关系，而是给那天晚上的观众另一种体验：他用了一个多小时来演说，而不是之前想象的几分钟，原本忐忑的独白，很快变成了充满激情的捍卫演说，捍卫一个摇摇欲坠的剧团。他告诉观众，为了让大家继续拥有梦想，艺术家非常重要；为了把一段戏剧搬上舞台，需要付出很大努力；为了写好这些故事——他指了指后台——他们想把这些故事献给你们，只献给你们——这时候他指向观众——只愿你们从这些旧座椅上站起来时，可以带走一份我们的心意和希望。今天由于一个令人遗憾的事故，我们无法向大家演出我们的希望，但仍然感激大家的出席，仍然感激大家给我们继续走下去的勇气。最后观众离席了，他们不仅没要求退还二十美元的门票，还为发现一个有突出演说天赋的男孩感到兴奋，而且这个男孩对艺术的热爱太具有感染力了。第一个惊讶的人其实是拿破仑自己：他知道自己是一个优秀的倾听者，但从来没想到，自己还是一个极具说服力的演说家。

那个晚上发生的事情，他觉得就像是发生在几辈子前，早已黯然褪色。他走在大风凛冽的百老汇大街上，大部分商店正在关灯，或拉下了金属卷帘门，四处都是熙熙攘攘的声音，一辆警车从他身边呼啸而过。一段时间以来，他似乎想在回忆里寻找一些遗失的东西，用来填满他生命的相册，仿佛过去的经历隐藏着一些重要事件，可以改变他的人生轨迹。他沉浸在自己的思绪中，等他反应过来时，发现自己已经不在百老汇大街，而是来到了包厘街。他穿过第五大道，走过格林威治和东村，再经过休斯顿大街和哈瓦那咖啡厅。他经常会在哈瓦那咖啡厅来一杯血色玛丽，再配上点玉米、黑米和豆子。那是他最喜欢的地方，但此刻，他甚至都没想过要去露个面，和打理咖啡厅的几个年轻人打个招呼。

拿破仑精神恍惚地走着，没发觉自己从联合广场附近转到了另一条路上，更没留意经过的假日市场、星巴克、刺青作坊和唐人街：他只有一个目标，就是到达曼哈顿大桥。现在，雄伟的曼哈顿大桥完整地出现在他面前，无数灯光凸显出大桥的轮廓，它仿佛悬挂在纽约这个巨大的舞台之上。

拿破仑觉得，曼哈顿大桥就像是布鲁克林大桥的小弟，很容易受欺负，所以他把曼哈顿大桥放在心上，如同面对那些素未谋面的观众。虽然大家都喜欢粗犷的布鲁克林桥，但他心里更喜欢曼哈顿大桥。在他位于第五大道的工作室里，墙上挂着一幅《美国往事》的电影海报：很多人都认为海报上是布鲁克林大桥，但那其实是曼哈顿大桥。拿破仑常常穿过大桥，站在登波区，转身看着桥上延伸的悬索，觉得自己有点像罗伯特·德尼罗在电影中饰演的“面条”[1]。现在他又来到了这里，来到了“他”的这座大桥。他站在大桥南面，可以看到自由女神像和纽约港，还有很多来来往往的船只。

拿破仑走向人行通道，打雷的声音把他吓了一跳，他像个孩子似的颤抖了一下。开始下雨了。偶尔有汽车在桥面上飞驰而过，车头灯在拿破仑头顶几米处扫过。

曼哈顿大桥的长度有两公里多，拿破仑停在了桥上正中央的位置。他把胳膊肘撑在栏杆上，仔细地盯着桥下的河流。

他深深吸了一口气。

他毫不在意天在下雨。

他准备自杀了。

要越过曼哈顿大桥围栏并不是一件容易的事情。大桥有两道悬索，为了到达桥外面，必须先跨过中间的障碍。拿破仑提了提法兰绒裤子，开始横跨第一道栏杆。他爬了过去，然后又攀过了第二道围栏。他到了外围，坐了下来。他的双脚悬在空中，目光转向自由女神像。一道闪电划亮天际，勾勒出摩天大厦的轮廓。他又被雷声吓了一跳，身体差点失去平衡。

---

[1] 影片《美国往事》以纽约的犹太社区为背景，讲述了罗伯特·德尼罗饰演的“面条”从懵懂少年成长为黑帮大佬的历程，同时也展现了美国20世纪20—60年代的黑帮史。——译者注

拿破仑之所以选择从这座桥跳河，是因为他觉得从这里可以欣赏到纽约最美的风景：这个距离不远不近，刚好可以看到城市的全景，并且不会遗漏任何细节。在生命的最后一天，他还在关心风景，这似乎很奇怪，但他就是这样的人，他做任何事情都不会很随意。他喜欢做规划：每件事情都应该按照他想好的方式进行。即使是从桥上跳下去自杀，也需要一套完美的仪式。

拿破仑闭上眼睛，做了一次深呼吸，空气里有一种咸湿的味道。他睁开眼睛，仔细看着身下流淌的河水。过一会儿，他就要与这条河流相拥了，再也不回头。拿破仑努力享受着生命最后的时光。他始终认为，比起选择继续活着的人，自杀的人拥有更平静的内心。在工作中，他认识了一些最后选择从高处跳下，结束生命的人，但他从来不批判他们。他理解他们，可能无法为他们辩解，但他能理解他们的选择。

虽然戴着帽子，但雨水还是拍打在他脸上。栏杆很狭窄，而且已经湿透了。拿破仑轻轻地挪动身子，想找到一个最好的位置。他找到了。**现在可以了**，拿破仑心想。就好像坐得舒适一点，就不会改变他规划好的命运。他没有问原因，一切都已经不重要了。

拿破仑缓缓地摘下被雨水淋湿的眼镜，把眼镜放在身边。然后他小心翼翼，尽量保持身体平衡，两只手轮流掏出口袋里的东西：已经关闭的手机，奔驰汽车钥匙，装着美国运通黑卡的卡袋，所有东西都完美地一字排开。伴随着他的动作，桥下一艘装着沙土的大驳船正缓缓驶过，发出闷闷的汽笛声。拿破仑仔细地观察着它行驶的轨迹，直到它消失在视线中。河面马上又恢复了平静，就像一块黑色大理石板。

拿破仑又闭上了眼睛，他知道自己还活着。他想起了那些永远不会再见的人，想起了那些他曾尽力爱着的人，想起了那些因为他才找到理由活着的人，那些每天对他说“谢谢你拯救了我”的人，还想起了那些他没能拯救的人。千头万绪一齐涌入大脑，在想到那个会让他改变主意的人之前，他睁开了眼睛。在这个时刻，他不愿意再想自己的私人生活，因为没有任何人、任何事可以阻止他。拿破仑慢慢地挪动已经有些发麻的腿，一道闪电在空中炸开，最后一次照亮了自由女神像。自由——几秒钟之后，他就能够拥有自由。拿破仑环顾四周，似乎想要确认自己是否独自一人，却发现不远处有个男人和他一样，在雨中，他坐在栏杆上，双腿在空中晃荡。

“很高，是不是？”男人往下看了一眼，对拿破仑说。他的声音十分沉稳，令人信赖。拿破仑还没来得及惊讶，男人接着说：“但也不是总能成功，这取决于冲击力。如果竖着下去的话，可能会死不了。”

男人的话如同当头一棒，拿破仑想起自己在观众面前，通常也是这样说话。男人转身看着他：如果两个人都伸出手，他们甚至可以相互碰到。男人的目光很平常，就像公交车上的陌生人一样看着他。但拿破仑盯着他，仿佛他是一个沙滩上的小丑。

男人就像是一个中学教师，正在向学生解释阿基米德定律，他继续有条不紊地说：“如果平着摔下去，你就毁容了。”

拿破仑不知道是否应该相信现在看到的一切。他本能地闭上眼睛，想知道自己是不是还活着，有那么一刹那，他觉得自己已经死了，他已经从桥上跳了下去，进入了另一个世界。

拿破仑重新睁开眼睛，男人还在那里。他穿着正装，但衣服有些破旧；脚上踩着的一双棕褐色的软皮平底鞋，也有些磨损。他看起来十分友好，并没有因为雨越下越大而不安。

“这段时间，流水很湍急，你应该能成功。”男人继续说。

拿破仑困惑地盯着他。男人觉得自己应该说得更清楚一些：“我的意思是，自杀成功。”

你他妈为什么要毁掉我生命最重要的时刻？我已经计划了好几年，我小心翼翼，考虑到了每个细节。拿破仑心想，或许这是死之前，大脑为了挽救他制造出的一个幻象，或许是大脑的某种自动装置开始运行，就像冰箱的发动机一样，在过热时就会自动开启防护措施。拿破仑尽量无视这个男人。他重新看向桥下，专注于自己马上就要到来的命运。

男人还在那儿，一动不动，脸上挂着不合时宜的微笑。

“你能不能走开？”拿破仑忍不住说。

男人似乎没听他说话，自顾自地说：“几乎所有跳下去的人，都会在七秒内后悔。”

“你是怎么知道的？你和在半空中的人说过话吗？”

男人笑了，在这样紧要的关头听到这句风趣话，谁都会觉得有意思吧！

“放过我吧，你选错人了。”

“或许吧！但如果你在七秒内也想回头呢？”

“我马上就能知道了。”

“等会儿我就不能救你了。”男子肯定地说。

“你给我一个不跳的理由。”拿破仑用讽刺的语气说，声音里带有某种屈服。他知道自己的时间到了，在某个瞬间，他内心充满恐惧。他把身体的重心从右腿转到左腿，不顾危险地把身体探出去。

陌生男人惊恐地喊道：“等等，等等……”他继续恳求说，“跳下去之后，你就不再是自己了，你会变成另一个人，会有很多不确定因素，你自己选择吧！”

“我能知道你是谁吗？”拿破仑对着男人喊道。

“知道我是谁真的很重要吗？”

“非常重要。”

“我只想让你给我一次机会。”

拿破仑盯着他，这个陌生男人竟能说出自己常说的话，这太让他惊讶了。他正准备反驳，男人抢先说：“我知道你很熟悉这句话。”

“你是谁？”

“一个可以把这七秒延长成七天的人，我可以让你看看，没有你，世界是怎样的。”

“没有我？”拿破仑对这个充满魔法意味的提议感到好奇。

男人点了点头，继续说：“这样你可以有更多时间好好思考。七天之后，我将带你重新返回今天。那时候，你可以再自由选择。”

城市在此刻陷入一片安静中。

拿破仑低头往下看，他第一次感觉自己在颤抖。他双手紧握栏杆，转头看向身旁这个奇怪的男人：“我没看到你爬过来，我下来时，也没看见你。”拿破仑就像在自言自语。

“我是一个悄无声息的人。”男人回答说。

拿破仑不相信他。男人知道时间不够了，只好拿出最后的撒手锏。

“没有你，世界是怎样的，难道你不好奇吗？你留下了什么，失去了什么？……你的葬礼呢？你不想看看你的葬礼吗？”

拿破仑摇摇头，不知道该怎么回答。

“你拯救过那么多人，现在试着换一下位置，让别人来拯救你吧！我很专业的，让我来拯救你！”男人说着向拿破仑伸出了手。

拿破仑出于本能往后退了一下，在窄窄的栏杆上，身子差点儿失去平衡。

男人向拿破仑张开手掌，像是在说“不要紧张”，接着他抬起腿，在空中向前迈了一步。

“不！”拿破仑伸出手大喊着，仿佛想要抓住男人。可他发不出声音了，因为男人确实在空中迈了一步，但接着又迈了第二步、第三步和第四步，他没有掉下去：他走了过来，仿佛脚底踩着一块看不见的踏板。现在，那个男人停在了拿破仑面前，悬在空中。拿破仑脸上的表情就像看到了鬼，或是见到了上帝，反正他太惊讶了。

“我几乎和你一样专业。”男人继续说。他很镇静，悬空站在东河上方四十米高处，仿佛这是世界上最普通的事。

“七天，”男人承诺说，“一天都不会多，然后我带你回来，就回到此时此刻。”

拿破仑此时在大桥栏杆上，像一个一动不动的剪影。

“你答应吗？”男人坚持问。

拿破仑没能说出话来，但他的头上下点着：他答应了。

男人回到栏杆上，把金属保护网往里推，再往上拉，拿破仑面前出现了一条通道。“来吧，我们都淋湿了，我可不想生病。”重上大桥前，男人说。

拿破仑转身观察着男人，还没能明白刚才发生的事。

“快点！”男人催促着他。

不可能，不可能，不可能，拿破仑在心里不停地重复着。他又一次看着桥下，河流似乎在远远地呼唤他；他在颤抖。**这里真的很冷**，拿破仑心想，他有些迷惑。他迅速爬回桥面。他活了下来。

男人朝着曼哈顿走去。拿破仑迟疑了几秒，最后加快了步伐，和男人并肩走着。他听见身后隐约传来扑通一声，就像是一个大包裹掉进了河里，那声音淹没在船的汽笛声里。他转过身，隐约看见桥下一个模糊的影子落入了湍急的河流。**可能是一段树干**，拿破仑想。在仓皇的思绪中，拿破仑离开了曼哈顿桥。

雨水总是以同样的方式打在玻璃上：有一些水滴会汇聚成小溪流，带着其他停留在玻璃表面的水滴向下流，然而，总有些区域能避免被水打湿。埃米莉一整天都坐在她位于布鲁克林的房子窗前，看着外面走在街上的女人，心里充满嫉妒。那些女人穿着长大衣，她们因为没带伞，所以走路很快；那些穿着低腰牛仔裤的青少年在杂货店的屋檐下躲雨；还有那些穿着雨衣的男人，他们手上拎着提包，一边寻找的士，一边还得小心汽车蹚过溅起的水花。埃米莉看着大雨，她觉得自己的人生像是一场永恒的等待，等待一件永远不会发生的事。

埃米莉很漂亮，金色卷发披在肩上，大眼睛流露着一丝脆弱，仿佛心甘情愿只做一名观众。她的眼睛是浅色的，就像流水的颜色，眼神里流露着一丝忧伤，一种过尽千帆皆不是的惆怅。

现在，埃米莉已经在车里坐了一个小时，她觉得，她的生活在过去的一个小时里没有发生任何变化；也可能一切都变了，只是她还不知道。她已经鼓起勇气，试图改变自己的处境，经过这么漫长的等待，她终于采取行动了。她常常想，看着这个熙熙攘攘，自己并不能参与的世界，到底有何乐趣？事实上，一点意思也没有。她把自己关在房间里疯狂看书，不与任何人交往，除了书中的一些人物——很多时候都是些很不幸的人物。

她读过、看过或者听过的那些故事，最后常常隐藏着一个让人欢喜的结局，或是一次重生。但如果生活把你折磨得遍体鳞伤，再把你孤零零地扔在一个角落，你又如何重生呢？埃米莉知道自己的生活将发生天翻地覆的变化，她从开始就一直在考虑这个问题。事情只会更糟糕，没有讨价还价的余地，更没有得到补偿的可能。这就是命运为她选择的际遇。实际上，事情不总是这样吗？在你身上发生一些好事儿，不也是一样的道理？雨水知道它要落在哪里吗？或者大部分事情都是偶然发生的？

这些年里，埃米莉总在考虑这些问题。下雨时，她在房间窗子没被淋湿的玻璃上画一条看不见的线，希望可以把外侧的水珠连在一起：有时，窗外的雨滴真的汇集在了这条线上，形成一股水流，这几乎和她的动作同时发生，仿佛命运正在迎合她的想法。这就重燃了她的希望，她又开始有了一些特定的目标。然而，在不断失望的过程中，埃米莉也变得更加清醒。直到她终于醒悟。那一刻来得很突然，她没仔细考虑，就径直打开门出去了，甚至都没关上身后的门。

现在她坐在这儿，重新盯着车子的窗户。这是一辆棕色旧旅行车，车窗下是木质内饰，既复古又有美国风格，这真是该死，“复古”和“美国风”是埃米莉最讨厌的两个词。第一个原因是她喜欢现代的东西；第二个原因是她从来没忘记自己来自俄罗斯，虽然她总举着美国国旗参加比赛。最近几年里，她时常想起在田纳西州斯普林菲尔德市的童年生活，她的曾祖父母花了很大力气，才从寒冷的杜金卡市来到那座城市。在埃利斯岛，他们和很多移民一样，需要办理一系列手续。当时，曾祖父母一句英语也不会说，他们要报自己的姓名，旁边正在排队等待的匈牙利人建议，趁早抹掉他们的俄罗斯出身痕迹。这样一来，他们的姓氏“沃西耶辛”就变成了“沃尔什”。曾祖父母的美国梦由他们的下一代人实现了。埃米莉的祖父母成了农场主，拥有了自己的土地，不再是佃户。她就是在那儿出生和成长的，过着最普通的农村小女孩的生活，每天和很多小伙伴玩些淳朴的游戏，爬稻草堆，和同学在向日葵田里捉迷藏，就这样过了很多年。那时，埃米莉有一个爱好没人知道：日落时，农场一片金黄，她偷偷溜进堆草房，爬上屋子五米高的横梁，在上面走来走去。她从没向任何人说起过这件事，这是她的秘密，也是最让她激动的事情，单调的乡村生活也因此增添了不少色彩。越是刺激，她就越想冒险，她每天都想去横木上走一走，从来没想过如果在上面失去平衡会造成什么后果。

埃米莉从来没有失去过平衡，但她失去了父母的信任。有一天晚上，因为有暴风雨预警，父亲想天黑之前去关上干草房的大窗户。他听到头顶上的木头咯吱咯吱响，就抬头看向天花板，结果发现她在上面。埃米莉永远不会忘记父亲那时的表情。但这对她来说其实是一件幸运的事，父母决定给她报一个体操课程：“如果你真喜欢走平衡木，那最好是在离地面十厘米的高度，而不是在五米那么高的地方。”父亲朝她吼道，想展示自己的权威。但事实上，这个决定对她来说并不是惩罚，而是奖励。

对埃米莉来说，体操意味着逃离，从美好的、明信片般的田园生活中逃离。那里的生活很封闭，就像玻璃球里的风景，只要摇晃一下，小农场就会下雪，但没有任何出路。埃米莉一路过关斩将，很快从区队进入了州队，十四岁就进入了国家队。她在平衡木上飞旋，技艺精湛，让教练都很惊异。她开始获得奖牌、赞助商和大笔的金钱。父母十分满意，但又有点遗憾，因为自己的独生女儿要离开那个村庄。接下来，埃米莉又参加了一些重要的比赛，包括全国冠军赛、世界锦标赛和奥林匹克运动会。

然而，这些都已经成为过去，都不重要了；就像在这段时间里，未来也变得不再重要。这个世界上，没有任何肯定的事情，除了她对田纳西州说的那声“再见”，那是一场真正的永别。到了某个时刻，生命也要让位于死亡。如果人是一袋香肠，需要在“保质期”内用完，或许在这种情况下，大家会用不同的心态来度过每一天，更好或更坏，埃米莉也无法想象。她只知道，人出生之后，就接受了这样的条件：人活着，并不知道死亡会在什么时候降临。我们明白生命终将逝去，但忽略具体的时间，这给了我们一种错觉：自己是永生的。但那个男人给了她一个明确的时间：七天时间，然后尘归尘，土归土。这样一来，情况就不一样了。埃米莉又沉思了片刻，她不知道这是喜剧还是悲剧。那个奇怪的男人彻底打乱了她的步骤。她做到了，她已经掌控了自己的生活，想要做个了断……但现实却与计划相反。

车窗蒙上了一层雾气，雨继续下，雨滴敲打在车窗上，发出清脆的声音，似乎会带给人慰藉，让人不再那么孤独。

埃米莉用手在车窗上抹了抹，出现了一个清晰的“小窗”，透过急剧落下的雨滴，埃米莉看到那个男人回来了，身后还跟着另一个人，他从头到脚都湿透了。

拿破仑打开后排右侧的车门坐进去，很惊讶地发现，前面的位子上坐着一个女人。她就是埃米莉。

同时，男人也坐在了驾驶的位子上。“糟糕！”他一脚踩进了人行道和汽车之间的水坑里，不由得抱怨了一句。男人对埃米莉说：“抱歉，让你等了这么长时间。他是拿破仑。——拿破仑，她是埃米莉。”介绍很简洁，就像拼车公司在旅程开始前说的话。

“你没告诉我还有别人。”埃米莉忽然说。她没有转头，只是压下前面的反光镜，想要看清楚拿破仑。

拿破仑并没有躲开埃米莉审视的目光，他也想研究一下这位同行者：他们的目光相遇了，但为了避免尴尬，他们都扭过头去。

男人发动了汽车。他注意到了两个人的眼神，露出了一个微笑。

“你们想听点音乐吗？”男人问，但没人回应他。

拿破仑到现在才意识到他浑身都淋湿了，于是脱掉外套，用袖子擦脸。

“后面应该有一件卫衣，你穿上吧！”男人说，但拿破仑没听他的。这位拯救者只好向后伸长手臂，摸索着找到了卫衣，递给拿破仑。

埃米莉安静地看着一切。

男人向埃米莉那边侧了侧身体，在仪表盘下面的储物箱里抽出了几张唱片，最后选择了一张艾拉·菲茨杰拉德的专辑。

“雨天很适合听爵士，”男人说，“你们喜欢听爵士乐吗？”

没人回应。

“我很喜欢。”男人自问自答，他开始用假嗓跟着一起唱，手指还在方向盘上敲着节拍。

埃米莉和拿破仑在镜子里对视了一下，没注意男人正在观察着他们。

“这只是纸做的月亮和纸板做的大海，但如果你相信我，我可以变出一轮真正的月亮……艾拉真是爵士天后……你们还记得，一生中最美丽的月亮是在哪里看到的吗？”男人的语气亲切和蔼。

两位乘客都没说话，只看着前方，车灯照亮了蜿蜒的马路，不知道这些车都去往何处。

埃米莉把手指放在模糊的车窗上，用一条线把两个有点远的雨滴连了起来；拿破仑长叹了一口气，闭上眼睛不动了；男人开着车，继续低声唱歌。后来，他换了一首，这次是悲伤版的《带我飞上月球》。

纽约城是这次默默旅行的完美背景。一路上，大家思绪翻涌，未来只是一个越来越近的问号。

我们的记忆决定着我们是谁，艾瑞莎坚信这一点。发生的事情如果对自己有利，我们会感到幸福。某件事恰好与另一件事完美契合，这就是幸福。但在我们感到幸福的一瞬间，它已经消逝了。记住幸福感，我们就可以继续活在幸福里，就如同回忆起糟糕的事情或感觉时，我们就会充满悲伤。如果发生的事情过于沉重，我们便会陷入绝望，而绝望总会导致意外的结果。

艾瑞莎七点起床，她一整夜都没合眼。狂风暴雨让她没法入睡，一个个画面一直在她脑子里浮现：瓦里克街的篮球场，从东村往下走，离哈德逊河很近，她看着河水流向远方，就像她失去的女儿奥利维娅。她从床上起来，身体感觉很沉重：头、手臂、腿，每个部位对她来说都是多余的。洗完一个热水澡，吃完早餐，穿上警服也没能让她打起精神面对这个世界。毕业之后，艾瑞莎就成了一名警察，穿上制服，对她来说就像是在告诉世界：“我在这里，我会履行自己的职责。”每次执行任务，开着警车穿行在纽约的大街小巷上时，每次碰到特殊情况，拔枪对着歹徒时，她都会想起这句话；每次脱下制服时，她都会感谢命运对她的保护，就像她努力保护这座城市，还有城市的居民。

还有奥利维娅。

为了奥利维娅，她肯定会开枪，毫不犹豫。

但她没有这样的机会了。

假如她为女儿开枪了，那这两年以来，她可能会为别的原因而失眠，折磨她灵魂的会是别的事情。

为了奥利维娅，她愿意去死，毫不迟疑。

一个人的大脑中可以装下多少美好的回忆？几百万个片段，或者更多。但为什么只需要一件悲痛的事，就可以抹杀掉所有美好的回忆？

这有点像她工作中常见的命题：一个邪恶的灵魂是否能够摧毁一个热爱和平、非常宽容的社会？有多少罪恶隐藏在芸芸众生中，除恶扬善有多大可能？有很多个夜晚，艾瑞莎都在思考这些问题。而真相是这样的：疯子在商场里开枪，射向吓得魂飞魄散的人群，或许她装满十二发子弹的手枪都不能挽回局面，又或许，可以。

那天早上，艾瑞莎和曼森一起在字母城巡逻，突然接到了对讲机里的通知："编号 10–16，家庭纷争。"曼森是她这四年的搭档，见证了她的"之前"与"之后"。之前，在一项任务与另一项任务的间隙，他们喜欢坐在警车里聊天，曼森总是会讲很多笑话，逗得她捧腹大笑，还有在执行一些棘手的任务时彼此的默契。"你用不用心，决定两条生命。"这是艾瑞莎第一天走上警察这个岗位时就学到的话。你应该珍惜自己的生命，也应该保护好搭档的生命。那件事情发生之后，他们聊天变少了，总是曼森在找话题，逗人发笑的段子也消失了，但相互的信任一点都没变。艾瑞莎变了，她脾气变坏了，和之前不一样了；做事风格还是一样，只是变得更加简洁。"之前"她与嫌疑人交谈时，总会运用一段细致的心理学理论，循循善诱；“之后”她选择直截了当地解决问题，或是走捷径，用更简单粗暴的方法：少一些闲谈，多一些事实。之前，她与曼森一个唱红脸一个唱白脸，她是那个好说话的警察，现在角色调转过来了。

他们来到了那栋房子前，在大街上就听到了里面的叫喊声。曼森敲了敲门，告诉他们，警察来了，艾瑞莎已经握紧了手枪。一个又黑又瘦的男人打开了门，他似乎一点都不怕冷，裸着上半身，上面全是文身，一只手上全是血。他还没来得及说话，艾瑞莎就已经用枪指向他的脑袋。男人惊恐地睁大眼睛。一个黑人女子出现在他身后，脸庞肿着。这是他的女人。当艾瑞莎大喊着让男人跪下时，黑人女子突然对着艾瑞莎和曼森破口大骂。曼森拔枪对着女人，命令她不要靠近。男人按照要求跪了下来，两只手放在脑后。艾瑞莎把他控制在射程之内。就在这时，这对男女身后突然出现了一个十岁左右的小女孩，哭得很绝望。此刻，艾瑞莎不再关注犯人，她的所有注意力都集中在小女孩身上，她觉得这个小女孩和自己女儿小时候长得一模一样。艾瑞莎没注意到，跪着的男人已经松开了放在脑后的双手，试图抢她的手枪。

保护生命这一课，曼森学得很好，他一拳打在男人脸上。艾瑞莎回过神来，仿佛被迎面泼了一桶冰水。

“艾瑞莎，艾瑞莎！该死，你在发什么呆？”

虽然小女孩还在哭，但艾瑞莎终于听见了曼森的声音。

警察逮捕了两个成年人，小女孩由社会福利机构照管。艾瑞莎和曼森按照惯例填写着没有什么用处的案件记录。离开之前，艾瑞莎走近裹着毯子的小女孩，她正玩着一个游戏机，这个年纪的孩子都爱玩这些。女孩抬起头，目光与艾瑞莎交会。艾瑞莎想问小女孩一个问题，问她“你叫什么名字？”，但她很害怕小女孩的回答，只是用手摸了摸她的头发。

回程中，两个人都不想说话，艾瑞莎只说了一句：“我们明天再聊，可以吗？”曼森回答说：“我请你喝杯美味的咖啡，或许明天就变成了今天。”艾瑞莎沉默了一会儿，看着前方的道路，点头同意。这时候，第一阵雷声响起，雨滴敲击着玻璃，几秒之内，纽约城就被淋湿了：有些行人正在慌忙寻找临时避雨的地方；有些人满不在乎，还打着电话继续向前走，手机紧紧地贴在耳朵上；也有未雨绸缪的，早就把雨衣放在口袋里了，随时准备穿上。人们开始撑起雨伞，城市的流光溢彩照进湿漉漉的车窗。

雨时大时小：这股从天而降的水冲刷着路面，也让人的心思变得更加清晰，它们其实从未消失，总在不经意间袭上心头。

那天也下雨了，艾瑞莎心想。也可能没下雨。她的脑子正在修改记忆吗？这难道是一种保护机制？

那女孩不是奥利维娅，不是她，但艾瑞莎满脑子都是那个孩子。

艾瑞莎闭上了眼睛。曼森专心地看着人来人往的马路，没注意到搭档脸上流下的泪水。他们到了警察局：102 街和第三大道之间，离东哈莱姆只有几步远。曼森下车，走进警察局，拿了两杯咖啡：今天本该是由艾瑞莎去拿咖啡，但今天他来。

马路的另一边，一辆棕色旅行车停在花店旁。拿破仑、埃米莉和坐在司机位子上的男人正在小口喝着奶昔：这是男人在麦当劳外卖窗口买的，他坚持要请两位客人也来一杯。男人问他们俩要什么口味，没人搭理他，所以他替大家做了决定：草莓味，他的最爱。三个人手上都拿着一杯奶昔，但只有男人喝得兴致勃勃。他看了看手表，又重新看向前方的马路：三辆闪着灯的警车停在警局前面，两个警察靠在车上聊天。天气很冷，但还好雨停了。

男人喝着手里的奶昔，奶昔快没了，他还是吸得很起劲儿，吸管发出的噪声令人难以忍受，但他一点也不在意，甚至还满意地感叹了一声。他走下车去，把塑料杯扔进垃圾桶，穿过无人的大街：他看起来是直接往警察局大门走。埃米莉喝了第一口奶昔。她和拿破仑盯着那个奇怪的男人，看见他径直走向最后一辆警车。男人打开车门，坐在了司机的位子上，又关上了门。

除了疑惑和好奇，埃米莉和拿破仑还有点担心，救护车刺耳的警报声突然打破了夜晚的宁静。

这个男人是警察？拿破仑心想。**那他为什么没逮捕我呢**？自杀和在折扣店偷东西一样，是犯法的？这个想法让拿破仑露出了一个微笑。埃米莉注意到了拿破仑的表情，心想，**这有什么可笑的**。她继续小口喝着冰奶昔。拿破仑也开始喝奶昔，他想主动攀谈，多了解一下这个女孩，但最后还是决定算了，他害怕自己的脑子变得更混乱。他想到不久之前，自己差一点就从桥上跳下去了。**但为什么？为什么我会在这儿**？

男人还在车里，几个警察站在警局大门前的空地上聊天，开玩笑，时不时拍拍伙伴的肩膀。

拿破仑摸了摸头，**我的帽子呢**？他心想。**也许被风吹掉了**。他闭上眼睛，再一次想象风拂面而来，雨淋湿衣服，然后他看见黑漆漆的河流，好像要把自己吞没。拿破仑重新睁开了眼睛。

埃米莉心不在焉地吸着奶昔，似乎忘记了身边还有一个人。男人坐进去的那辆车还在那里，车门紧闭。**他在做什么呢**？埃米莉心想。天色有些泛蓝：一辆警车慢慢减速，开到了警局前，两位警察从车上下来：其中一个打开后车门，押着一个身材矮小但十分肥胖的小伙子。这个小伙子戴着羊毛帽，就算隔得很远，在路灯的照耀下，拿破仑和埃米莉也能看到他脸上的刺青。犯人手上戴着手铐，走在前面，一个警察的手放在他肩膀上引导他，把他带进警察局。一些警察还在聊天，开着玩笑，但他们坐在车子里，什么都听不清楚。

谁知道他做了什么，拿破仑心想，权当自己正在消磨时间。他的思绪总是回到那座桥上，他在曼哈顿大桥上度过的时刻，男人说服他重新回到桥面，扯开的防护网，就像打开一个秘密通道。**他是什么时候弄断防护网的**？还有最后扑通的声音，很快消逝在船的汽笛声里。他当时转身想看个明白，但现在又有些害怕了，他担心那是一周之后自己将会听到的声音，如果他还是决定要跳下去的话。

时间一秒一秒地流逝，一切似乎都静止了。

一位体格健硕的警察手里拿着两杯热气腾腾的咖啡从警局里走出来：那是曼森。

一切回归平静，警察在马路上悠闲地活动着。

拿破仑正准备喝一口奶昔，一声干脆利落的枪响打破了宁静，如同爆炸一般，让所有人都吓了一跳。

埃米莉尖叫起来，拿破仑差点呛到自己，曼森跨着大步向他的警车跑去，因为枪声就是从那个方向传来的，马路上其他警察也赶忙往那边跑。警局里也有人从大门里探身出来，手上拿着枪。曼森冲到车门前，他忽然停住了，手里滚烫的咖啡滑落到了马路上。

埃米莉的眼睛中充满恐惧，她看到咖啡杯子坠下，仿佛那是一个非常漫长的过程，然后转头看到了拿破仑同样惊恐的眼睛。

曼森打开乘客座位这边的车门，往里面探身进去，两个同事费了很大劲，才把他拉出来。

曼森的脸像一个面具，身体也硬得像雕塑一般，仿佛刚刚看到了魔鬼。

其他警察也都赶到了，他们拉起了一条警戒线。曼森还处于失控状态，他身体靠在一辆警车上，几个人摁着他。

拿破仑和埃米莉完全不明白发生了什么，但他们的想法似乎是相同的，他们都抓住了车门上的把手，想要出去。就在这时，他们看见那个陪伴自己的男人从那辆传出枪声的警车上走出来了。他走在十来个警察中间，但似乎没人注意到他。最不可思议的是，也没有人注意到他身旁穿着制服的黑人女子。他们手牵着手穿过马路，犹如一对相伴多年的夫妻：一位美籍非洲裔女子，和一位至少年长她十五岁，看起来生活不太如意的老先生，他们对周围正在发生的一切毫不在意。

他们走到旅行车旁，男人坐上了司机的位子，女人坐在后面，也就是拿破仑旁边。拿破仑盯着她，就像在观摩一只独角兽。

埃米莉张着嘴，不知道该说些什么。

男人启动汽车。

“她是艾瑞莎。”男人一边说，一边把车开出了这个临时停车处。

没人自我介绍。

拿破仑和埃米莉交换了一个眼神，终于觉得他们俩现在是一伙的了。

汽车渐行渐远，艾瑞莎还在回头望着警局，那里人来人往，一片混乱。救护车来了：这次是为她而来。

她看到了几个同事围着她的身体，她知道，自己永远都不会忘记这个画面。

旅行车停在了东村一家小旅馆前，那是一幢四层高的维多利亚式建筑。在大门入口和第一排窗户之间，霓虹招牌上是“蓝月旅馆”四个字；招牌下只有一颗星，也比较符合这家旅馆的状况。大门右边是一个铁丝网围住的小篮球场；左边是一个已经打烊的药店，店门的牌子上写着：内设自动取款机。

男人关闭汽车引擎，松开安全带下车。他站在马路上，手垂在身体两侧，欣赏着面前的小旅馆，就像是来到了丽思酒店[1]一般。

艾瑞莎和拿破仑也跟着下车，埃米莉还留在车里。拿破仑看向四周：城市一片静谧，一个穿着破衣服的流浪女人经过，嘴里哼唱着《为你祈祷》，她的声音竟出奇的甜美悦耳。

这个奇怪群体的神秘首领打开后备箱，有些吃力地从里面拉出一个轮椅：红色的钢架，黑色的轮子。

“你可以帮我一把吗？”男人问拿破仑。拿破仑立刻过去帮忙，仿佛收到了一个指令。

男人打开车门，一只手放到埃米莉的膝盖下，看向拿破仑：拿破仑

[1] 丽思酒店是被称为“世界豪华酒店之父”的凯撒·丽思于 1898 年在巴黎创办的，以最完美的服务、最奢华的设施、最精美的饮食和最高昂的价格而享誉世界。——译者注

知道他应该去搭把手。他有些局促不安地走到他们跟前，和男人一起把埃米莉从车里抬出来，再放到轮椅上。整个过程，埃米莉坦然自若。没人说话，男人推着轮椅走向小旅馆入口。艾瑞莎和拿破仑交换了个眼神：他们都没预料到会出现这样的情况。一闪而过的眼神中，隐藏着很多欲言又止的话：最近几小时发生的事情，已经超出了他们的掌控，超出了正常逻辑和预期。一切都不符合常理，这一点每个人都知道，但没人点破，他们也没有呼天抢地——此时此刻，他们都不想为这座城市流泪了。他们跟着男人，走进大门旁的升降机。升降机里十分逼仄，但还好楼层不高。升降机门是一个可伸缩的金属栅栏。三层到了，电梯门打开，眼前是蓝月旅馆的大厅：看起来十分破旧，暗绿色墙面，天花板是石膏板的，一对已经磨损到看不出颜色的沙发。地上是一块有些破旧但还算干净的地毯。沿着墙壁放置的一些小灯，发出暗淡的光，也带来一丝温暖与祥和。角落里摆着一张书桌，可能是接待台：上面有几本杂志、一台传真机、一个装着两支铅笔的笔筒、一个自由女神像的复制品，但缺了那只举起火炬的手。三位客人环顾四周，没人有勇气问男人这是什么地方，没人问任何问题。在这个时候，如果他们想问问题，那他们会问自己：如果最后一刻，男人没有出现，那他们现在将会在哪里？或许他们会处于一个类似的环境中，但属于另一个世界；或许现在就是那个类似的环境中，只是他们还没意识到，毕竟大家对死后的世界一无所知。

他们越来越感到不合时宜。男人走向一个古老的木框，上面有五个铜钩，分别挂着五把钥匙：他拿下三把，分给他们三个人。

“房间就在走廊两侧，你们要用的东西里面都有。你们有什么问题吗？”他的语气宛如汽车旅馆里厌烦工作的门房。

三个人都没说话，他们对当前的处境感到十分惊讶和不解。

“好吧，我们明天早上九点准时见。晚安。”男人说完，便坐电梯离开了。现在只留下拿破仑、埃米莉和艾瑞莎，他们就像真人秀《老大哥》[1]里刚刚入住的三位房客一样。三个人满脑子都有一个相同的问题：“这个把我们带到这儿的男人是谁？”但谁都没有勇气问出来，三个孤独的灵魂都封闭在自己的世界里，想着各自的心事。

第一个离开的人是埃米莉，她费劲地在走廊的地毯上滑动着轮椅，直到房间门口才停下。她推门进去，把世界关在外面。

拿破仑或许是最想聊天的人，他看向艾瑞莎，但女警察在研究了一会儿钥匙后，也走向了自己的房间。

拿破仑闭上眼睛，又睁开：他还在那里，一个人。

他说，七天，拿破仑想。然后走进二号房。

埃米莉躺在床上，盯着天花板上一块潮湿的水渍，上面的石灰已经有些脱落。她试着分辨出它的形状，就像小孩观察云朵一般。她觉得这块污渍像一只手，或一只蝴蝶，但她最后觉得，它像一颗心。她希望这一系列的想象可以帮助她入眠，这样，第二天就可以来得快一点，明天她可能就会搞清楚这件奇怪的事情。

---

[1] 社会体验类的真人秀节目，让一群陌生人以“房客”身份在一间布满了摄像机及麦克风的屋子里生活。——译者注

艾瑞莎终于脱下了警服。她腰上还挂着手枪皮套，但手枪已经不在了，她把手枪留在了执勤警车里……**和我的身体一起**，她想。她忽然忍不住哭了起来，这是一种缓慢、绝望又持续的哭泣，没办法停下来。

拿破仑审视着光秃秃的房间：糊墙纸，书桌上的台灯，颜色灰暗的窗帘，可能很长时间都没清洗了。这儿看起来就是一家廉价酒店，他事业起步时，也住过差不多这样的地方。那时他还在进行最初的巡回演出，只要能看到十名付费观众，就是一种成功。

拿破仑脱下鞋袜，仿佛这是在普通酒店度过的一个平凡夜晚。他靠近窗帘，向窗户外面看去。从这一侧看，这栋建筑又窄又高，对面有一个篮球场。每一层都有三个落地窗对着安全出口。第二层，拿破仑的房间亮着灯。过了一会儿，旁边房间的灯也亮了：艾瑞莎穿着内衣内裤，一双仍然湿漉漉的眼睛正看着窗外。她右边的窗户一片漆黑，后来灯亮了：埃米莉裹着毯子坐在轮椅上，看着马路，身体冷得发抖。

三个房间透出来的灯光，正好可以照亮篮球场。

脚步声打破了安静的夜，带他们来宾馆的男人此时穿过栅门，走向了长方形的篮球场。他穿过场地，找到了一个被遗弃在网边的篮球，他脱下外套，站在中圈上开始投篮。

一次、两次、三次、四次投篮，每一次篮球都在篮板或篮筐上弹开了。

男人知道他们正在看着自己，在两次尝试之后，他开始增加强度，不再回到中圈，而是从哪里捡起球就在哪里投，在篮筐底下，或在三分线上，带着一丝急躁和气愤。

运球的声音回荡在球场上，在汗水模糊了眼睛时，一个弹跳，或许是第三十次篮球正中篮筐。

篮球孤独地弹向了球场的尽头。男人蹲下，喘了口气，拿起外套就离开了。

一分钟之内，三个房间都陷入了黑暗。

生锈的金属网围成的小球场，在纽约的夜晚，如同一个安静的绿洲。

第一日

在梦中的某段时间，意识能掌控一切，梦也会听从指挥，这通常发生在清醒之前，就像在高速公路上即将驶出隧道时，远方的光点会慢慢靠近，我们正在离开黑暗。

拿破仑一直很爱这个时刻，他终于可以为整夜的梦境选一个结局。

通常在梦快醒时，拿破仑会重复自己作为励志演说家的演讲，他也许梦到和一个陌生女人待在一艘船上，这本来是一个无关紧要的细节——但他感觉认识这个女人好像已经有一辈子那么久了——吻她一下，她可能会变成自己的母亲。当他可以掌控梦境时，他就开始琢磨自己的演讲内容：怎样让它变得更有说服力，怎样才能拯救那位船长，因为他似乎正在远离平静的港湾，驶向深海的暴风雨中。

通常，这些思维活动发生在闹钟响起之前，在那几分钟，他不知道时间是几点，也不知道距离新一天的到来还有多久。

他现在闭着眼睛，意识到自己躺在床上，但他没法肯定昨晚发生的一切是真实的还是他的想象。

他还记得自己在明斯拉夫剧院的演讲，走向曼哈顿大桥的路途，以及迫切想要结束一切的心情。

他选择了用一种最自私的方法离开人世，也坚信这种解决方法始终隐藏在他内心深处。他得出了一个结论——是为了省事还是因为需要，他已不想考虑这个问题——选择自杀的人，其实早就在心里埋下了这颗种子，最开始，自己可能都意识不到，这个想法就像小时候洗澡时玩的小黄鸭一样漂浮在脑海中；之后，它变成了一个误以为已经遗失的玩具，但其实你只是把它藏起来了，后来忘记藏在哪儿了；几年之后，母亲打扫阁楼时，又把它扔掉了。但在这时候，它也不是真的消失了，只是换了个形状。最后，它将对你进行猛烈攻击，就像皮肤下一个很普通的囊肿，在医生建议的深入检查中竟然被诊断为恶性肿瘤。

反抗是没有用的。拿破仑明白，让一切结束才是最好的选择。

勇气并不重要，走到那一步，勇气自然而然就有了。

那现在呢？他想。**现在，我是不是死了，已经进入阴间了**？

他不愿睁开眼睛，只希望能享受手机闹钟响起前的最后片刻。铃声是克里登斯清水复兴合唱团的《你看过大雨吗？》。他真的看过，昨天的倾盆大雨像一场乐章，就像是专门为他送葬的哀歌。

后来，那个奇怪的家伙出现了，他长得有点像《谋杀绿脚趾》里的杰夫·布里吉斯[1]，但要老上二十岁。他叫什么名字？他说过自己的名字吗？有人问过他这个问题吗？

他没问过这个男人的名字，可能女警察或那个坐在轮椅上的女孩问过。他不知道。

拿破仑在等待约翰·弗格蒂的旋律。他开始倒计时，三百秒之后，他意识到闹钟不会响了，他突然想起来：他把手机留在曼哈顿大桥上了！

[1] 杰夫·布里吉斯，美国演员，在《谋杀绿脚趾》中饰演“督爷”——一个无所事事的中年混混。——译者注

他缓缓睁开眼睛。

这不是他的床，他反应过来了，他在那家旅馆简陋的房间里。

他还活着。

那个在空中漫步的家伙说了什么？

“一个星期之后，我带你回来，就回到此时此刻。那时候，你可以自由地选择。”

什么意思？昨天，拿破仑的脑子仿佛失去了思考的能力。他除了跟着那个男人，没有别的选择，他什么也没问，没能理清发生的一系列事，更没法用理性来解释这些不合逻辑的事情。

开枪的女警……她真的开枪自杀了吗？拿破仑看见她和那个男人从警车里走出来，他们一起——他们的司机和领队，还有那个女警察。

那埃米莉呢？她是谁？看起来像是那个家伙的女人。

他度过了多么奇怪的一天呀！

我是不是已经死了？

“死人是不会饿的。”肚子在提醒他。

拿破仑坐了起来，他还穿着昨天的衣服。

昨晚的一切好像很久远，像是发生在好几年前的事。他揉了揉太阳穴，偏头痛是他的老毛病了。

拿破仑仔细看了这个房间，房间里有一张单人床、一个衣柜，窗边还有一张写字台。他站起来，打开窗帘向外看：篮球场就在下面，空荡荡的，看起来很冷清，大清早的太阳还没有完全露脸。一个橙色篮球躺在外围的金属网旁。两个人正走在人行横道上，都裹得很严实，可以看到他们嘴里呵出来的白气。

这座城市的各种声音他都非常熟悉。

拿破仑看向房间里的床，虽然床单有些皱，但基本没动，因为他昨晚睡在了被子上。他感到双脚冰冷，找到袜子穿上，然后走向衣柜，打开后他看见里面有七套西装，和他身上穿的一模一样，另外还挂着七件熨好的 T 恤。他拿起一件，看了看尺码：是他的码，他又摸了摸面料。他又看了看衣柜里的裤子。一分钟之内，他就穿上了一套干净、芬芳的衣服。拿破仑把穿过的上衣放在椅子上，从口袋中拿出一盒布洛芬，但里面只剩一个胶囊板，药已经吃完了，他感到太阳穴两边开始突突地跳。

那现在该怎么办呢？

他穿上外套，离开了房间。

餐厅布满阳光，有几张小圆桌子散放在那里，中间有一张大桌子，艾瑞莎和埃米莉已经坐在那张大圆桌旁了。艾瑞莎没穿警服，而是穿了一件长袖黑毛衣、一条柔软的灰色裤子和一双平底鞋。埃米莉也穿着新衣服：一件小花衬衫和一条牛仔裤。

“早上好。”拿破仑打了声招呼，声音有些含糊。

“你好！”埃米莉回答说。她面色疲倦，一定是没睡好；眼睛也有些肿，看起来像哭过。艾瑞莎也小声嘟哝了一声“早上好”。她看起来休息好了，她一整夜不睡也能若无其事，可能因为经常晚上巡逻，她已经习惯了熬夜。拿破仑坐了下来。他有些尴尬，那种感觉就像三个陌生人一起坐电梯，坐到克莱斯勒大厦[1]的顶楼。

一个爽朗的声音从厨房传来。

“埃米莉的酸奶拌什锦水果，艾瑞莎的全熟无盐炒鸡蛋。”

是那个带他们来这儿的男人在说话，他把早餐一道道摆在他们面前，并且大声说出了早餐的内容。

“……呃，拿破仑，给你一杯黑咖啡和两小包糖。”男人把杯子放在拿破仑面前。

他给每个人都准备了各自最喜欢的早餐。

这个奇怪的男人从口袋里拿出一板布洛芬，倒了一杯水，迅速吞下两片，把剩下的药放在拿破仑的咖啡旁边。

“吃点东西再吃药，”男人叮嘱说，“早餐还有黑莓味的甜甜圈，味道很不赖。”

拿破仑现在比刚睡醒时更迷糊了：这出安静的独角戏让他越来越无法忍受。他站了起来，向男人吼道：“你能不能解释一下，我们到底在干什么？！”

男人看了看手表，没有理他。

“丹尼尔！你能快点吗？已经很晚了！”男人向着房间的方向喊道，一只手自然地放在埃米莉的肩上，“多吃点！所有人都多吃点吧！今天会比较辛苦。”他又喊道：“丹尼尔！”

艾瑞莎和埃米莉都十分疑惑，拿破仑也云里雾里。艾瑞莎开始静静

[1] 纽约第三高楼。——译者注

地吃早餐。埃米莉犹豫了一会儿，也开始吃了。

拿破仑和男人面对面站着，男人用下巴指了指咖啡：“快喝吧，快要凉了！”

拿破仑叹了口气，稍稍放下戒心，坐下小口地喝着咖啡，还吃了一块甜甜圈。

“丹尼尔，你终于来了！”男人向走廊方向露出了微笑。一个十一二岁的小男孩出现在他们面前，他穿着天蓝色法兰绒睡衣，眼里还全是睡意。他打了个哈欠，坐在了埃米莉旁边。埃米莉很惊讶，拿破仑和艾瑞莎更目瞪口呆了。一个孩子怎么会卷进这种事情里来？

男人的声音打断了大家的思绪。

“怎么，不打个招呼吗？”

丹尼尔羞涩地朝大家招了招手，男人给他倒了一大杯热巧克力，还给他拿了一片甜甜圈，然后离开了餐厅。

“大家好！”小男孩有点羞涩地说。

三个人仿佛石化了。丹尼尔看着他们，就像面对着“东方三博士”[1]。他从口袋里拿出一个米色塑料小盒，打开从里面取出一个小注射器和一个小药水瓶。

丹尼尔若无其事，娴熟地用注射器吸起药水，在腹部打了一针，打完针以后，他把所有东西重新放回手帕里，然后开心地吃起了甜甜圈。

“东方三博士”盯着小男孩，就好像他是刚刚从火星来的。拿破仑

[1] 《圣经》中，在耶稣出生后，来自东方的三位“博士”带着黄金、乳香、没药前来朝拜。——译者注

连忙吞下两片布洛芬。

这时候男人回到了餐厅，手上拿着一杯咖啡，他喝了一小口，把它放在了桌上。

“我去开车。十分钟之后我们楼下见。”男人说完就转身离开了。

小男孩继续吃着早餐，其他三个人好像已经忘了早餐这回事，只是呆呆地盯着他。

“嗨！你们看够了吗？”丹尼尔忍不住说，他手上的甜甜圈屑落在桌子上。

旅行车坐满了。丹尼尔坐在后面，坐在拿破仑和艾瑞莎中间。

埃米莉坐在副驾驶的位置，从轮椅被转移到车上的过程中，她一句话也没有说。

埃米莉双腿瘫痪后，父母就把她带回了田纳西州。她已经离开家乡两年了，刚回去时感觉还不错，跟家人在一起，她可以暂时忘记发生的事情。但不到一周，她就觉得那个小城镇对她来说太小了，就像咖啡杯的杯底一样，每天深夜，她总会梦见那座繁华都市。她在纽约有一套房子。体育生涯让她经济独立，她甚至给自己在布鲁克林买了一套两居室。她所做的一切就是为了离开这个她生长的地方，但现在她又回到了原点。一天夜里，父母都睡着了，她艰难地爬下楼梯，爬到底层，又爬上自己的轮椅，来到了记忆中的干草房。她进去之后，把里面的日光灯打开了，她在下面，抬头仔细看着头顶上的横梁，她在那上面度过了自己的少年时光：这个房梁五米高，这个十分危险的高度让她变得无所畏惧，这也是她事业成功的一个重要契机。

她告诉父母她想回纽约，父母极力劝阻，但她毫不动摇。如果她还有机会，唯一重新开始的机会，那就是离开小城。

到了纽约之后，埃米莉的热情持续了大概两个月，后来就又陷入了无法自拔的抑郁中。她在书本里找到了寄托，但每次读到最后一页时，她就又回到了现实，又成了那个瘫痪的前体操冠军。

命运想要碾碎她。它成功了。

但她不能理解现在的处境：她不知道自己和几个陌生人坐在这辆旧福特旅行车里干什么。还有那个奇怪的男人，她除了知道那个男人热爱爵士乐以外，对他的其他方面几乎一无所知。再看着几个同伴一张张迷茫的脸，她很肯定，他们也不明白这是怎么回事儿。

汽车沿着中央公园前进，男人一边开车，一边在收音机里搜索着他想听的歌。他找到了一首巴萨诺瓦版本的《来自依帕内玛的女孩》，看起来十分满意。

“你们喜欢巴萨诺瓦音乐吗？我非常喜欢。”男人说，但没人在意他的话。男人开始用手指在方向盘上打着拍子，看起来十分欢乐。

“一便士换你们的想法。”

车上的乘客交换了一下眼神。

“我们去哪里？”拿破仑问开车的男人。

“去洗车，这辆车现在看着真让人恶心！”男人回答说，似乎有些漫不经心。

几分钟后，他们坐在了第二大道自动洗车处的滚筒间：四个灵魂，每个都心怀恐惧，他们仿佛要被水淹没。

男人站在外面观察着他们，不由自主地露出一个微笑：自助洗车总是很管用，不仅可以冲刷污秽，还可以稀释窘迫和尴尬。他看不见他们，但知道他们终于开始交谈了。

艾瑞莎是第一个提问的人。“你在这儿做什么？”她用温柔的语气问丹尼尔，母性的本能战胜了所有拘泥。

“你们呢？”男孩反问道。

艾瑞莎看向拿破仑和埃米莉，最后小心地回答说：“我们是昨天晚上才认识的。”她故意不说他们之间的共同之处。

他们在这儿的原因每个人都心知肚明，但一想到小丹尼尔也在这里，他们就感到更不自在。

“他也给了你们七天的时间吗？”小男孩问。

拿破仑感到喉头一哽。

“是的。”艾瑞莎回答，她试图掩饰自己的不安。

“他说，七天之后会把我们带回那天。”埃米莉补充说。

艾瑞莎点了点头。

泡沫盖住了车窗。

“他在你们面前有什么奇怪的举动吗？”拿破仑问。他脑海中总是浮现出那个男人悬空站在河上的画面，在此之前，他只在超级英雄的电影里看到过这样的场面。

“我感觉没有。”埃米莉回答说。

“为什么这么问？他在你面前做了什么？”艾瑞莎十分好奇。

“不，没有。”拿破仑不想再说这个话题。如果他把那天晚上在桥上看到的情景说出去，大家一定会觉得他太容易上当受骗了。他保持沉默，想起了自己演说时安慰他人的情景。自从走上那座桥，他仿佛丧失了说话的技艺，他的回答总是简单空洞，没办法和别人深入交流。原本他……最擅长说话了。为什么他没法和这两个女人交流呢？或者和那个孩子？

或许是因为他们和我一样，和他们说话就像是在对自己说话，拿破仑心想。

“我真不知道自己为什么会接受他的建议。”埃米莉忍不住说。

水喷涌在车窗上，滚筒像是在给车身做按摩。拿破仑反驳说：“因为你相信他。”

“你不是也相信他吗？”艾瑞莎说。

“不，我不相信。”

“但是你也在这儿。”

“我是在这儿，但这家伙到底是谁？好像只有我一个人问过这个问题！”拿破仑的语气有些暴躁，但他很快就控制住了自己，“或许你们知道他是谁。”

“我不知道。”埃米莉很快回答说。

“我也不知道，但我觉得他人很好。”丹尼尔还是孩子，他用天真的语气说。

洗车滚筒打开，暖气口开始吹热风。

带队的男人带着一丝狡黠的笑，一边抽着烟，一边靠在矮墙上观察他们。

他长长地吸了一口香烟，从嘴里吐出一串串大而完美的烟圈，烟圈缓缓飘向上空，仿佛永远不会消散。

丹尼尔透过车窗，指着正在抽烟的男人，男人没有听到，这个胖乎乎的小男孩正在叫他“毛毛虫”[1]，那是《爱丽丝梦游仙境》里的人物。听到丹尼尔给他起的外号，几个同伴终于露出了这一天的第一个微笑。

[1] 《爱丽丝梦游仙境》中的角色，一直守护着记录“地下世界”重要事项的古老文件。——译者注

车子洗干净了，“毛毛虫”看起来心情更好了。

洗车时大家还聊了几句，但现在没人说话了。他们全神贯注地看着纽约，仿佛是初来乍到的游客，但对这座城市，他们已经太熟悉了。

艾瑞莎盯着在马路拐角处休息的警察，仿佛想要从中认出某个人，然后说“那是我朋友”。她似乎还想与过去建立起某种联系，想挽回她一枪结束的人生。

或许枪没对准，所以我还活着。艾瑞莎一直在考虑这个问题。

汽车停在路边，男人下车后走进一家冰激凌店，四位乘客在车里好奇地等待着。

男人回来了，有些艰难地打开车门，坐了进来。他手上拿着五个一样的冰激凌：草莓和巧克力味，他一人发了一个。

“我必须吃吗？”丹尼尔注视着冰激凌，仿佛眼前是一个圣杯。

“如果你不想吃，就不要吃。”男人温和地回答说。

“那我把它扔了。”

“你不喜欢吃冰激凌吗？”艾瑞莎关心地问。

“我有糖尿病。”

“这个星期内，你没有糖尿病。但不想吃也没关系，给我吃吧。”男人小心地从丹尼尔手里接过冰激凌，它已经开始融化了，男人舔了一下，给了它一个更稳固的形状。

“这个星期内他没有糖尿病，这是什么意思？”拿破仑问，愤怒多过好奇。

“意思就是，他想吃什么就吃什么。”男人回答说，继续舔着冰激凌。

“够了！你不能再这样了！我们有权知道真相。”拿破仑坚持说。

“你们想知道什么？我们要在这七天做什么吗？”男人似乎已经准备好了要和大家交谈。

“不只是这个。”拿破仑马上说。

“一般，我不怎么做计划……”

“告诉我你是谁，我不相信你。”拿破仑坚决不让步。

“昨天晚上你跟着我时，我没觉得你怀疑我，是什么促使你跟着我的？”男人的声音透着一丝挑衅。

“昨天我脑子很乱，可以了吧？今天我想知道答案。你向我做出了一些具体的承诺，对他们的承诺也一样，是不是？”

拿破仑看向丹尼尔，又看向艾瑞莎，她已经开始吃冰激凌了。

“是呀，你向我们做出了承诺！但你只带我们来洗车，吃冰激凌！现在我们做什么呢？去东河散步吗？”

男人笑了。

五分钟后，他们到了布鲁克林大桥公园。男人走在最前面，拿破仑紧跟着他。在他们身后，艾瑞莎推着埃米莉的轮椅，丹尼尔走在艾瑞莎旁边。

“你究竟要带我们去哪里？”拿破仑抓住男人的一只胳膊，问道。

“省点力气，快走吧！”男人喘着气回答。

拿破仑一气之下走得很快，就好像想要离开。他走向一座通往沿河小路的小山，从那里可能可以走回去。但拿破仑走上山顶时，身体突然不动了：他仿佛全身麻木了一般，无法往前迈上一步。

几个同伴来到了他身边。男人停在他们身后几米，喘着气，小步加入到队伍中。河边停着两辆警车、一辆救护车和一辆蛙人橡皮摩托艇。好奇的人群站在河堤上观望，警察正在打捞一具尸体。

他们四个人一个挨着一个，站成一排，都惊愕得说不出话来。他们离河堤一百来米远，只能隐约看见尸体的轮廓，看起来是一个中年男子。

艾瑞莎充满了保护欲，她一只手放在丹尼尔的肩膀上，想要带他离开，但小男孩拒绝了，他还想待在那儿看。

拿破仑凝视着这个场面，身体如同一尊雕塑：尸体被放到岸边，穿着颜色不明的外套，里面是西装，非常像……

非常像我的，拿破仑想。T 恤衫上的印花和自己那件多像啊，现在它被黑乎乎、绝望的脏水打湿。

拿破仑全神贯注地看着那具放在鹅卵石上的尸体。那人最终还是决定跳下去了。**如果我当时也跳了，那么……**

“如果你想走近点的话，就去吧！”男人打破了拿破仑的思绪，曾许诺要拯救他的男人。

“你确定吗？”拿破仑有些犹豫。

“他们看不见你。”

拿破仑拿不定主意，只是远远看着这个场景。埃米莉也一动不动；

艾瑞莎一只手轻轻拂过拿破仑的肩膀，似乎想给他一些安慰，又像是为了证实他确实在这儿，但拿破仑根本没觉察到。

“去吧！”男人鼓励他说。

拿破仑仿佛是听从了男人的吩咐，他走向东河，停在了离警察几米远的位置，他们正在尸检。**我的帽子去哪儿了**？这是拿破仑唯一想到的问题。

艾瑞莎、埃米莉和丹尼尔都陷入了沉默，就好像在参与某种宗教仪式。

“第一天是最艰难的，之后会好些。”男人说。

旅行车安静地行驶在罗斯福快速通道上。

每个人都在猜测，此时此刻自己的身体会在哪儿：思绪汹涌而来，他们没有心情欣赏布鲁克林美丽的清晨，感受这个季节温和宜人的气候。如果是其他日子，此刻他们可能会选择躺在河岸边的草地上，或许还会来一瓶啤酒。

生活，已经不存在了。

艾瑞莎和埃米莉很明白这一点，丹尼尔也是。尤其是拿破仑，他看着窗外那条接纳了他身体的蜿蜒河流。拿破仑没注意到，男人已经打开了收音机，电台播放着詹姆斯·亚瑟的《说你不会放弃》，悲伤的歌声回荡在车内，低低地向爱人诉说：就算最后变成幽灵，他们也要永远在一起。

拿破仑坐在前排，埃米莉是一个贴心的女孩，她很默契地坐在了后面。坐在前排，就可以躲开所有人的目光，不必承受同情与怜悯，也不必对他人的安慰报以微笑。空气中弥漫着疲惫和焦虑。埃米莉倚靠在艾瑞莎的左肩上，艾瑞莎轻轻抚摸了一下她的脑袋；过了一会儿，丹尼尔也把头靠在艾瑞莎的右肩上。在这场持续七天的漫长旅途中，他们彼此之间有了一些信赖。

刚才发生的一切还历历在目，可炫丽缤纷的时代广场与愁云惨淡的河边形成鲜明对比。

我从来没在四十九大道上找到过车位。拿破仑心想，仿佛今天是一个普通日子，他们来这里逛街。看着身旁来往的热闹人群，他觉得活着与逝去的区别并不太大，或者说得更准确一点，他觉得此刻的自己和原来也差不多。男人走在前面几步远，他停在了美国广播公司的橱窗前，后面的队伍陆续跟上了他。广播公司里正在直播节目。丹尼尔把鼻子贴在玻璃上，埃米莉和艾瑞莎也走到了跟前。

拿破仑站得有些远，但他也想看看电视墙上播放的东西。一位女记者正在播报电视新闻：滚动字幕上呈现的画面是纽约城，天下着大雨，好奇的群众聚集在黄线围住的区域四周，黄线上写着“事故现场——禁止跨越”。

“昨日清晨，十一大道和48街间发现的尸体被确认为是埃米莉·沃尔什，这位前奥运会体操运动员于地狱厨房楼上的金普顿·英克48酒店坠楼身亡。”

艾瑞莎站在轮椅后，她不由自主地握紧了把手。丹尼尔看到这则新闻也惊呆了。拿破仑叹了口气，但他很小心，没发出声音。他原本以为，自己不会再为他人痛心了，其实他还做不到。

“2015 年世界锦标赛银牌，2016 年里约奥运会银牌，在近期国内锦标赛上也连续获奖……”女记者继续说，这时荧幕上出现了埃米莉进行平衡木比赛的照片，“我们来回顾一下她的部分佳绩：埃米莉·沃尔什来自田纳西州，曾经是代表美国参加奥运会的最年轻的运动员。在 2020 年东京奥运会预选赛中，她从平衡木上摔下，导致瘫痪。”记者停顿了片刻。

“我们现在来看一看今天的天气……”电视墙上出现了一张美国地图：今天似乎每个地方都很晴朗。

从讣告到天气预报，就是这样……拿破仑想，他永远都适应不了这个信息爆炸的时代。他讨厌被迫看到一些信息。只要注册一个“脸书”（facebook）账号，就能看到社交媒体上的各类视频，可以从一场残酷战争中的万人坑里发现的尸体，马上转换到小猫抚摸鹦鹉。再没有什么能给我们带来震撼。一个女孩，一名参加过奥运会的运动员从高楼上跳下，新闻画面滚动时，还有人在广播公司的玻璃窗前自拍。

埃米莉后退了一点，摇着轮椅朝第七大道方向去了，其他人都跟着她。

红灯亮起，五个人都停了下来。第七大道成为人行道之后，时代广场仿佛变成了地狱，每时每刻都有大批游客和好奇的人群拥入。丹尼尔观察着他们，他抬起头，目光越过丝芙兰化妆品店的橱窗，越过纳斯达克指数表，停在一面巨大的广告牌上。广告每三十秒变一次，现在是百威啤酒的广告时间。

“我喜欢时代广场，之前我很喜欢来这儿，我想混在人群中，”丹尼尔忽然说，“在人群中，我毫不起眼。我不想谈论过去，但我们在未来，是吗？”他问那个男人，希望他能够回答自己，“我们可以像《死亡幻觉》里的唐尼·达克那样，看到未来吗？”

“差不多。”男人回答说。

“一个没有我们的未来，”丹尼尔坚持说，他也想搞清楚状况，“也就是说，就像我们已经……”他犹豫了一下说，“已经死了？”

男人只是点了点头。

“但我们都在，都在这儿。”丹尼尔说着，还夸张地指了指他的几个新朋友。埃米莉、拿破仑和艾瑞莎看着他们中的“英雄”，终于有人可以提出这些问题了。

“作为旁观者。”男人回答说。

“就像电影《回到未来》一样？我们可以改变别人的命运……”艾瑞莎试着用孩子的语气问了一句，仿佛这是唯一奏效的方法。

“你们只能决定自己的命运。”

绿灯亮起，出现了“通行”的标识。

“我们走吧。”男人迈开了步子。四个人静静跟着他，丹尼尔有些吃力地走到队伍的最前面，追上了男人，突然问：“你会飞吗？”

拿破仑仔细听着，他相信自己亲眼看到过男人飞起来，更准确地说是飘在空中。或许飞是另一件事情，他想。不管怎样，他对男人的回答很好奇。

“不要再问这些问题了，丹尼尔。”男人反驳说。

小男孩喘着气。当其他人都继续往前走时，拿破仑放缓了脚步，停了下来。他注意到了广告牌，几个同伴都往回走了几步，不知道有什么东西让他驻足。广告牌上是一群普通孩子在海边吃冰激凌的画面。拿破仑示意大家等一会儿。这个巨大的广告牌几秒钟就换一拨广告。现在所有人都抬头往上看，等待着下一个广告。在影像滑动的那一瞬间，他们都惊讶地发现：广告中一个微笑的小男孩正在喝橙汁，上面写着一行字："喝古蒂橙汁[1]，你也会很酷。"广告上的丹尼尔看起来比现在胖一点，但那就是他，毫无疑问。

埃米莉想要说点什么，但还是欲言又止：在世界上最重要的中心广场看到自己的广告，所有人都会十分自豪，但丹尼尔并没有流露出一丝兴奋的表情。他独自一人沿着马路继续往前走，橙汁广告播完，新款的三星"银河9系"手机接着登场。

一行人来到了旅行车跟前，他们一起离开了时代广场。

拿破仑看了一眼艾瑞莎，又重新看着前方的马路，他确定不久之后这位女警察的故事也将拉开帷幕。他很清楚，这些故事将和其他人的一样，每段回忆、每个发现都会带来痛苦。这种痛苦可能是必要的。如果正在开车的男人现在开口说话，他肯定会说："一种必要的痛苦。"这也是拿破仑演讲时最爱说的话。

旅行车穿过几个街区，穿行在钢筋水泥的密林里，像是但丁的小船，但这次旅途与《神曲》正好相反，打入地狱的灵魂没被困在河边，而是挤在一辆旧式旅行车里，生者仍然徜徉在人行横道上，负责摆渡的人是

[1] 美国橙汁品牌。——译者注

一个无名司机，看起来镇定自若。

“你叫什么名字？”埃米莉突然问。满车的人都竖起了耳朵，仿佛这个问题已经在他们嘴边徘徊很久了。

“你们想来杯啤酒吗？”男人开着车子向右拐去，他十分擅长转移话题。

“到目前为止，这是今天的第一个好主意。”拿破仑说。

夕阳西下，男人把车停在“丹尼比先生”酒馆前面，这是位于格林威治村的一家爱尔兰酒吧。

“我不去。”艾瑞莎摇着头说。

“很快，就一小杯啤酒。”拿破仑试着说服她。

“我不想去。”

“他们看不见你。”男人语重心长地劝她。

艾瑞莎的睫毛颤动着，眼睛看着路面。

“是我不想看见他们。”

“来吧，相信你自己。”男人微笑着，向艾瑞莎伸出一只手，仿佛一名忠心的骑士正在等待贵妇走下马车。

艾瑞莎向几个同伴寻求支援，但他们还很迷惘，没办法帮助她。每个人都沉浸在自己的回忆中，仅作为一名旁观者，他们还不知道该怎么办。

最后，艾瑞莎长叹了一口气：这是她表示同意的方式。

快要走到酒吧入口了，丹尼尔扯了扯男人的袖子，问：“他们能看见我们吗？”

“看情况。”

“看什么情况？”拿破仑推着埃米莉的轮椅，紧接着问。

“看我怎么决定。”

“你怎么决定呢？”丹尼尔又问。

“不要再问了。”男人说完就向酒吧里走去，大家都跟着他。

酒吧宽敞而舒适：木制墙面让气氛变得更加温馨，左边是打扎啤的长柜台，右边是二十多张桌子，最里面有一个小舞台，三个男孩正在唱爱尔兰民谣，穿着制服的警察几乎坐满了酒吧的所有位子。

五个人坐在唯一一张空着的桌子旁，似乎没人注意到他们。

拿破仑挪开一把椅子，把埃米莉推到桌子前，然后用十分友好的口吻问他们的领队：“还有一件事，我非常好奇……”男人露出厌烦的神情，怕听到他回答不了的问题。事实上，拿破仑只有一个很现实的问题：“如果他们看不见我们，那我们怎么叫酒呢？”

听到这个问题，大家都笑了。

“我去吧。”男人回答，他走向柜台。

四个人独自坐着，在这样的环境中，他们有点儿迷惘。直到几个小时前，这一切都还只是一件普通的事情。生活如河流一般向前流去，冲击着他们的灵魂，现在就算是和朋友简单喝一杯，也变得没有任何意义。

艾瑞莎安静而专注，似乎想要仔细品味同事的每一个动作，每一句话，似乎还想成为他们中的一员。

拿破仑注意到了艾瑞莎的神色，问她还好吗。

“我认识他们所有人。”艾瑞莎用一种带着怀念的口吻说，她的目光扫过每一名警察。“他叫威利，来自帕萨迪纳，那边是安妮特……那个高个子的是格蕾丝……杰里米、佩顿、迪伦……那个最壮实的男人是曼森……我和曼森是固定搭档。我当时就是和他在一起。昨天晚上……”她想说“当我开枪的时候”，但没能说出口，“这是我们最喜欢的地方，我们经常来这这儿。”艾瑞莎有些激动。

曼森和三个男人坐在一桌，他盯着面前那一大杯已经快要溢出来的啤酒，似乎在等待奇迹的出现。

“我真想抱一抱他。”艾瑞莎好像在出神，最后，叉子敲在啤酒杯上发出的叮当声唤醒了她。

曼森敲了一下杯子，他站了起来，吸引了大家的目光。

“大家听我说一分钟。”曼森说，他一口气喝下一大杯“健力士”黑啤，压下一个小嗝，把杯子放在桌上，向舞台走去。

他拿起麦克风，向乐队的人做了个手势，音乐戛然而止。

曼森已经喝得有点儿多了，但还是保持微笑。他开始说话，话筒发出一声刺耳的尖叫。

“艾瑞莎是我认识的所有人当中最好的一个，可能也是唯一我没追过的女人，”他笑了一下，声音有些含糊了，但他尽力保持镇定，“她叫我‘勇敢的心’，可我一点都不勇敢，我只是莽撞……勇敢的人是她。”

艾瑞莎看着舞台，尴尬又不安。

“她从不退缩，”曼森继续说，“但她也从来不做无谓的冒险。她常常责备我说：‘曼森，我们拿这份工资，可能会丢了性命，但我们不能白白丢掉性命。’”

艾瑞莎也重复着这句话，只是动了动嘴唇，仿佛在内心深处做祷告。

"'珍惜自己的生命，同时也好好珍惜搭档的生命。'成为警察的第一天，我们就会学到这些。时至今日，我还能站在这儿，也要感谢艾瑞莎，她将继续相伴在我左右，不让我的莽撞冲动害了我。"

这时候，他们的"摆渡者"回来了，他端着一个托盘，上面有四杯啤酒和一杯果汁，但没一个人想喝东西。

曼森看着下面的伙伴，他的目光拿破仑很熟悉。**他会是一个很好的励志演说家**，拿破仑想。他开了个小差，但片刻之后，他又开始担心，**为什么我没感动呢？难道我们的情感也在渐渐消失？那可能就像是《回到未来》那幅海报，慢慢地，所有人都会消失……**

拿破仑沉浸在自己的世界里，等他回过神来，他发现曼森正看着他们。

"他在看着我们吗？"拿破仑像是在问自己，而不是问同伴。

"他看不见我们。"男人回答，他端起啤酒一饮而尽。

"是的，艾瑞莎，以后还是由你来开警报声，你带给我配双份肉桂的咖啡，你用讨厌的密歇根口音向警局汇报工作。"曼森结束了他的讲话，眼里是亮晶晶的泪，额头上也沁出汗水：一个内心柔软的硬汉，侠骨柔肠。

四周所有穿着警服的男人和女人都开始哭泣。

艾瑞莎也在低声啜泣，似乎想要从那里消失。"谢谢你。"她小声说。

一阵掌声响起，经久不息。曼森走下舞台，来到酒吧柜台前，示意服务员马上再给他来一杯啤酒。他喝了一半，然后走向一位同事，把手搭在他肩膀上说："亲爱的乔尼，从明天起，你就要和我一起巡逻了，但你得坐在后面，你知道原因，是吗？"乔尼有些措手不及，他尴尬地笑了笑。"前面的位置，在这段时间，谁都不能坐。"

周围的警察都如释重负地笑了。

"现在我们放声高歌！"曼森向乐队喊道。这声呐喊就像是一个命令，乐队成员都欣然开始演奏。

吟诗少年在战火中死去|他带着战士的荣耀离去|父辈的剑依旧挂在他身上|他的竖琴依旧躺在他身边。

这是属于警察的哀乐，《吟诗男孩》是一曲慷慨悲歌。曼森第一个跟着歌手唱了起来，慢慢地，所有人都加入了合唱：有人在唱歌，有人相互拥抱，就像上演了一台舞台剧，有人只是默默哭泣。艾瑞莎终于不再压抑自己的悲伤，任由泪水流淌出来，埃米莉也哭了。丹尼尔很艰难地压抑着自己的悲伤。拿破仑想着自己内心的空洞。

带领他们来到这里的男人反而神色坦然，在一边嘎吱嘎吱地嚼着花生，偶尔小口啜饮着啤酒，神情严肃，但是整个人很放松，像是在完成一项任务，同时又明白一切都在往好的方向发展。品完最后一口酒，他用纸巾拭去嘴上的泡沫，做了个手势：我们该走了。其余顾客依然沉浸在怀念艾瑞莎的忧伤乐曲中，他们已经离开，其实在其他人眼里，那张桌子一直空着。

现在，他们四个人有点儿了解这个陪着他们的奇怪男人了：启动汽车后，他第一件事情就是挑选音乐，仿佛每一种场景都需要合适的背景音乐，仿佛这些精心挑选的音符能和现实联系起来。

晚上的音乐从布鲁斯·斯普林斯汀的《我已烈火焚身》开始，之后的时间只够播放一半咕咕玩偶乐队的《彩虹》。这首歌让拿破仑想起了那部老电影，里面有位天使，爱上了一个想要自杀的女人，或者是一个类似的故事，他记不太清了。

他突然觉得，这个驾驶着旅行车的男人就是一个天使。其他人肯定也这么想过，但都没有勇气说出来。“天使”这个词比“魔鬼”更令人生畏，因为我们都不相信魔鬼，却深深信赖天使。这个假设已经超越了现实，让你双腿开始颤抖。拿破仑还没有整理好自己的思绪，车子就已经停了下来，收音机关上了，音乐引起的情感起伏也瞬间消失。

“蓝月旅馆”招牌想引起顾客的注意，但上面只有为数不多的小灯泡还亮着，如此微弱的浅蓝色灯光，无法照亮这个没有星星的夜晚。

几个人下车时已经形成了固定的模式：男人去后备箱拖出轮椅，拿破仑帮助埃米莉坐上去，艾瑞莎负责推轮椅，丹尼尔关车门。

没人聊起今天发生的事情，每个人都沉浸在自己的思绪中，他们脑子里都很乱。

一行人乘坐电梯上楼，他们已经熟悉了金属齿轮发出的声音。大厅一如往常的冷清、简陋、破旧，但不再是一片寂静：角落里摆放着一台 20 世纪 60 年代的旧式收音机，此时正发出吱吱呀呀的声音，这让人想到爷爷奶奶住的地方，收音机发出的疲惫声音像是从远方传来。《飞跃海洋》的歌声飘扬在空中，乔治·班森温暖的嗓声令人心安，听着他的歌声，仿佛能看到大海的另一边，有人一直在等候你。

这是一个难眠的夜晚，拿破仑坐在房间外安全出口的台阶上，嘴上叼着一根刚刚点燃的烟。

几十个疑问在大脑中盘旋，挥之不去。他觉得自己是一个被生活放逐的人，虽然还能像以前一样感觉到时光的流逝，但已经不能体会到它的意义。他想考虑清楚某些事情，但不知道该去考虑什么，这对习惯于掌控一切的人来说，简直太奇怪了。他吸了一口香烟，然后慢慢吐出，试图吐出一个完美的烟圈，就像男人在洗车处时做的一样，但他的烟圈都有些变形，只有极少几个是圆形的，并很快就散开了。

我猜出他是谁了，一个魔术师。他可以操纵现实，让人对现实的认知发生扭曲。其实这也并不难，比起在空中飘浮几秒，大卫·科波菲尔变过许多更令人匪夷所思的魔术。他突然听到背后传来声音，猛然转过头去，仿佛害怕有人会伤害他。他看到了埃米莉，这应该是最不具有攻击力的人了。女孩滑着轮椅来到落地窗外面，停在拿破仑旁边。

“能给我来一根吗？”埃米莉问。

拿破仑第一次认真地看她，发现她非常美丽。

“一个抽烟的运动员？”

女孩努力睁开疲惫的双眸，有些颓唐，用奇怪的眼神盯着拿破仑。

“我提醒你，我已经死了，而且瘫痪了；或者说瘫痪了，而且死了，随便你怎么排序。”

拿破仑笑了，递给她一根香烟，埃米莉也微笑了一下。

“其实，现在抽烟，我也会感到内疚，就像当初比赛时一样。”埃米莉坦白。

“你之前也抽烟吗？”拿破仑的声音里带有一种父亲的慈爱。

“偶尔，一周两三次，只是一时的兴致，现在却是唯一的消遣了。”

“我觉得，你很怀念你的生活。”拿破仑说。

“我想念所有一切。”埃米莉回答说。

那我呢，拿破仑扪心自问，但他没法像埃米莉那样迅速给出答案。他深深吸了一口香烟，刻意停顿了一下，这是他的一贯做法，就好像在说“现在，我来向你解释，生活到底是什么”。

“你要试着把这看成一次机会，有时候，需要彻底改变自己的视角。”拿破仑对眼前的女孩说，仿佛是对着坐在观众席上的观众，但此时说着这些话，他感觉有些别扭。

“我已经彻底改变了我的视角，”埃米莉说，“我的视角比之前低了五十厘米，这个角度真让我恶心。”她眼睛盯着轮椅，“晚上，我还会梦到原来的自己，我很喜欢那个自己，我很自在。我每天很开心地醒来。”埃米莉用一只手愤怒地拍打自己的大腿，“摸到双腿，我才想起来我变成了这样，事已至此，我还有什么机会？”

拿破仑掂量着女孩的话，然后看向天空：天上没什么云，比昨天晚上晴朗多了。埃米莉盯着拿破仑，似乎想让他诚恳一点。

“你说得对，确实让人恶心，但这也是你唯一的机会。”拿破仑承认她的想法。

埃米莉来到楼梯边缘。“不是唯一的机会，我还有别的机会……”说着就双臂用力撑起自己，身体探出栏杆。拿破仑出于本能，一把抓住了她，但女孩更敏捷，她又坐了下来，大笑起来。

“你觉得我们能死两次吗？”

她笑起来更漂亮了，拿破仑想，**酒窝让她整个人都变得明媚**。

“我认为，在生活中一个人可以死两次，甚至更多次。”

“我不知道你的问题是什么，”女孩继续说，“但我觉得，改变视角这一招，对你也丝毫没用。”

这次拿破仑没有回答，他吸了最后一口香烟，把烟头抛到栏杆外面。两个人都目送着烟蒂的光亮，看见它落在地上，悄无声息。

我落在了水里，那她落在哪儿呢？**发出声音了吗**？拿破仑心头一紧。

“你觉得那个人怎么样？”拿破仑问她。

“我觉得他是一个想帮助我们的人，”埃米莉回答说，就好像她已经思考过这个问题了，“我实在没勇气去做别的假设，我怕自己会发疯。我随遇而安，一切总好过之前的情况。”她又看了看空荡荡的楼下，然后调转轮椅回了房间。

拿破仑继续在外面待了一会儿，他看着天空。如果他要向别人讲述这个故事，用什么措辞才能让别人相信呢？他不知道，虽然他一直很擅长与人沟通。

那个努力挽回四个人的老男人坐在自己的房间里：一扇巨大的长方形彩色玻璃窗，窗框是铁制的，一张乱糟糟的床，一个酒红色天鹅绒长沙发，上面的绒毛已经脱落了，一张躺椅，上面放着一条花格子毛毯。窗旁摆着一张浅色木制圆桌，四把挪威风格的椅子。门边是红色的冰箱，房间最里面的墙壁上有一个金属书架：书架最底层摆放着一套立体声音响，有一个留声机和两个古典风格的音箱。一堆堆的书、一张世界地图，还有几只看起来不成对的鞋子散落在地上，屋里还有一辆女式自行车。

男人坐在桌旁，正在笔记本上写字。

他面容疲惫，目光倦怠，穿着一件灰色的棉质运动衣，头上戴着一顶松糕帽，几根过长的头发从帽子里冒出来了。

男人十分专注地写着东西。这时候有人敲门，他根本没问是谁，就起身直接去开门。

站在他面前的是一个三十五岁左右的女人，一头红色的卷发，精致的面孔，不施粉黛就已美丽动人。她穿着一件长袖毛衣，上面是大力水手亲吻奥利弗[1]的图案，和那张庆祝战争结束，水手和护士相互拥吻的

[1] 美国连环漫画《大力水手》中大力水手的女朋友。——译者注

照片姿势一样。她身上穿着一条吉卜赛风格的裙子，脚踏着一双黑色皮鞋，长得有点像薇诺娜·瑞德[1]，又有点像海伦娜·伯翰·卡特[2]，这是一个充满诱惑又非常危险的女人，气质非同寻常，足以令任何男人为之疯狂。这是一个生活很极致、对一切势在必得的女人，但只需要看她一眼，就能明白她内心充满伤痛。

“嗨！”男人打了个招呼。

“他们睡了吗？”女人走进来，关上了门。

男人点了点头，又坐回桌旁写东西。

女人打开冰箱，拿出一罐啤酒，坐在沙发上。从外表看上去，他们就像是经历了一天的疲惫工作，回到家中的一对夫妇。

“昨天怎么样？”女人问。

“我有四个人。”

“四个？天哪！我还从来没有同时接手过那么多人。”女人惊叹了一句，然后喝了一大口啤酒。

“三个成年人和一个孩子。”男人把笔放在桌子上，合上了备忘录。

“还有一个孩子？”女人的语气带着一丝悲伤，好像希望孩子不要陷入这样的战争，但也很明白，在这份工作中，并不存在“禁止儿童入内”的布告牌。

---

[1] 美国女演员，曾在 1995 年凭借《小妇人》获得奥斯卡最佳女主角提名。——译者注

[2] 英国女演员，曾出演《看得见风景的房间》《哈利·波特与混血王子》《爱丽丝梦游仙境》等影片。——译者注

“那你第一天做了什么？”女人接着问。

“我们先去了河边，警察在搜寻其中一个人的尸体，我让他们看了一下。”男人说得稀松平常，仿佛他今天只是带了一队游客去游览了帝国大厦楼顶一般。

女人正准备接着喝一口，但她猛然间把啤酒罐从嘴边拿开问：“带着一个孩子一起？”她好像真的很惊讶。

“我不得不这么做，”男人回答说，他开始在房间里踱步，就像漫画里的唐老鸭一样，“有个家伙非常难搞，疑神疑鬼，我必须立刻给他一击。”

“或许，给他们看看其中一个成员的葬礼更好。”女人反驳说，她喝完最后一口酒，把空罐子放在地上。

“可能过两天吧。”男人说，他又坐了下来，问：“你那边怎么样？”

“我有三个，明天是最后一天。我很累，今天我尝试去探索他们内心的欲望……但我觉得，结果好像更糟糕了……”

“对脆弱的人而言，这样确实很危险，特别是在最后一天。”

“总之，他们三个现在关系密切，我相信三个都能成功。”

“很好。”男人微笑着，无论如何，结果才是最重要的。

男人看向四周，仿佛刚刚才想起即将到来的最后期限。他看向扔在椅子上的外套，搜了搜口袋，拿出汽车钥匙给女人。

“明天早上我要用车，拜托了！”

他打开冰箱，也拿出了一罐啤酒。

“我用完后把钥匙给你留在下面，”她让男人放心，“就放在前台。”

“你付一下停车费。”男人补充说，他对女人挤了挤眼睛。

男人筋疲力尽地瘫在了沙发上，就像一个还有很多事情需要处理，却已经心力交瘁，毫无动力的人。

第二日

一个空荡荡的小火车站，阳光洒在废弃的站台上，两棵孤独的栎树在微风中摇曳。一群鸟儿从高空飞过，排成迁徙的队形，这很像是一个秋季的清晨。

候车室有五个座椅，只有一个上面坐着人。一个男人弯着腰，双手撑着脸。

“拿破？”一个声音在大厅里回荡，男人猛地抬起头。他看向四周，在这个地方听到有人喊自己的名字，他感到很惊讶，但他认识这个声音。

“汤姆？”拿破仑对着空荡荡的大厅喊道，“是你吗，汤姆？”

他站起来，小心翼翼地向前走着，似乎害怕外面会突然跳出来一只猛兽。

“汤姆？其他人呢？我的麦克风呢？”

他在大厅里走动，摸着一把把椅子。

“拿破。”还是那个声音，但现在声音是从他背后传来。拿破仑立即转身，看见了一个金发女郎，她穿着一身白色的套装，正盯着他，小声叫着他的名字：“拿破。”她发出的声音和汤姆一样。

“我认识你……但我不知道你是谁。”拿破仑说，但他意识到自己并不想说这些话。

女人微笑着，但她忽然脸色大变，开始哭泣。

太阳瞬间就消失了，风呼呼刮着，黑暗笼罩了整个大厅。“拿破。”女人重复着，这一次是女性的声音，仿佛来自另一个时空。

拿破仑大喊大叫，踢着被单。他从床上坐了起来，不知道自己究竟在哪儿。

他呼吸急促，满头大汗，像刚刚跑完长跑。他现在知道，那只是一场噩梦。

他闭上眼睛，这个令人心安的动作能让他知道自己是否还活着。

他又睁开眼睛，焦虑感还是涌上心头，这个办法不管用了。

我真的还活着吗？拿破仑问自己。他梦见了汤姆，还有那个可怕的昵称，汤姆总是这么叫他。**不知道他听到那个消息是什么反应……他以前那么敏感**。他忽然想到，汤姆**现在**也应该很敏感。

“以前”这个词比较适合他。

一个人不知道自己是不是还活着，这是多么奇怪的感觉啊！

还有那个白衣女子。拿破仑的一天从回忆开始，她喜欢白色——这是他在思考其他事前的想法。

拿破仑快速冲了个澡，从几件蓝色T恤里拿了一件穿上，再换上牛仔裤。空空的衣架清楚地告诉他已经过去了多少天。拿破仑走出房间，循着咖啡杯和小碟子的碰撞声往前走，那是大家吃早餐的声音。

丹尼尔和埃米莉已经坐在了桌旁，抬头看着他。拿破仑不想说话，只是用眼神向他们问了个早安。艾瑞莎在咖啡机旁静静地观察着她的几个同伴，还有那个神秘的男人——他引领着几个人“体验死亡”。他独自坐着，专心致志地在旧皮革备忘录上写着什么，好像时而灵感迸发，奋笔疾书；时而望着某处发呆，似乎在寻找灵感。

“早！”拿破仑小声向艾瑞莎打了个招呼，来到咖啡机旁煮咖啡。艾瑞莎抿着咖啡，一直盯着正在写字的男人。

埃米莉正在吃一块果酱馅饼，她坐在轮椅上，悄悄滑向男人身后，想趁他不注意，偷看一眼他的备忘录。

男人没说话，但竖起封面，把正在写的东西遮住了。埃米莉笑了笑，重新回到了餐桌旁。

丹尼尔的问题却让大家大吃一惊。

“你说，我能变得像你一样吗？”

男人停下笔，看着丹尼尔，换了个话题：“快点吃早饭，我们马上要出发了。”

丹尼尔坚持这个问题：“你是天生就这样，还是后来变成这样的呢？”

“丹尼尔！”男人叹了口气。

其他同伴都不说话，但都在心里为这个小男孩鼓掌，似乎在说：“好样的，继续问他！”

丹尼尔接着说：“对不起，你总是问我们问题，所以我也想问问你。”

“不，丹尼尔，规则不是这样的。”男人说着，合上了笔记本。

“那应该是怎样的呢？”

“对呀，告诉我们，规则到底是怎样的！”拿破仑终于忍不住了，带着挑衅的语气质问，看起来像一个很难对付的家伙。

“拿破仑，你也要搅和进来吗？”

艾瑞莎走到窗户旁，盯着外面看，滚烫的咖啡杯温暖着她的手。

“你在想什么？”男人问她。

“我们今天有什么安排？”埃米莉插了一句。

男人看着埃米莉，又转头看向拿破仑和丹尼尔，后来目光落在埃米莉身上。

“我们等下看吧！我跟你们说过，我不喜欢做计划。”男人的声音和蔼可亲，却不容置喙。大家似乎都听从了男人的话，各自吃着早餐。

“好吧，我先开始。我认为，我们现在应该……”

是艾瑞莎在说话。

在这场眼神交错、思想碰撞的奇怪场景中，所有人都好奇地看着她，但也有一丝害怕，因为她的语气非常坚定，就像警察在展示自己的权威。

“……相互了解一下。”艾瑞莎说。

“如果你想的话，当然可以。”制定规则的男人回应说。

艾瑞莎抿了一小口咖啡，点了点头。

世界上最困难的事情莫过于举起手枪对着一个人，手指放在扳机上，保持不开枪，艾瑞莎心想。忽然间，她想到了自己曾经一次次面临的死亡风险。

“我失去了我的女儿。”艾瑞莎说，然后停了一下，继续开始之前，她需要一点时间。

“事情发生在一个篮球场上，就像楼下的那个，也可能更大一些，还有木制的阶梯座位。我常常去那儿看我女儿打球，为她喝彩，那时我乐此不疲。”

丹尼尔不由自主地想要握住埃米莉的手。女警察继续说：“奥利维娅是球队的发起人，还负责组织整场球赛，在生活中也是几个朋友的楷模。”

艾瑞莎又看向窗外：在清晨的寂静中，楼下的篮球场空荡荡的。一个男孩路过篮球场的防护网，他穿得像个说唱歌手，戴着一顶网球帽，方形帽檐，上面满是美金符号的花纹。他一直往前走，根本没注意到被丢弃在角落的篮球。艾瑞莎却清楚地看见了它，她甚至已经听到了拍打篮球的声音，还有球鞋在水泥地上奔跑的咯吱声：现在，她能够看见女儿了，奥利维娅在那儿，正在和她的队友一起打球。

“她们领先了，”艾瑞莎继续说，“奥利维娅站在球场中间传球，她把球传了出去，队友们都奔向了篮筐。”

艾瑞莎完全沉浸在回忆里，她甚至听到了啦啦队的齐声喝彩，十多个声音回荡在耳旁。

“奥利维娅没往前跑，她停在了那里，一个人停在了篮球场中间。她看起来很迟疑，满眼都是惊异，我不知道该怎么向你们形容她的表情，但那个表情，我一辈子都忘不了，”艾瑞莎又停了下来，不过这次停顿的时间很短，“她的队伍进球得分了，可她……她却倒在了地上。”

认真的观察者甚至可以在艾瑞莎的瞳孔里看到完整的故事回放。

“布鲁戈达综合征[1]。”她说出了最后的宣判。

“什么意思？”埃米莉紧紧握着丹尼尔的手，问道。

“意思就是，我女儿的心脏有一个保质期，就和牛奶一样。这种病

[1] 布鲁哥达综合征是一种原发性心脏疾病，易导致心源性猝死。——译者注

没有任何征兆，你根本感觉不到，但不知道什么时候就犯了。”她喝了一小口咖啡，下意识地看向丹尼尔：小孩的眼睛已经湿润了。

“从那天起，我的心就随她而去了。我不是一个爱哭的人，相反，我很乐观，一个杯子装了半杯水，我也总能看到满的一半，直到上帝决定在那半杯水里撒尿。”

艾瑞莎看着那个男人，她明白，因为某种魔法，他已经知道了自己的故事。

“奥利维娅当时多大了？”丹尼尔问。

眼泪流过艾瑞莎的脸庞，她轻轻抽泣了一下。

“十七岁。”

“真是不公平。”丹尼尔忍不住感叹了一句。

“确实，一点都不公平。”这次是男人的声音。

拿破仑很惊讶男人会表示赞同。

“丹尼尔，你在想什么？”男人问。

“我在想我妈妈。”他一边抽泣一边说。

艾瑞莎很感动，她把所有绝望都揽在自己心底。她穿过大厅，走到丹尼尔身旁，抱住他。

“你想去找她吗，丹尼尔？你可以回答想，或者不想。”男人提议说。

丹尼尔猛地点点头，他的哭声好像释放了之前他不敢唱出来的自由之歌。

拿破仑记得，自己九岁时曾和祖父去过哥伦布圆环广场。当时那儿有一个庆典，街道上都是盛装游行的人，装满各种美食的小推车散布在广场各处：棉花糖、糖人、烤花生、糖果，还有羽扇豆[1]。祖父给他买了一大包羽扇豆，摊主在上面撒上盐。拿破仑大把大把地吃着羽扇豆，祖父看到他的吃法，就告诫他说："你知道这个豆子壳吃多了会得阑尾炎吗？"拿破仑毫不在意。如果要剥了壳再吃，那为什么之前还要在上面撒盐呢？

第二天晚上，他就进急诊室动手术了：腹膜后位阑尾炎。

通常半个小时就结束的手术，却做了两个多小时。

拿破仑永远不会忘记祖父抱着他走进医院大门的情景，那时，他已经吐了一下午，最后嘴里只能冒出绿色的液体。"可能是胆汁。"医生后来推断说。两个声音在他脑袋里一齐响起，一个不断告诉他，他马上要死了；另一个却告诉他，他会很舒服。他还记得，穿着白大褂的护士小心地看顾着他，仿佛他是一个等待拆卸的炸药包，而那位穿着绿大褂的医生只是摸了摸他的腹部，就诊断出了他的病情。他还记得消毒水的味道，以及祖父安慰他的话："你马上就会好的。"他觉得自己很特别，当

[1] 羽扇豆又名鲁冰花，花序挺拔丰硕，花色艳丽多彩，许多品种都带有苦味，还含有毒性生物碱。部分品种的种子可食用。——译者注

然也非常幸运。虽然腹部剧痛，还发着高烧，但在他小孩的脑瓜里，死亡的想法慢慢消失了。在医院里，他非常有安全感。他知道那些人会悉心照顾他，也知道自己马上就会康复。这是祖父告诉他的。甚至全麻的感觉他也喜欢，“那就像是直接打开你大脑里的水龙头，一股暖流将从头部蔓延到全身。”医生告诉他要数到十，但他还没数到三，就沉睡了过去。最后，他在一张病床上醒来，发现自己在一个房间里，旁边还有和自己一样幸运的病人，他们都得到了正确的治疗。

在那之后，拿破仑再也没吃过羽扇豆，不管是有壳还是没壳的。可能阑尾炎只是偶然事件，但他还是想避免。

在那之后，他再也没去过医院。

或许就是因为太久没来过这种地方了，与同伴一起走进林诺克斯山医院自动大门的那刻起，拿破仑就陷入了一种奇怪的缄默。看着丹尼尔，他就仿佛看见了小时候自己住进急诊室时的神情：眼里满是慌乱，但又为能被送到医院感到一丝庆幸。

他们来到了重症室，沿着走廊往前走，男人在最前面领路。

他们来到了一扇玻璃前，透过玻璃，他们看到一个昏迷的人躺在床上：全身插满导管和线，另一头连着很多复杂的机器。显示屏上，彩色图表和数字持续变化着，就像纳斯达克指数一样。

大家都感到十分迷惑：从丹尼尔说他想见妈妈开始，他们就一直以为他妈妈在医院里，但现在躺在病床上的并不是她，而是丹尼尔本人。他双眼紧闭，床单盖到了下巴，胖乎乎的脸颊里仿佛藏了两块棉花糖。

拿破仑、艾瑞莎和埃米莉都觉得这是件不可思议的事，所以都没说话。

丹尼尔看着房间里，嘴里无意识地重复一个词，一个可能他还不认识的词——“氧气机”。**或许我也在医院里听到过这个词，或许是躺在病床上的丹尼尔听到了这个词，我也记住了。但如果我躺在这儿，那么……**

丹尼尔的父亲坐在昏迷的儿子旁边，他看起来四十岁左右，大部分头发已经掉光了，其实，他二十几岁时就已经没什么头发了。

他坐在沙发上，拿着手机，盯着屏幕看。

“我还没死……”丹尼尔对那个没有名字的男人说。

“目前还没有。”

“我是唯一一个自杀失败的人，真是倒霉透顶了。”

艾瑞莎和埃米莉笑了笑。

拿破仑却很惊讶，他无法理解他们的话，他擅长分析的大脑又卡壳了。

“二十个甜甜圈，”丹尼尔解释说，“但还是不够。”

他凝视着自己的同伴，想看到他们恍然大悟的神情，但大家还是很不解。

“是甜甜圈，霍默·辛普森[1]吃的那种甜甜圈，你们知道吗？就是那些上面洒满粉红色糖霜和糖粒的甜甜圈。”

---

[1] 美国电视动画《辛普森一家》中的角色，爱吃甜甜圈。——译者注

“也就是说，你想用二十个甜甜圈来自杀？”埃米莉问。

丹尼尔耸了耸肩：“我原本以为足够了。”

病房里，丹尼尔的妈妈从卫生间走了出来，手上拿着一个印着“梅西百货”的袋子，还有一件叠好的睡衣。她穿着一条深色工作裤和一件蝙蝠袖白T恤。

“妈妈！”丹尼尔小声叫着，把手放在玻璃窗上，因为激动，他有些哽咽。

女人走向儿子的病床，坐在他旁边，握着儿子的手，然后转头看向玻璃：她疲惫不堪的目光，正好与丹尼尔的交会——那个活着的丹尼尔。孩子泪如雨下，仿佛这个对视是真实发生的，但女人马上收回目光，看向了被子底下的丹尼尔。

丹尼尔是独生子，虽然家境贫寒，但父母从未让他节衣缩食。六岁时，他开始在半夜惊醒，全身是汗。几周之后，医生确诊他得了糖尿病。从那时起，情况就越来越糟糕了。

“病情并不严重，丹尼尔，你想做什么都可以，只需要遵守一点点简单的要求。”父母这样跟他说。

不吃甜食，可以；调整血糖含量，好吧，或许是对压力的反抗，或许是对自由的渴望，丹尼尔开始吃大人禁止他吃的所有东西，毫无节制，而且越想控制，吃得越多。

有一天，他们在一个电视竞答节目上看到这么一行字幕：“我们要找的人就是你——一个有重量的人，明日的广告明星。”

父亲通过邮件，把丹尼尔的照片和身份信息发了出去，六个月之后，整个美国的电视上都出现了他代言的广告。丹尼尔成为了古蒂橙汁广告的新面孔：广告里是一个慢镜头，他走在学校的走廊上，男生都和他击掌，女生看到他走过，激动得要晕倒在地。广告想要传达的信息十分简单：喝古蒂橙汁，任何人都能成为万人迷。

在现实中，丹尼尔并不是一个万人迷，学校里的同学叫他“一个狂喝橙汁的死胖子”。

丹尼尔回忆起那些日子时，内心总是十分矛盾。他很早就想和父母好好聊一聊了，可父母和他之间的唯一话题只有广告、情景喜剧和电视剧的试镜。他变成了一只会下金蛋的母鸡，这个意想不到的惊喜彻底扰乱了整个家庭。丹尼尔只能默默承受这一切，往返于一个个演播厅，这让他非常厌烦。父母乐此不疲地为他规划未来时，丹尼尔只想用一种简单、没有痛苦甚至是轻松愉悦的方式逃离这一切。甜甜圈，就靠它们了。

脚步声打断了丹尼尔的回忆，一位医生好像正朝他们走来。

“他能看见我们吗？”男孩小声问。

“不能。”男人回答说。

医生轻轻敲了敲玻璃。

丹尼尔的父母都站了起来，一起走出房间。

现在，所有人都在走廊上了，丹尼尔就站在母亲和医生的中间。

父亲看起来筋疲力尽。

“早上好，医生。”他打了个招呼。

“有什么新情况吗？”母亲强打起精神问医生。

艾瑞莎看向他们的“领队”，用眼神问他，当父母和医生交流病情时，男孩该不该在场。

男人感受到了艾瑞莎探究的目光，点了点头，然后看向丹尼尔：小男孩张着嘴，仿佛看到了神灯里的精灵，而他正准备着许下自己的三个愿望。

医生摘下眼镜，用大拇指和食指按摩了一下鼻梁，为了把医学报告解释清楚，他需要稍微放松一下。

“没什么重要的新情况，病情很危急，但还算稳定。”医生一边回答，一边重新戴上了他的黄边框眼镜。他手上拿着一张检查报告单，丹尼尔想偷偷瞄一眼，但他什么都看不懂。

“有一件事情，我不明白……他为什么要一口气吃那么多甜点？”

“他以前是个贪吃的孩子。”女人抑制住抽泣，回答说。

“但他得了糖尿病，他自己也知道这件事。”医生反驳道。

“他之前一直是自己打胰岛素。”父亲连忙解释。

“但这次他没打针。”医生肯定地说。

“他**以前**是个贪吃的孩子，已经得了糖尿病，**之前**一直是自己打胰岛素……他们怎么这样说话？丹尼尔明明还活着。”艾瑞莎小声说。丹尼尔在一旁，专注地听着他们讨论自己的病情，这真是让人惊奇。

“你确定吗？”母亲激动地问医生。

医生表示很肯定。

“真奇怪，丹尼尔一向都准时打针，一次都不会少。”父亲说得很坚定，但也十分小心，不想冒犯医生。

丹尼尔朝他的几个同伴说：“他们还是没明白。”

医生叹了口气，继续说：“对不起，我知道这是个敏感的话题，但是……”医生故意隐去了下半句。

“但是什么？”父亲想让医生说完。

“你们难道没想过，他这次可能是故意的吗？”医生故作镇静地问。

“请您说得清楚点！”父亲回答说，他想从妻子那儿得到些提示，但妻子似乎也云里雾里。

“我是想，丹尼尔有没有可能是故意让自己血糖升高的。”医生说。

“您是在开玩笑吧？”父亲粗暴地反驳说。

“他只是个孩子，偶尔可能会忘记。”母亲赶忙补充说。

“丹尼尔一直是个幸福的孩子，您听清楚了吗？”父亲向医生大吼道，医生不得不后退了一步。

“他还越来越出名了，您知道吗？”母亲提高了嗓门，似乎想要平静下来。“他拍了一部很成功的广告。——你拿给医生看看……”她对丈夫说，然后心慌意乱地在他衣服口袋里掏着，“你把手机放哪儿了？”

丹尼尔看着仓皇失措的母亲，她的动作显得滑稽可笑，不合时宜。

“不，我不知道，”医生仓促地说，“好吧，总之，谢谢你们提供的信息。”医生沿着走廊离开，边走边摇着头。

丹尼尔的父亲做了一个让他滚蛋的手势，就跟随妻子回到了病房。

“丹尼尔，你还想待在这儿吗？”领队的男人问。

丹尼尔摇了摇头，眼睛湿漉漉的，闪烁着泪花。

埃米莉来到丹尼尔身边，一只胳膊搭在他肩膀上，用手抚摸着他的脖子，丹尼尔没有拒绝埃米莉的安抚，但尽力抑制住自己的泪水。

“我们走吧！”男人一声令下，朝出口走去。

“你想上来吗？”艾瑞莎指了指轮椅背后，问丹尼尔。

丹尼尔点了点头，露出了一个发自内心的微笑。艾瑞莎在后面推轮椅，丹尼尔就踩在脚踏板上，站在埃米莉和艾瑞莎中间，拿破仑走在最后。

“为什么我父母一点都没意识到呢？”大家等电梯时，丹尼尔问。

“他们没法想象……”艾瑞莎回答说，但这时电梯门开了。

男人示意四个成员进入电梯，按下一楼的按钮，背对着他们，看着两扇缓缓合上的门。

电梯下行，丹尼尔打破了宁静。

“不过，那个医生倒是想到了。”

男人今天打开的背景音乐是杰克逊五兄弟的《我会在那儿》，讲述的是爱情与友谊，一个孩子与成年人的故事。

大家现在都很清楚：他们每天都必须通过某种考验。如果不久之前小丹尼尔与父母的见面是一种考验，那谁会是下一个在没有自己的未来里与往事相遇的人呢？

旅行车慢慢减速，向四十五大道的一个空停车位驶去。拿破仑意识到，他将会是这一站的主角，他闭上了眼睛。早上的梦犹如一道闪电，重现在他的脑海中：汤姆的声音从白衣女人的身体中传出。

“拿破仑。”他听见有人叫他，虽然在梦里只是“拿破”。

“拿破仑！”有人突然碰了一下他的手臂，他吓了一跳，睁开眼睛。原来是那个男人。

拿破仑环顾四周，想看看清楚。车子已经熄火停好了，所有人都还在车上，正在盯着他看。

“我们走吧！”拿破仑干脆利落地说。他下车，从后备箱拿出轮椅，帮助埃米莉坐上去，向前方坚定地迈开步伐，仿佛已经知道自己要去哪里。

“你往哪儿走？”艾瑞莎问他。

“我知道事情怎么运作了！”拿破仑回答说，看起来非常满意。

几分钟之后，他们到达了明斯拉夫大剧院的接待大厅，一个保安正坐在柜台后玩着手机。拿破仑转身看向男人，问:“他们看不见我们，是吗？”事实上，他已经知道答案了。

“是的。”男人带着一丝满意回答说。

拿破仑迈着大步，带领队伍向剧场里走去，掀起厚重的红色帷幕，来到观众席。拿破仑停在了观众席中央，舞台的正对面，审视着赶来参加活动的人。他似乎想要把每一个人都铭记在脑海里。

“一千五百九十七。”拿破仑轻声说。

“你说什么？”埃米莉问，似乎只有她听见了拿破仑的话。

“这里面的人。”

埃米莉不明白，但也没再问什么。

所有位置都满了，观众和两天前一样多，只是拿破仑今天没站在舞台中央，而是出现在了两幅大荧屏上。这时候，舞台上站着一个人，正在和现场的观众交谈。屏幕展示着拿破仑之前演出的照片，没有背景音乐。

“屏幕上的人是你！”丹尼尔指着照片说。

“那是我一年前的照片。”拿破仑回答说。他曾在这家剧场举办过许多场成功的表演，最后一场恰好在他自杀的那天。不管怎么努力，他都想不起来当初自己在人群中选中的男孩叫什么名字，那个需要他拯救的男孩，拿破仑还记得他突然泪流满面，泣不成声，抱住了自己，在自己耳边咕哝着一句句感谢。

“悲惨的命运，让他离开了我们。”站在舞台中间的男人拿着话筒说，扩音器让他的话传到了剧场的每一个角落，“但他的思想、他的言语、他的能量还继续陪伴着我们。现在，这个艰巨的任务落在了我的肩膀上，我要继承和发扬他的演说……”

“你之前是做什么的？教会的牧师吗？”艾瑞莎略带戏谑地问。

“我更相信现实生活，而不是死后的世界。”拿破仑回答说。

这时候，新任的演说家突然提高了嗓门。

“我有一个想法，让我们用拿破仑结束演说的方式，来开启这次新的相遇！请大家现在紧紧拥抱在一起！竭尽全力，挣开束缚，向身边的伙伴传递你的能量吧！拿破仑会看见我们在这儿，我们相信他……让我们一起对他说：谢谢你，拿破仑！”

高昂慷慨的情感在观众席中升华，杰夫·巴克利《哈利路亚》的前奏足以融化最冰冷的灵魂。

“谢谢你，拿破仑！”正厅和两侧座位的观众齐声大喊。

埃米莉感到难以置信：她现在明白了前一个晚上和拿破仑的谈话。

乐声渐弱，慢慢消失，演说家邀请观众坐下。

“现在我们进入主题，因为拿破仑以前想做的就是：不遗余力地帮助身处困境的人，其他都不重要。那么，哪位朋友真正想要改变自己的生活？”他停顿了一下，深邃的目光似乎想穿过每个观众的心灵窗户，探索每个人内心的秘密，“谁愿意给我这个机会？”

正厅有几位观众陆续举起手来，礼仪小姐开始依次给他们递话筒。很多人都开始挥手：他们都希望自己能够成为被选中的人。

拿破仑观望着人群，想着如果今天晚上自己有机会选择，那么在这么多观众里，他会挑中哪一个。

“你会选谁？”艾瑞莎问他。拿破仑猛然转头看着她——当你发现某个人似乎可以读懂你的心思时，总会有些方寸大乱。他突然很想说话，想说说自己的想法，想重新变成舞台上的人，做他一辈子都在做的事。可能是因为剧院里激情澎湃的气氛，可能是因为观众都冲着自己而来，可能是因为他和这些新朋友的感情越来越真挚，不仅仅是自杀灵魂的寂寞相会，拿破仑心里迸发出重新开始演说的欲望，他有了新的倾听者，虽然人数比之前少了很多。

“很难选择，尤其是当你明白这种选择可能会改变别人的一生。”

除了艾瑞莎在认真听拿破仑说话，其他几个同伴也向他投来关注的目光。但就在这时，一位女性观众突然从礼仪小姐手中抢过麦克风，大喊道：“全是谎言！”

大厅里噪声渐弱，所有人都朝着声音传来的方向看去，包括丹尼尔、艾瑞莎、埃米莉和带队的男人，当然也包括拿破仑。

那是一个三十五岁左右的女人，一头金发，穿着白色套装，美丽动人，却不露锋芒。拿破仑看见了她，立刻闭上眼睛，深深吸了一口气。

“全是谎言！”女人朝舞台上的演说家厉声说。

“你为什么不敢告诉这些人真相？你为什么不敢承认，根本不是什么悲惨的命运，拿破仑实际上是自杀的呢？”

观众席骤然安静，然后传来低声的讨论。

“我知道你很震惊，我们都理解……”站在舞台上的演说家回答说，可以看出他和这个女人很熟悉。

"拿破仑一直在说谎，我太天真了，居然会相信他，和这里的人一样天真！"

所有的观众，包括他们这队擅入者，都又一次把注意力转向舞台：现在仿佛到了一部肥皂剧的高潮。

只有拿破仑的目光始终落在白衣女人的身上，他听见她继续说："你们花了多少钱才能坐在这儿？五百美元，一千美元？如果真的可以带走一份幸福，那倒也不多，但如果只是来被人糊弄，那就太多了！"女人把"糊弄"两个字说得掷地有声。舞台上的男人不知道该如何处理，转身向后台请求帮助。

女人滔滔不绝，似乎对自己的新角色驾轻就熟：现在，她才是演说家，拥有一千五百九十七位观众——再加上五个隐身的，他们都在仔细聆听她的话。

"你们想要拥有幸福和快乐吗？"女人继续说，"那就站起来，走出去吧！在外面，你们可能真的可以找到幸福。打起精神！站起来吧！一起出去！"女人有些发怒了。

观众纹丝不动，仿佛大厅里有恐怖分子拿着 M16 步枪劫持了他们，随时可能发生一场大屠杀：没人敢出声，没人敢冒着生命危险动一动。

"你们不要再继续相信他了！"女人大喊道，"他是跳河自杀的，你们明白吗？"女人轻轻说出最后一句话，就像一个已经一无所有的人，却还心存怜悯，所以只能请求大家拯救自己。说完，女人没有理会坐在身边的观众，直接穿过横排座位，人们纷纷向后避让，仿佛她是一个沾染瘟疫的病人，跟着她出去的只有一个刚才坐在她身边的男人，他现在也在承受着观众怀疑的目光。

“这一出是事先排练好的吗？”埃米莉问。

“不是。”拿破仑声如细丝。

演说家站在舞台侧幕边缘，与几个合作人交谈，两块荧屏渐渐变暗，观众慢慢反应过来，开始低声讨论。

“看吧，这肯定是排练好的！”埃米莉坚持说，她觉得像是在迪士尼乐园里看了一场演出。

“不是。”拿破仑的语气和之前一样。

“你怎么知道？”

“她是我妻子。”拿破仑回答说，然后起身离开了观众席。

观众席躁动的氛围蔓延开来，低声讨论变成了大声交谈，所有声音汇集在一起，令人无法忍受。

舞台上，代理演说家试图重新控制局面。

“女士们，先生们：请你们……”

艾瑞莎、丹尼尔和埃米莉交换了一下眼神，就跟着拿破仑走出剧院，男人也跟在他们身后。

剧场外面，没有云彩遮挡，阳光令人目眩。有人从路边的卖报机那拿了份日报；有人对着手机大喊大叫，与人争执着过失与责任；还有一个高高的黑人男孩，戴着一个红袜棒球队的帽子，拦下路人，把耳机塞到他们的耳朵里，想要让更多人了解他们的音乐。两个少年在等红灯时深情地拥吻。一个穿着白色套装的女人在四十五大道上迈着坚定的步伐。

她满脸怒色，在万豪伯爵酒店附近停下，抬起胳膊，想要召唤一辆停在对面人行横道边的出租车。她正准备过马路时，一只手用力地拉住了她。

“格蕾塔，格蕾塔，先别走……”那是和她一起从剧院出来的男人。格蕾塔停了下来，男人把她紧紧抱住，希望可以让她恢复平静。

拿破仑看见妻子和一个男人亲密相拥，看见了她的泪水、沮丧和绝望。拿破仑向他们走去，知道他们看不见自己。

“我现在还能做什么？”女人靠在朋友的肩膀上抽泣。

“来，我陪你回家。”他说。

拿破仑站在几米之外，伸出一只手，想要触摸一下妻子，但他没这么做。

谁知道我的手会不会穿过她的身体，就像在《人鬼情未了》里一样。拿破仑忽然冒出了这个念头。

“如果你愿意的话，可以跟着她。”一个声音从拿破仑身后传来。

是男人在说话，后面站着这支队伍的其他成员，两个女人和一个孩子，在轮番的情感冲击下，大家都变得犹疑而困窘。这就是心理战术：将他们置身于考验之中，让他们看看没有自己的世界将如何继续，让他们对自己的选择产生怀疑，然后想：我不确定什么是对的，什么是错的。

一系列问题涌进了拿破仑的脑海中：“为什么是我们？是他选择了我们，没有其他人了吗？如果我们反悔，会发生什么？为什么他要这样做？他是谁？我妻子和保罗有什么关系？”所有疑虑都忽然冒出来，又很快消失了。

“我不想跟着她，”拿破仑直截了当地回答，又补充了一句，“一切都很好。”说完就向旅行车走去。

另外四个人在他身后几米处跟着，与此同时，人群有秩序地涌出明斯拉夫大剧院：格蕾塔的呼吁成功了。

埃米莉十四岁时，每天都要训练十个小时，她要参加的第一届奥运会即将到来。体育专栏上刊登了埃米莉获得的荣誉，她曾在地方和各州赛事中取得优异成绩，在国内甚至世界体坛都已崭露头角，但在所有比赛中，她始终都是第二名，从未得过第一。埃米莉是一名年轻的体操运动员，代表美国来到伦敦，尽管如此，她还是觉得自己的成绩很糟糕。里约奥运会上，她获得了银牌。之前的东京世锦赛，她也是第二名。第二名。第二名。总是沦为第二名的命运一直跟随着埃米莉，她只想摆脱这个魔咒。

她不仅仅在体育比赛中是第二名。

埃米莉几乎没关注过男生，每天沉浸在体操训练中。进入高中后，埃米莉长成了一朵含苞待放的花骨朵，东欧气质的美感慢慢凸显，她明媚动人，骨子里却透出一丝淡漠。这也是她血统的流露。男生都开始对她另眼相待。课堂上，她收到了许多小纸条；在体育馆锻炼时，也经常有男生来看她，特别是看她紧身裤包裹下的完美臀型；之后又有很多来自未知号码的短信，都是男生想通过一种直接的方式和她搭讪。埃米莉，这个来自农村的女孩，每个晚上都把这些信息读了一遍又一遍，虽然她很明白，为了达成自己的目标，她需要专注，不能分心。

有一天，埃米莉收到了一条短信，来自一个叫卢克的男孩。埃米莉知道他是谁：一个国际象棋爱好者，有着美式橄榄球四分卫的身材，她感觉这是一个还不错的交往对象。卢卡在追求她时，把自己称为“卑微的小卒”，把她称为“美丽的女王”。刚开始，他们只是在课间聊聊天，直到有一天下午，埃米莉决定逃一次训练课，她只想和卢克在一起。他们在卢克的车库里度过了那天下午。在一堆破旧东西中，有一个绿色天鹅绒旧沙发：他向她伸出了手，她没有拒绝。那是她的第一次。

第二天，埃米莉想给卢克一个惊喜，就去国际象棋俱乐部找他。她原本以为会看到几十个专心下棋的人，就像是在体育馆里训练的运动员一样。然而她只看见了卢克，还有一个叫作奥德丽的女孩。奥德丽是俱乐部的女棋手，除此之外，埃米莉还发现，原来奥德丽和卢克已经交往三年了。埃米莉什么都不想说，也没有露面，这对她来说太耻辱了。

那只是第一次，在随后的无数次爱情中，埃米莉发现自己居然永远都处在情人的位置上。这不是她的选择，一切只是巧合。爱情开始时，她一无所知，通常在交往过后，她才会发现真相。

永远的第二名，在爱情中也是如此，这贯穿了她的短暂人生。

现在，生命已经离她而去，这种感受也随风而逝，她不需要再向任何人袒露这种隐情。那场事故发生之后，有几年她都坐在一个新高度看整个世界，就像小时候她靠着墙倒立一样：伸展胳膊，收腹，两条腿直直地指向天花板。

这一点儿都不像丹尼尔，他每次尝试倒立都感到很困难，他的胳膊肘马上就弯了，T 恤翻过来，肚子露在外面，双腿张开乱晃，仿佛这是他保持平衡的秘诀。但几秒之后，他就倒在地上，缩成一团了。

“丹尼尔！”埃米莉笑着喊道。

艾瑞莎气喘吁吁地跑到大厅里，脸上满是担忧的表情。

“你们在干什么呢？”

“我要教他倒立。”埃米莉回答说。

“我太胖了，”丹尼尔说，似乎想要为自己夸张的摔倒辩解，“我做不到。”

埃米莉轻轻拍了拍他的脑袋。

“这和体重完全没关系，是平衡的问题。我们再试试。”埃米莉看向艾瑞莎，问：“你能不能在他发力时扶住他？”

艾瑞莎走近丹尼尔，他重新摆好姿势，头朝下做好准备。

“加油！一，二，三！”埃米莉坐在轮椅上鼓励他。

丹尼尔竭尽全力，艾瑞莎抓住他的双腿，保持向上的状态。姿势到位时，艾瑞莎小心松开双手，但不到一秒，丹尼尔又倒向了地面。

“唉……算了吧！我做不到，算了！”

“这不是一个晚上就能学会的东西，倒立需要一遍又一遍地练习，最后才能成功，以前我在体育馆也要练习好几天才能学会。”埃米莉安慰着丹尼尔，她的思绪又回到那些充满汗水和艰辛的下午，她想起了比赛，想起了那些期望。

“你想看看她曾经有多棒吗？”一个声音突然从他们身后传来。

神思恍惚的埃米莉吓了一跳，她转头看见了男人，男人也正看着她，那是一种很亲切的眼神。

“我们让他看看吗？”男人问埃米莉。

埃米莉掂量着男人的提议，丹尼尔还躺在地上，艾瑞莎耸了耸肩，表示她不明白。

很明显，埃米莉很明白男人说的是什么意思。

她点了点头，虽然不知道自己为什么会同意。又或许她是知道的：之前她可能会拒绝，但在这个奇怪的新环境里，她没必要计较以前的习惯。她点了点头，甚至露出了一个微笑，虽然内心还是有点迟疑。

男人抓住轮椅把手，推着埃米莉走进一个他们之前都没去过的房间。艾瑞莎和丹尼尔跟在后面。

这地方就像是一个三十年前的家用电器商店仓库。十多个旧电视堆放在一起，有一些还开着。大家仿佛置身于第九大道的“百禾慧”[1]，只是商店里没有顾客在挑选物美价廉的商品。亮起的屏幕上，出现的不是美国著名脱口秀主持人奥普拉·温弗瑞，也不是正在发表演讲的唐纳德·特朗普，更没有《摩登家庭》的大结局。出现在屏幕上的是埃米莉，不同年龄的埃米莉，在不同的地方进行训练：田纳西州的家里，学校的健身房，休斯顿的体育馆。画面一个个闪过，剪辑十分密集，仿佛有线电视台正在播放一期特别节目。

“现在电视上在播放这个视频吗？”丹尼尔问。

艾瑞莎朝他笑了笑，拨乱了他的头发。

[1] 位于九大道的百货商场。——译者注

埃米莉指着屏幕，重新看到自己的表演，她似乎很开心。

“那时我十八岁，正在斯图加特参加决赛。你到底是在哪儿找到这些资料的？”

男人打开另一台电视，播放的是埃米莉进行自由体操训练的一段视频。

“自由体操不是我的特长，我最擅长的是平衡木……”

拿破仑从房间门外探头进来，安静地看着里面的一切。

“你这是在哪儿？”艾瑞莎指着屏幕问埃米莉。

“在墨尔本，参加世锦赛。”

“成绩怎么样？”

“第二名。”埃米莉垂下眼眸回答。

“哇！”丹尼尔兴奋地欢呼。

男人打开另一台电视：那是小时候的埃米莉，在学校健身房里一遍又一遍地尝试最基本的动作。

埃米莉几乎要感动落泪了。

“我那时才六岁，一刻都不安宁，真让人讨厌。”

男人继续施展他的魔法，屏幕上出现了一个正在高低杠间奋力翻腾的体操运动员。埃米莉仔细盯着，似乎正在努力回忆。

“这不是我……”她说。这时在另一个电视屏幕上，一个女体操运动员在进行单杠训练，还有第三个女运动员在旋转。“这两个人是谁？”埃米莉问，又转头重新看向屏幕，第一位体操运动员没抓住杠，倒在了旁边，第二位运动员也摔在了地上。

埃米莉不再微笑了，她的目光游移在不同的电视屏幕间：所有女体操运动员都摔倒在地，一个接着一个。一个起跳错误、一个不太完美的动作、一个趔趄、一次失手，导致了最后的摔倒。

埃米莉向男人投去愤怒的目光。她转动轮椅，但她没向男人的方向推过去，而是转向门旁的电闸箱：她用力扳下操纵杆，瞬间关上了所有电视，房间也陷入了一片黑暗。拿破仑站在门槛上，大家只能看见他的轮廓。

黑暗中传来轮椅的吱吱嘎嘎声，还有埃米莉愤怒的声音。

“所以呢？你想表达什么？所有运动员都会摔跤吗？这很正常？我不应该把这件事当成一个悲剧？但遗憾的是，她们摔倒之后都重新站起来了，我却要在这该死的轮椅上度过一生，永远永远。”

脚步声响起，接着是开关接通的声音，房间里又重现光明。

丹尼尔和埃米莉吓了一跳，仿佛看见一道闪电划了进来。

“你也站起来吧！”男人说。

埃米莉盯着他。

“我的腿已经动不了了。”埃米莉触碰着自己的双腿，支支吾吾地说。

“问题不在那儿。”男人回答说。

“请你不要告诉我，问题是出在脑子里。”埃米莉更愤怒了。

“问题在于你的决定。”男人反驳说。他看向艾瑞莎，她正在保持沉默；又看向拿破仑，他在一旁静静观察，就像是个过路人，只是偶然经过。

小丹尼尔想说两句，但又害怕显得自己很蠢。这是大人说话的时刻，所以他只是紧紧靠着艾瑞莎。

“你觉得我们可以把所有事情都抛诸脑后吗？七天时间，就能够根除生命中所有的不幸和灾难？”埃米莉向男人滑动轮椅，迫使他倒退了几步，“你认为时间可以解决所有问题，是吗？可你说服不了我。或许你可以在其他人身上试试。”

埃米莉依次看着她的同伴，目光最后定格在艾瑞莎身上。

“你告诉她，你跟她解释，时间将会治愈她的伤痛……”

女警察好像受到了重击，她正准备说话，但埃米莉抢先一步开了口。

“你这个人，我们他妈都不知道你的名字，你知道吗？时间是没有用的！没有用的！”

埃米莉这句大喊的话音还没有落下，艾瑞莎就说话了：

“我觉得有用，时间可以带走伤痛。”

所有人都看着她，没想到她会支持男人。

艾瑞莎补充道：“可惜。”她又打破了刚才的平衡。

“‘可惜’是什么意思？”男人问，他和其他人一样感到惊讶。

“可惜。”艾瑞莎重复道，然后低下了头，仿佛在寻找措辞。她轻轻与丹尼尔分开，声音中带着一丝热切。

“我不害怕伤痛，我害怕伤痛离开我，我不想停止痛苦，我不想习惯新生活。我不想我女儿最后只变成一朵带去墓地的花。悲痛总是陪着我，它让我觉得自己与女儿很亲近，它会让我想起女儿，就像滚烫的熨斗烙印在心里一样。之前有一天晚上，我睡着了，等我睁开眼睛时，已经天亮了。我知道，伤痛迟早会离我而去。我已经失去了我女儿，我不想再失去她的任何其他东西了。”

男人微微点头，像是一个内心深处的问题得到了回答。

丹尼尔站在房间中间，低头看着地板，双唇微动，仿佛在念一首童谣。“相反，我只有睡着以后才能感到快乐。”他说。

四个成年人交换了一下眼神，但没人明白这句话的深刻内涵。

大家吃了一个安静的晚餐：一起分享三张切成块的巨型比萨。一种悲伤、气馁的情绪在蔓延，然而，大家胃口还不错。在对同伴的帮助致谢后，大家又低声道了一句晚安，有些迟疑地回了各自的房间。

拿破仑肯定无法安然入眠。他坐在书桌前，看向窗外，盯着篮球场，然后穿着衣服躺在床上，酝酿睡意。但没办法，他依然睡不着：他想起了格蕾塔，想起了她伤心的哭泣。

如果他还有机会和格蕾塔聊一聊，妻子一定会谴责他是一个自私的人：她始终认为，选择自杀的人都只想着自己，让亲人生活在永远的痛苦之中。拿破仑在演说中也经常会提到这个观点，他也这样认为。但在某个时刻，我们会感觉自己奋力捍卫的东西似乎毫无意义，就像说过的话，那些抚慰灵魂的句子突然现出了本来面目：它们只是一些话，一些无关紧要的句子。这样一想，你就没什么顾忌了。如果他想要向某个人解释自己走向那座桥的心路历程，拿破仑意识到，他说不出来。

这有点像一段恋情的收场：结束了，画上一个句号，你没办法挽回。

纷乱的思绪无法平息，拿破仑想呼吸一点新鲜空气。他走出房间，坐在安全出口的台阶上。

拿破仑点燃一支烟，抬头看向埃米莉的窗子，他想看看埃米莉是不是还醒着。没有灯光，真可惜，再来一次午夜谈心，可能心情会好一点。

他长长地吸了一口香烟，想吐出一个完美持久的烟圈，可只勉强吐出一个椭圆形的，瞬间就散开了。

“或许有一天我可以教你。”

声音像是从空中传来，他在等埃米莉，但站在面前的却是那个男人。

“你在想什么？”男人坐在拿破仑旁边问。

“除了在想你刚才让我吓了一跳，我还在想：你的问题真无聊！热恋中的女孩总是爱问这个问题，你知道吗？你刚闭嘴，想安静一会儿，她们立刻就问‘你在想什么？’真是够了！”

男人露出了一个微笑。拿破仑递给他一根香烟，但他拒绝了。

“最好不要。”

“香烟对你的身体也不好吗？”

男人很欣赏拿破仑的讽刺，在他的客人中有这样品质的很少。他在拿破仑面前态度有些不一样，他们之间有一种奇怪的吸引力，可能他们有一些共同之处。他们似乎都能感觉到这一点。

“看见自己的妻子，你有什么感觉？”

“她要继续完成漫长的人生旅途，这是第一步，也是无法避免的一步。”

男人看着拿破仑，目光流露着善意，他不想听到这样理智的回答，他想听到拿破仑的心声，拿破仑满足了他。

“我很痛苦，如果你想听的是这个，那我告诉你，我看到她，的确心里很痛苦。但什么都不会改变的。”

现在，男人要试着开展他的工作。

“是的，很痛苦。没有我们，生活仍然还在继续，看到这一点，我们的确很痛苦。不是因为生活很美好，或者很糟糕，而是因为生活在继续，会发生意想不到的事情。”

“对我来说，没有什么意想不到的事情。相信我，没有我的生活将如何继续，我都可以告诉你。”拿破仑用一种傲慢的语气反驳说。

“啊，是吗？”男人很好奇。

拿破仑把香烟丢到楼梯扶手外，这次他的目光没有追随烟头画过的抛物线，而是看着天空。

“陪着格蕾塔的那个人叫保罗，是她最好的朋友。保罗一直爱着她，我知道，格蕾塔是一个好女人。今天有那么一瞬间，我怀疑他们是不是有某种关系。后来想一想，我觉得没有。但我认为他们最后还是会在一起，保罗知道怎样让格蕾塔幸福。”

拿破仑停顿了一下，接着说：“保罗马上要搬到洛杉矶去生活了，他会让格蕾塔和他一起去，最后格蕾塔也会接受。一个新城市可以帮助她忘记一切。一切都可以预料。”

男人苦笑着，看着拿破仑，然后看向埃米莉的窗户。

“今天晚上她不会出来了。”男人说。

听到这句话，拿破仑很惊讶，就像一个正在偷吃果酱被当场抓住的孩子。

“这件事情你没猜到，是吗？”男人拍了拍拿破仑的肩膀说。

艾瑞莎也睡不着。她敲了敲丹尼尔的门，像是一个想要对儿子说晚安的妈妈，以前她对奥利维娅也是这样。

艾瑞莎走进了丹尼尔的房间。

小男孩正躺在床上看一本漫画书。

“你不睡觉吗？”艾瑞莎说，转身关上门。

“我还不困。”

艾瑞莎坐在床边，眯着眼看了看封面，问：“这是什么漫画书？”

“科幻漫画。”

艾瑞莎伸手，丹尼尔把书给她。漫画书的书名是《星际旅行者》。艾瑞莎看着封面上的字，读道：“存在两种可能性：我们孤独地存在于宇宙中，或者在这个宇宙，我们并不是唯一的存在，两种可能同样让人胆战心惊……哇，厉害……”

艾瑞莎心不在焉地翻了翻书，就把它还给了小男孩，问：“你今天说‘我只有睡着以后才能感到快乐’，这是什么意思？”

“意思就是，在白天我过得不开心。”

艾瑞莎静静听着，等待丹尼尔继续。

小男孩知道艾瑞莎想听自己说话，于是整理了一下思绪：“之前不是这样的，我可以自己待在一边，没人注意我。我像一个隐形人，默默地观察着所有人，但后来那个该死的广告把我变成了大家关注的焦点。”

“古蒂橙汁？”

“是的。在广告里，喝了古蒂橙汁的人会变得很酷，成为大家羡慕的对象，就像是拥有了超能力一样。但它却夺走了我的超能力，大家都开始捉弄我，所以我只有睡着以后才能感到快乐。”

艾瑞莎摸了摸他的头，亲了一下他的前额，离开了房间。

丹尼尔拭去面颊上那滴孤单的泪水，继续看他的漫画书。

当艾瑞莎走进自己的房间时，拿破仑出现在长廊上，他准备去敲埃米莉的门。手指关节刚放在木制房门上，他想了想，还是转身离开了。

他没想到，房间里其实空无一人。

埃米莉此时坐在电视房唯一亮着的屏幕前，正在放映的资料片里，她正在准备参加平衡木比赛。她整理好头发，双手摩擦着滑石粉。屏幕上显示着暂时排名，她排在一个中国选手的前面。

埃米莉坐在轮椅上，手上拿着遥控器，仔细研究着电视里的自己。训练开始，她跃上横木，奋力冲跳，开始一系列的动作。她在平衡木间的翻腾与旋转动作十分完美，宛如一位仙女在空中起舞，一举一动都很优雅，充满了力量，散发着魅力。

埃米莉看着电视里的自己，她目光清澈，手指放在遥控器上，时刻准备关机，她不想看见自己最后的动作。那个动作，她已经练习了无数次了，那是一个可以给她带来最高分的动作。到了，就是这里，埃米莉大拇指想往下摁，关掉电视，但她没这么做。旧电视里的埃米莉没抓住平衡木，背部朝下，重重摔在地上。那样猛烈的撞击，在这个无声视频里似乎还是能听见声音。画面突然停了下来，埃米莉按住了“回放”键，之前看过的所有动作都以四倍的速度倒退。直到埃米莉按下“播放”键，电视里的她又重新在双手间摩擦着滑石粉，准备跃上平衡木，她看见自己的暂时名次排在一位中国选手的前面。

夜半时分，所有人都因为疲惫而坠入梦乡，埃米莉还在继续看着视频里以前的自己。她来来回回地前进和倒退，没有停留，仿佛这样就可以避免最后的一摔，仿佛她内心深处仍期望着在某个时刻，或许有魔法出现，她可以顺利完成动作，获得高分，取得第一名，把那个中国选手甩在后面。

她还希望看见轮椅消失，她双腿有力地伸展，那样一来，或许她现在也就不是在这儿了，参加这个“自杀者灵魂俱乐部”，证件有效期只有七天。

第三日

旅行车行驶在纽约的马路上，车子横冲直撞，左右摇摆，躲避拥挤的车流。司机是无名的神秘男人，他带领着这群灵魂开始了新的一天。而他们还不知道今天的安排。

现在是早上十点，空气依然凛冽，蓝色的天空让人想起康定斯基[1]的抽象画。活着时，所有坐在车上的人可能都会为司机的危险操作感到担忧，但一个人死了之后，还会死第二次吗？他们都不知道答案，但大家都感觉，他们不可能再死一次，他们心里的“不”就和第六大道中间那个现代艺术雕塑的“爱”一样大。这只是他们新生活的所有未解之谜中的一个，和往常一样，他们四个人一直在想着这个问题，却得不到回答；和往常一样，他们四个人继续跟着这个奇怪的男人，因为这是他们唯一的选择。

他们收听完交通台新闻播报，高峰时期的交通真是会吓到那些出城的人，驾驶室里传来年度家庭组合的歌声，男人选了一首《英雄》，旅行车在歌曲的旋律中似乎要飞起来。

丹尼尔想起了那天早上，父母陪他参加麦当劳新款双层巨无霸汉堡的广告面试。曼哈顿的南边一直在堵车，整个城市的交通都瘫痪了。父

---

[1] 瓦西里·康定斯基，俄罗斯画家及美术理论家，现代抽象艺术在理论和实践上的奠基人。——译者注

亲不停地骂骂咧咧，双手拍打着方向盘，按着喇叭，想要发泄心里的焦急：他们可能要迟到了，这意味着他们将会错过这个机会。在麦当劳的广告里出镜，按照父亲的话来说是“最值得炫耀的经历”。丹尼尔看着前面的汽车，在心里默算出每个车牌数字的总和，看看哪个数字最大，这也是一种消磨时间的方式。这可以让他什么都不想。他希望这条长长的车流永远不动，希望这个城市的几百万辆汽车一齐开出车库，这样他们就能不用参加那次该死的试镜，他对面试真是深恶痛绝，觉得无法忍受。但最后他们还是及时赶到了片场。丹尼尔需要咬一口新款双层汉堡，喝一口奶昔，拿薯条蘸一蘸烤肉酱。他的表现很好，父亲很满意。制片人说，结果将在三十天内公布。已经过去两周了，从现在算起，两周之内就能知道了。丹尼尔觉得自己可能永远都无法知道那次试镜的结果，因为两周之后，他可能已经不在人世了。

艾瑞莎的脑海里是平凡的一天，她和曼森一起巡逻，但画面突然变成了一场追捕。“这里是警局中心：第二大道十到十五号，70 街处。”只是一起简单的交通事故，但当她和曼森到达现场时，肇事者一看到他们就驾车逃逸，开着一辆 20 世纪 70 年代生产的蓝色野马跑车。“他逃跑了，快跟着他！”艾瑞莎大喊，曼森当然不会放过他。警笛响起，几秒钟之后他们就看见了他。之后发生的一切，在不明真相的路人眼里，可能就像《正义先锋》中的片段：野马跑车歪歪扭扭地开着，甚至会冲上人行横道，几次都差点撞到行人；曼森开车紧随其后，为了不被甩开，他一直加速，脚没离开过油门。

艾瑞莎那天确实害怕出事，但现在，不管这个男人怎样开车，她都一点儿也不担心，甚至还打开车窗，感受强风拍打着脸庞的感觉，风驰电掣般的速度让她感觉很好，让她觉得自己还活着，她很开心。

埃米莉看着身旁川流不息的汽车，就像是印象主义作品中的色彩，深深浅浅，这是这座大都市的日常，她不确定自己是否还属于其中。

“我们要勇往直前，绝不停留，直到目的地。”“我的朋友，我们的目的地在哪儿？”“我不知道，但我们要勇往直前。”埃米莉想起了这几句话，她第一次读就记住了。杰克·凯鲁亚克的《在路上》[1]是她的一个新发现：旅行令她着迷，这场旅行也令她着迷。以前，她坐着客车去参加体操协会的比赛；现在，同样在路上，她体验着一次没有目的地的精神之旅。她只想体验在路上的时光，她想飞奔，赶在时间前面。她瘫痪后，坐在轮椅上读《在路上》，这并不是一个巧合，那时，“勇往直前”对她来说简直就是乌托邦。她把自己关在房间里，远离世界，但仍然梦想有一天能再次穿行于美国的大路上，这个国家总是令她百感交集。萨尔·帕拉代斯是凯鲁亚克的另一个自我[2]，性格与她刚好相反：他放肆又分裂，而不是自律与克制。

现在，埃米莉觉得自己不再拥有那份自制力：她随便选了一家宾馆，从顶楼跳下来之后，她和四个陌生人坐在一辆车里，车子向前飞驰，不知道明确的目的地，有音乐相伴。这一切真的太像“垮掉的一代”了！

[1]《在路上》是美国“垮掉的一代”作家杰克·凯鲁亚克于1957年创作的长篇小说。小说反映了战后美国青年精神空虚以及浑浑噩噩的状态，被认为是20世纪60年代嬉皮士运动和“垮掉的一代”的经典之作。——译者注

[2] 杰克·凯鲁亚克小说《在路上》的主人公。——译者注

埃米莉不知道这个故事将如何结束，她只知道，此时此刻她很享受。

“年度家庭”的歌曲结束，现在是佛莱迪·摩克瑞的《将你震撼》。

拿破仑最后一次听这首歌是他走进剧场舞台，准备给观众重重一击时。几天前发生的事情，就好像已经过去了一辈子，想到这里，拿破仑笑了笑。**确实过去了一生……我的一生**。有什么需要怀念吗？怀念上周的生活？拿破仑沉思了一会儿。**没有**。他是在长时间深思熟虑之后做出的选择，现在也没有遗憾。只有一份沉重的歉意，是对格蕾塔的歉意，但现在自己也无能为力。

或许可以？

或许。

他还可以回到从前，一切如旧，回到从桥上跳下之前，回到男人向他伸出手之前。但他选择跳下去，是因为他已经不再眷恋之前的生活了。所以呢？拿破仑开始自我激励，但他的想法都站不住脚：他太了解自己的手段和方法了，这么多年来，他都用这些策略对付那些不安的灵魂。给自己重重一击，并不是那么容易。

“今天，我将给你们重重一击。我会很失礼。”正在开车的男人说，他没看拿破仑，就仿佛看穿了他的心思。他今天似乎特别愉悦，冷静地穿行在众多车辆之间，有十几次都碰到了别人的反光镜。

拿破仑此刻却感到脸上好像挨了一拳。一个人在想某件事，另一个人立马就说了出来：就像大卫·科波菲尔的魔术一般，总能令人战栗。

“因为你们很强大！”男人继续说，“从这里出去时，你们要想着：‘我能做到！’”

旅行车在路上疾驰，几乎快要撞上前面汽车的后备箱了。喇叭声与皇后乐队的乐声交织在一起。

“很有意思，真的。”拿破仑评论道，然后关上了收音机。

车里陷入一片沉静，但司机却热情不减，说：“昨天晚上我想了想，其实我们俩做的是同样的工作。”

听到男人的话，拿破仑微笑了一下，有些尖刻地回复说：“你看起来可不那么专业。”

男人也笑了。“如果做计划可以让你安心，我也可以做。”男人说完就放缓了车速。

“我会很高兴。”

“好的！今天的计划就是：过去、现在和未来。”

拿破仑哼了一声，对这种答非所问十分不满。

“什么意思？”艾瑞莎问，她总是很有耐心。

“你们马上就知道了。”

男人又踩下油门，超过了前面的一辆红色福特“福克斯”，全力驶向纽约默里山入口，没有减速。

丹尼尔觉得很刺激，每一次车子变向，埃米莉的身子都摇晃一下，她十分不安。“我……我要吐了。”这位前体操运动员提醒了司机一句。

男人瞬间将车停在了马路旁边，都没有事先看看周围的环境。四位乘客就像是坐在游乐园的摩天轮上，都从位置上颠了起来，又跌了回去。

这位疯狂的司机下车后，转头对他们喊道：“我马上就回来！”他穿越公路，根本就不管飞驰而来的汽车。

“他去哪儿？”艾瑞莎问。男人站在一列长长的队伍后面，歪歪扭扭的队伍像蛇一般，从收银台开始，一直延伸到大楼的拐角处。

“是电影院？”丹尼尔惊呼起来。

埃米莉看着宣传海报，问：“《星球大战》？”

“太酷了！”拿破仑和丹尼尔大声欢呼，如同一对父子般默契，然后又齐声说：“我是你爸爸！”[1]说完两人都放声大笑。

艾瑞莎和埃米莉抬头看向天空，又看向电影院：男人排在队伍的最后面，刚刚绕过转角，正在朝她们招手。

“我还以为，他可以不用排队。”埃米莉看着男人说。

艾瑞莎笑了一声，说：“他前面差不多还有八十多个人呢，我看他要排很久。”她看向路边，隐约看见一些小摊子摆在两栋建筑之间的小巷子上，地上有一个铁制路标，上面有一个箭头，写着“跳蚤市场”。

“我们去小集市里转转？”艾瑞莎很热情地向几个同伴提议。

他们一起下车，把埃米莉安顿在轮椅上，穿过马路，告诉还在排队的男人，他们想去小集市逛逛，就像出来郊游的学生向忙着买博物馆门票的老师报告行踪一样。

埃米莉和艾瑞莎停在第一个小摊前，上面摆着一堆堆旧衣服，五美元一件。埃米莉想翻一翻，但够不着，艾瑞莎在一旁帮助她。艾瑞莎就像是专门来捡便宜的女人，偶尔会扔一条裙子给埃米莉，说：“这件衣服很适合你。”

---

[1] 电影《星球大战》中的经典台词。——译者注

埃米莉有些犹豫，说:“我也觉得不错。他们看不见我们，就算拿走一条裙子，他们也发现不了，是吗？”

“我不知道，但我不在乎。总之，这两条裙子我都想要，太漂亮了！”她向埃米莉展示手上拿着的两条花裙子，继续说，“反正他们也看不见我们，我就不付钱了，而且我也没有钱。”

“可是……你是警察呀！”埃米莉忍不住笑了起来。

“我曾经是警察。严格来说，现在我已经死了，小姑娘，你忘了吗？啊！这真的是天堂！”艾瑞莎说完，就转身继续在市场上寻宝。

埃米莉拿着一件艾瑞莎刚刚给她的粉色衬衫，仔细研究着，前后翻看。就是它了，埃米莉决定拿走这件衬衫。几分钟之后，她们在这个摊位的搜寻结束了，就准备转战下一个。

她们看中了一个买鞋的小摊，准备走过去时，卖旧衣服的摊主向她们大喊:“三件一共十五美元。”

艾瑞莎尴尬地看着埃米莉，她想把钱包掏出来，但她知道里面一分钱都没有。埃米莉拯救了她，从轮椅下面拿出小包，付了钱。

“天啊！他们可以看见我们。”女警察边走边小声嘀咕。埃米莉哈哈大笑。

拿破仑和丹尼尔站在不远处看着她们，有些困惑不解。埃米莉穿过人群，来到他们旁边，提醒他们说:“人们能看见我们。”

“我们知道！”丹尼尔回答说。

埃米莉一脸疑惑，她在想自己是不是遗漏了某个细节。小男孩就向她解释了自己的理论。

“只有十分必要时，他才会让我们隐形。”

这个十分荒诞的回答却让埃米莉很满意，随后她又看向了不远处的小摊子。

艾瑞莎站在一个装满20世纪80年代破旧玩意的手推车前，上面几乎什么都有：金属标牌、录音带、耳机、照相机、旧门牌和各种铁盒。一台留声机吸引住了女警察的目光。

埃米莉站在一个卖旧玩具的老先生面前，他留着白胡须，仔细打量着埃米莉，仿佛在鉴别一张纸币的真伪。

“我们认识吗？”埃米莉很好奇，她带着一丝畏惧问。

老先生没回答，只是低下头，拿起一本漫画书开始看起来。

集市里人声鼎沸，突然传来鲍勃·迪伦的《时代正在发生变化》，一个头发灰白的老女人正在播放这首歌，她一身嬉皮士打扮，艾瑞莎站在她的摊子前。

拿破仑用指尖把玩着一个银质旧香烟盒，目光严肃而庄重，仿佛在一文不值的废弃物里发现了金子。他突然抬起目光，不想让丹尼尔离开自己的视线。小男孩站在离他不远的地方，正翻着一堆旧夹克。拿破仑决定买下这个香烟盒，他不由自主地伸手准备掏出钱包，这是个做了无数次的习惯动作，但他马上意识到自己没有钱包。

“只要四美元。”摊主说。他在早上穿的裤子里摸到了一些钞票：四张一美元。拿破仑大吃一惊，**怎么可能呢**？他问自己。摊主收了钱，接着去应付其他顾客了。

拿破仑走向丹尼尔，仍然沉浸在惊讶中。小男孩手上拿着一件红色的机车夹克，问：“你觉得这件怎么样？”

拿破仑没回答，但露出了一个意味深长的表情。丹尼尔有几分沮丧，把夹克放在一边，继续挑选。拿破仑抬头寻找另外两位女同伴。他看见埃米莉在一堆旧玩具前，手上拿着一个小喇叭和一个塑料电话。

迪伦继续唱着，似乎想要他们四个睁大眼睛，仔细挑选，因为这是唯一的机会。艾瑞莎从杂物堆中抽出一个箭头形状的旧铁牌，上面写着“幸存者”。她拿给埃米莉看，把箭头指向她的脸，两个人都开心地笑了起来。

拿破仑站在远处也笑了，他听到丹尼尔在叫自己。

“这件和我之前的夹克一模一样。”小男孩说。

丹尼尔拿着一件黑色皮夹克，仔细地检查着。他找到了衣服的标签，突然惊愕地一动不动，仿佛在上面看到了一只蝎子。他看向拿破仑。

“怎么了？”

“这就是我那件！”丹尼尔声音有些颤抖地回答说。

“这就是一件皮夹克，很容易找到同款。”

“不，这就是我的那件！”小男孩大喊道，然后把标签拿给拿破仑看，上面绣着他姓氏和名字开头的第一个字母——D.F.。“这是我名字开头的字，是我，丹尼尔·弗洛里斯。”小男孩的激动与兴奋溢于言表。拿破仑接过皮夹克，没检查标签，似乎只是拿在手上掂了掂，想证实这件衣服是否真的存在。他转身看向两个女人，她们看起来很平静。他开始明白了那三个词的含义：过去、现在和未来。

集市的入口处，那个没有名字的男人满意地看着他们四个人在小摊子间闲逛。片刻之后，男人穿过拥挤的人群，走到他们每个人身边，温柔地说：“我们该走了。”他没停下来看看每个成员都在买什么，他不感兴趣，也没问。男人就像一个负责任的老师，邀请学生五分钟之内重返校车。这一天还很长。

离开集市前，他们经过了一家卖旧唱片的小店铺。男人向店主打了个招呼，就快速地翻看着塑料唱片盒。他抽出一张，从口袋里掏出一美元给店主，说了声再见，很高兴地离开了。他很喜欢自己买的唱片。

《时代正在发生变化》，时代已经在变化了，鲍勃·迪伦唱完了最后一句。

音乐结束。

旅行车已经开出几公里远了，一群人还沉浸在兴奋和快乐中，就像他们刚刚在梅西百货领到了价值千元的代金券一样。

丹尼尔坐在艾瑞莎和埃米莉中间，穿着他的“新”皮夹克。但当他伸长胳膊，想看看这件衣服多么帅气时，才意识到这是几年前的旧衣服了：袖子只到前臂的一半。

“简直不敢相信！但我看见自己名字的缩写时，简直吓死了！”

“又死一次？”拿破仑调侃说，诙谐的语气足以让一个脱口秀演员心生嫉妒。其他人听见都笑了。

“这是我妈妈给我缝的，”丹尼尔继续说，“因为她说我总是会弄丢东西。事实上，我之前从来没穿过这件皮夹克，我不好意思穿。”

“确实，不太好看……”埃米莉忍不住说。

“你说什么？这件皮夹克超级棒，我非常非常喜欢，这是我收到的圣诞礼物。”

“不是特别好看，但还挺不错的。”埃米莉又说了一句，想要弥补一下自己之前的话。

“我当时觉得，这件皮夹克太帅气了，所以不好意思穿，而且穿上也有些紧。我当时希望自己可以瘦下来，再鼓起勇气穿上。”

“然后呢？”埃米莉好奇地问。

“然后它就不见了。我爸爸把它和其他衣服混在一起卖掉了，但现在我居然又找到它了，靠！”

所有人都睁大了眼睛看着丹尼尔，男人开着车，也惊讶地回头看了他一眼。小男孩之前从来没说过脏话。

他在长大吗？拿破仑心想，但马上就否定了这个想法。**他永远都不会长大，他已经死了！不！是我们已经死了，他其实还没有。**拿破仑的思绪天马行空：在这个并不存在的世界里，如果身体还算舒适的话，大脑有时候会开一些讨厌的玩笑。它从不屈服，只想弄明白一切，你越是想关上它，它越是要胡思乱想，就像一波一波的同心圆，将会永远地延展下去。

“抱歉，我说漏嘴了。”丹尼尔的话打断了拿破仑汹涌的思绪，这股暗流简直要把拿破仑淹没。

以前，拿破仑还拥有自己的生命时，常常在夜里醒来，睡在他旁边的格蕾塔一无所知。他开始想象自己的死亡，他最担心的事情莫过于死亡会让他停止思考。他想到一个人死了之后，无法知道自己死了，这实在让人无法忍受。他害怕生命像是一个开关：往下按一下，就断电了。拿破仑越想这种可能，就越觉得不安，甚至感到有些缺氧了，必须马上站起来。格蕾塔睡得很沉，她从未发现过丈夫深夜的外出：拿破仑沿着纽约的马路走很长时间，试图驱赶脑袋里那些糟糕的感觉。可后来，他开始想到那座大桥。

此时，我已经不在人世了。我现在知道自己已经死了。现在没有我，生活还在继续。这很可怕吗？这些天，他经常问自己这个问题。目前为止的答案是“不可怕”。

“你们呢……我们看看，你们找到了什么东西？”拿破仑问几个同伴，试图分散自己的注意力。

埃米莉膝盖上放着一个玩具电话，按下不同的彩色按钮，电话就能发出各种好玩的声音。

“这个电话和我小时候玩的一模一样，它简直是我的最爱。只是……它是我从学校玩具室里偷来的，”埃米莉回忆过去，“我那时才六岁，把它放进小书包里，带回了家。我父母总在地里干活，他们没发现。而且到了晚上，我就把它藏在衣柜最深处。我很喜欢那个玩具电话。按下号码，假装和另一个城市说话：‘喂？洛杉矶吗？是芝加哥吗？’从小，我就觉得我生活的那个小地方太压抑了，我梦想去旅行，梦想去电视里看到的大城市，梦想拥有自由！”

“丹尼尔，快给我一支胰岛素，我糖尿病要犯了！”拿破仑开玩笑道。

“我找到了我的旧随身听。”艾瑞莎说。她的声音比其他人忧伤。艾瑞莎向前探了探身子，问这个一直陪着他们的男人：“你到底是怎么做到的？”

男人看着后视镜，对她笑了笑，扬了扬眉毛，仿佛在说：“职业技巧。”

“随身听里有一张80年代的歌曲合辑，是我自己做的，”艾瑞莎接着说，“奥利维娅总是开我的玩笑，因为我把爱尔兰摇滚乐队‘U2’和美国爵士歌手艾尔·贾诺，摇滚乐团‘老鹰乐队’和‘吻乐队’，麦当娜和莫扎特放在一盘磁带上。奥利维娅把这些磁带叫作‘油炸什锦’，所以我也开始这么叫：‘油炸什锦系列一’、‘油炸什锦系列二’……这是第七盘。其实我女儿很喜欢我的这些‘油炸什锦系列’，她偶尔也会偷偷拿去听。”

“你怎么知道这个随身听就是你的？”拿破仑有些怀疑。艾瑞莎打开随身听，抽出磁带，已经褪色的标签上还有浅紫色的字迹：油炸什锦系列七。“这是我的笔迹，紫色曾经是我最喜欢的颜色。”

拿破仑开始鼓掌，很有节奏，就像在看台上拍手喝彩，但又不全是讽刺。“很好，这次你真的很棒，真是让人刻骨铭心的一击。”拿破仑对那个男人说。

“你呢，你找到了什么？”男人狡黠地问。

拿破仑从口袋里拿出了那个香烟盒，捧着它，就像捧着世界上最耀眼的钻石。

“我找到了一个香烟盒，和我大学时用的那个一模一样，我一般会在里面放八根香烟和两根大麻。”

“你不打开看看吗？”男人问。这时候，车子停在红灯前，和往常一样，几十个行人匆匆忙忙地穿过斑马线。

“我知道里面装着什么。”拿破仑回答说。他用大拇指摁了一下，烟盒弹开了。拿破仑向后排的三位同伴展示打开的烟盒，里面果然装着八根香烟和两根大麻，时间长了，都已经有些泛黄。“太神奇了！”拿破仑惊叹道。他微微低了一下头，以示崇拜。

绿灯亮起，旅行车在最前排，男人踩下油门继续前行，他打开了收音机，里面杰克·约翰森正在吟唱，歌曲是关于一个没有翅膀的天使的。

拿破仑关上了收音机，说:“好好开车吧！”

旅行车突然陷入一片安静。那个没有翅膀的天使就快要在大家的脑海中成形。所有人都看向不同的地方，但他们此刻的心情却十分接近。

“我没想到你是一个抽大麻的家伙，”艾瑞莎突然说，“我以为你会嗑药，或者吸可卡因。”

听到艾瑞莎的话，大家都笑了，旅程还在继续。

车子开到了荷兰隧道前面，他们进入穿越哈德逊河的通道。

“我们去新泽西州做什么？”拿破仑问。

“去找一个朋友。”开车的男人回答说。

路上没有什么车子，隧道两旁的灯光划过旅行车的小窗。

“我们像在多维空间里旅行！”丹尼尔激动地喊道。他突然想到一件事情，赶忙问:“你今天买了《星球大战》的票吗？”

“买了。”男人回答说。

“那……你买了几张？”

“你想要两张吗？”

“那太棒了！”

男人从口袋里拿出两张电影票，伸手递给丹尼尔。

“这是真的吗？太酷了！”丹尼尔开心地欢呼着，但扬起的唇角马上又耷拉了下来，“这是十天之后的票。”他有些灰心丧气。

没有人回应他的话，没人安慰小男孩。这句简单的话惊醒了所有人。每个人都在想自己的处境，还剩不到十天，这个故事就会结束。他们几个人都要做出选择：是在这儿，还是那儿。艾瑞莎轻轻地摇了摇丹尼尔。

“你不能错过《星球大战》首映！”艾瑞莎的话里充满了鼓励。

“你还小，以后自杀的机会还多着呢。”拿破仑补充道。

“你们想听‘油炸什锦系列七’吗？”艾瑞莎拿起磁带问。她觉得现在需要来点音乐。男人接过磁带，把它插进音响。

第一首是约翰·弗鲁西安特的《疤痕》，音乐流淌出来，车里的气氛也发生了变化，新的能量弥漫开来，愁眉苦脸不见了。四个人都开始用心感受音乐：埃米莉的手指轻敲着车门把手；拿破仑抖着左腿；艾瑞莎闭着眼睛，上下点着头；丹尼尔的双手轻轻拍着大腿，他穿着紧身皮夹克，看起来像是缩小版的“猫王”埃尔维斯。

“事实上，有很多事情都不容错过。”埃米莉的声音盖过了音乐。

“比如说？”丹尼尔有些怀疑地问。

“我不知道……比如说初吻！”

“已经体验过了。”小男孩淡然地回答说，语气像一个情场老手。

其他人都惊讶地看着他，感到难以置信。

“那是一年前，他们强迫我的。我们在温克勒双胞胎家玩‘真心话大冒险’，轮到我去亲卡丽·鲁弗斯。她戴着两侧都有钢托的牙套，我也戴着牙套，我害怕会被卡住。”丹尼尔讲述着自己的趣事，终于回到了十二岁男孩的模样，不再像一个深思熟虑的自杀者。

“然后呢？”艾瑞莎追问道。

“我最后真的被卡住了。”丹尼尔说完害羞地低下了头。

所有人都开怀大笑，与此同时，他们也终于要走出长长的隧道了。

“好吧！感觉怎么样？你喜欢吗？”艾瑞莎问，她想起了奥利维娅，想起了女儿讲述自己初吻时的情景。奥利维娅当时只有十三岁，男孩名叫菲尔。“妈妈，我真的喜欢他喜欢得要死。”女儿说。**死，**艾瑞莎心想，**“死”这个词，根本不属于那个年纪的女孩，真是倒霉！**

丹尼尔回答说：“不喜欢。”艾瑞莎忍住了眼泪。

“如果你不喜欢，那就不算。”艾瑞莎反驳说，她想抑制自己的感动。

“那你没想过体验一下性吗？你愿意错过性体验吗？”拿破仑接着说。

“真恶心！”丹尼尔窘迫地喊道。现在大家毫无疑问：丹尼尔就是个孩子。

艾瑞莎耳边仿佛又回荡着女儿的声音。女儿告诉她，有个男孩邀请她出去，而且很有可能……**那个男孩叫什么？**算了，她想不起来。

“什么？恶心？”艾瑞莎反问道，再一次努力保持平静。

“再给他两年时间，”拿破仑嬉笑着说，“他会变成一个男人。”

“我同意丹尼尔的看法，”埃米莉突然说，“性被大家高估了。”

艾瑞莎瞠目结舌地看着她，仿佛她刚刚是在说兰尼·克拉维茨，这位曾获得四届格莱美奖的最佳摇滚男歌手根本不值一提。

“那你就想想圣诞节，丹尼尔，”艾瑞莎还看着埃米莉，她摇了摇头，“你至少还可以过七十个圣诞节。”

“没错！七十个圣诞节，七十份礼物，七十只火鸡！”埃米莉表示赞同。

汽车驶出了隧道，阳光涌进车里，大家都半闭着眼睛，男人开始播放第六首歌曲。

“就像红辣椒乐队唱的：这儿不是加利福尼亚，但欢迎你们来到新泽西州。”男人对车上的人说。他看向四周，仿佛他们是到了加利福尼亚，而不是行驶在七十八号州际公路上，周围只有平平无奇的楼房。

“你还可以想想学校组织的郊游，还有毕业舞会……”埃米莉继续说。听到她的话，艾瑞莎又陷入了汹涌的思绪中，奥利维娅没有活到举办毕业舞会的那一天。

“毕业舞会！”丹尼尔忍不住叫了一声，“简直是噩梦！你想想看，这是一个捉弄我的好机会。跳舞时人那么多，还是算了吧。”

拿破仑凝视着前方的马路，似乎在寻找灵感。他转向男孩说：“飞行常客奖励计划。你想想，你可以拿到多少积分，如果……”

所有人都盯着他，仿佛他刚刚说了一句古希腊语。

“我们专业的励志师，面对一个十二岁孩子，唯一想到的就是‘你想想飞行常客奖励计划’？”男人开着车，笑着摇摇头。

“实际上，这对我很有吸引力。我已经攒了二十六万七千积分，真可惜。早知如此，我之前就该把它们用了。”拿破仑说。

“怎么，你之前不知道吗？”男人反问道，想刺激他一下。

“康尼岛！”[1]丹尼尔吓了几个同伴一跳。

“康尼岛？”男人有些迷惑地问了一句。

“我还没去过那儿。爸爸妈妈总说会带我去，但后来他们总是很忙，很累，找各种借口……康尼岛，我觉得错过了很可惜。”小男孩袒露心声。

---

[1] 康尼岛位于纽约布鲁克林区南端，是美国最早的大型游乐城。——译者注

“我们明天就去。你们觉得怎么样？”男人向车上的人提议道。

“当然可以！”艾瑞莎欢呼着，其他同伴也表示同意。

车子慢慢减速，向右转弯，埃米莉的微笑逐渐消失，车停了。

一个铁制拱门出现在他们面前，繁盛的野花野草攀缘而上，几乎把它整个盖住。拱门中间的牌子上写着几个大字：神圣墓地。

“我们来这儿干什么？”埃米莉踌躇地问。

“我说过了，我们来找一个朋友。”男人说完就下车了，关上车门。

四个人都露出各种矛盾的表情，像是在说：“我们都已经死了，还能发生什么呢？”其实，一个渴望自杀的人参观墓地，就跟小夫妻在找新房子一样。

这个墓地不大，右边是一排白色墓碑，左边有几座私人祭堂。五个人沉默地走在中间的小路上。烈士埋葬区摆放着一台大炮，可能属于美国南北战争时期；大炮两边有两个长椅，人们可以坐在那里看墓碑上的碑文。

男人抄近路穿过草坪，停在了一座满是鲜花的墓前，其他人围在他旁边。墓碑上刻着“玛格丽特·布朗”，享年五十二岁。

“是她吗？”艾瑞莎小心地问，男人却只是偷了一朵花，又继续往前走。女警察看向拿破仑，但他似乎也不知道他们要看望的人是谁。

男人走过几排墓地，停了下来，把花放在一座墓碑前，凝视着上面的照片：那是一个三十岁的小伙子，气质忧郁，留着 20 世纪 70 年代风格的卷发，戴着一副大大的近视眼镜。他叫罗尼·默里。

阳光照耀着墓碑和他们五个人，他们的影子被拉得很长。

“这是谁？”拿破仑问。

“罗尼。”

听到男人的回答，拿破仑的表情就像在说：“是的，这我知道，墓碑上写着他的名字。”

“他就是第五个人。”男人接着说。

“对不起……”埃米莉问，“第五个什么人？”然后，她看了看印在大理石墓碑上的日子：三天前，就是一切开始的那一天。

男人看着他们四个人，回答说：“你们中的第五个人。”

“他本来可以在这儿……”埃米莉低声说。

“他没有接受我的提议。这种情况偶尔会发生，”男人解释着，就像聊起一个拒绝购买人寿保险的客户，“我还是不够专业。”他与拿破仑目光交会，坦诚地说。

“真令人伤心，”丹尼尔喃喃低语，“他错过了好多事情。”

“圣诞节……”艾瑞莎又一次提出。

“火鸡。”埃米莉说。

“飞行常客积分。”丹尼尔听到拿破仑提到这个，忍不住笑了。

“他错过了你们四个，”男人说，“最重要的是，他错过了你们四个。”

他们又陷入了沉默。埃米莉觉得，在这次奇怪的生命里，她终于不再像原来那样孤单。艾瑞莎想起了奥利维娅，女儿肯定也在一个类似的地方栖息。她想去看看女儿，看一眼也行，做很短暂的停留，她甚至想带着她的新同伴一起去。拿破仑还在琢磨他的心事：“身体死去后，思维还在吗？”

“我们走吧。”丹尼尔的声音唤醒了几个同伴。他们走出内心世界，重回现实。

他们静静走进墓地，又静静地出去，上车，继续出发。

他们乘坐的汽车，并不是以废料和钚为动力的“德劳瑞恩”，只是一辆简单的旅行车，以梦想和期望为动力，却能带着他们穿梭于过去和未来。现在，这辆汽车隆隆地行驶在新泽西州的二级公路上，似乎只有正在开车的男人认识这条路。

拿破仑想起了他和格蕾塔来纽波特度假的时光。他们去本杰明餐馆品尝了胡椒海鲜浓汤，还站在海湾游廊上观看了一场赛舟会。想到这些，他几乎要露出微笑，来自内心的一个声音占了上风：**你死了才三天，怎么可能不想念你的妻子呢？那你还是男人吗？**他的良心受到了谴责，他感到喉咙哽咽，就像在那些失眠的夜晚，他无法平息内心的纷乱。路旁的招牌上是葬礼的广告：价格优惠，还可以分期付款。**格蕾塔不用担心钱的问题，我都为她考虑好了。**拿破仑想重新唤醒自我，吹散内心的负罪感。他突然想要打开车门，跳下飞驰的汽车，干脆利落地结束一切。汽车此时慢慢减速，仿佛突然启动了一种保护机制。看到这样的巧合，拿破仑不禁怀疑这个男人是不是会读心术。其实，汽车减速只是因为他们即将进入一条施工道路。经过五百米坑坑洼洼，满是乱石杂草的路面，他们的身子一直在左右摇晃，最后他们来到了一个栅栏门前，铁门上挂着锁链，上面还有一个旧招牌，写着：汽车餐馆。在生意最好的年代里，招牌上应该缀满了小灯泡，可以照亮黑夜。

“一家汽车餐馆！”丹尼尔欢呼起来，“这是我第一次看见汽车餐馆！”

“一家幽灵汽车餐馆。”艾瑞莎看到四周一片荒凉，还有网子围着，给它下了一个准确的定义。

“有点像为我们准备的。”小男孩天真地说。

男人下车，从裤兜里掏出一大串钥匙，花了一分多钟才找到正确的那把。他打开挂锁，扯下铁链，打开栅栏门，又重回车里，把车开到汽车餐馆前宽阔的场地上。

“这是你的地盘吗？”埃米莉问男人。

男人没回答，只是把车开到了场地中间，停在了一个大荧幕前。

场地四周有很多石块，就像是莫哈韦沙漠[1]。标记停车位的小圆柱都弯弯扭扭的，一侧的小木屋上写着“用餐”，不知道这个地方已经废弃多久了，字迹已经模糊不清了。再往前一点，是个放映室。

男人停车，熄火，一言不发，下了车就径直走开了。

“他为什么带我们来这儿？”艾瑞莎问。

“谁会对一个废弃的汽车餐馆感兴趣呢？”拿破仑接着说。

“我们可能会对这地方感兴趣。”埃米莉说。

“我喜欢这个地方，像恐怖电影里的场景，但我喜欢。”丹尼尔似乎是唯一一个很高兴来到这里的人。

突然有人用力地敲了敲车窗，吓得他们差点跳了起来。

---

[1] 位于美国西南部，地跨加利福尼亚州东南、亚利桑那州西北、犹他州和内华达州南部，是美国最大的沙漠。——译者注

埃米莉发出一声刺耳的尖叫，就像惊悚片里快被杀害的女人一样。

“爆米花。”男人吐字不清地说，他嘴上叼着一大袋爆米花，手上还拿着其他四个袋子。

“傻子！吓死我了！”埃米莉一只手放在胸口上，叫喊了一句。

“你们能帮我开一下门吗？”男人问，拿着爆米花，他行动有些困难。

女孩打开车门，男人把爆米花递给她。

“还是热的！”丹尼尔十分惊讶，开始嘎吱嘎吱地吃。

“刚刚做的。”男人坐下来说。

拿破仑和艾瑞莎环顾四周，一片荒凉，什么都没有。

他从哪儿弄来的爆米花？拿破仑心想。

“人啊。”男人开始说话，然后停顿了很久。四个人都在等男人把话说完，但他只是沉默，继续抓了一把爆米花放进嘴里。

“人，什么人？”埃米莉不耐烦地问。

“人啊。我觉得，你们错过的所有东西里，最重要的是人，”男人说，“人可以构建一个精彩的未来，一个你料想不到的未来；在你们的人生旅途中，还有很多人在等着你们。”

四个人都安静了，不再吃爆米花。

“你们想认识一下未来会出现在你们生活里的人吗？”男人问他们。

没人回答。

“想，还是不想？”男人又问了一句。

“我想！”最后，埃米莉说。

“很好。”

旅行车外面回荡着机械的咔嚓声，看老电影时，拉下操作杆，废弃许久的机器开始运行时，就能听到这种声音。

安全灯亮起，闪烁了一下，安全出口的灯变成红色，放映机向银幕发射出一道白光。老胶片电影上典型的倒计时显示器呈现在他们面前。

没人会想到，他们将在一个如此荒芜却又充满能量和魔力的地方，看一场关于自己的电影。或许，成千上万曾经来到这里的人仍未离开，在此刻都期待看到一场演出。

这家伙是个行家，拿破仑承认了这一点。银幕上的倒计时数字变成了3……

2……1，等待结束。

旅行车里的几个人都很紧张，同时也很好奇。从音响中传来音乐，是另一个时代的轻音乐。黑色银屏上，缓缓出现了一个郊区别墅的小花园。晴朗的夏日，有一个二十岁左右、身材健硕的男孩，他穿着短袖T恤，正忙着准备烤肉。这是一段用手机拍下的视频，电量和信号接收符号旁边显示着日期：2028年8月24日。男孩很开心，骄傲地展示着烤好的香肠。一个年纪稍小一点的女孩出现在他身后，偷偷靠近烧烤架，拿起一根小香肠放在嘴里。男孩想要阻止她，但女孩已经咬住了香肠。香肠太烫了，她张开嘴巴，想要吹一吹。她一边吹，一边哈哈大笑。男孩搂过她的腰，深情地吻着她。与此同时，拿着手机的摄影师趁男孩走神，偷走了烧烤架上的另一根香肠。偷香肠的是一只黑皮肤的手，男孩发现时，已经来不及阻止了。神秘的摄影师调转了一下镜头，拍下了她自己：她一根手指在脸上画了画，这个手势告诉大家“真好吃”。拍摄视频的人是艾瑞莎，她看起来年长了几岁，白发比现在多一点，但样子和现在看起来差不多。

银幕又陷入了一片黑暗。

艾瑞莎此刻目瞪口呆。她手上还紧紧抓着一把爆米花。**那两个家伙是谁**？她心想。

埃米莉想说些什么，但没能开口。她现在没有力气，因为她知道，下一个出现在银屏上的可能就是自己。埃米莉无法确定自己是否已经做好心理准备。看之前的纪录片是一回事，看未来发生的事情是另一回事。**因为那是未来**，埃米莉心想。她开始颤抖。未来一直让她感到害怕，所以她一直不愿意思考这个问题。

黑色渐渐淡去，银幕上出现了一只狗——一只拉布拉多，奔跑在宽阔的沙滩上。这也是用手机拍摄的视频。浪花飞扬，太阳很明亮，视频上没有时间，但能看出这是一个温暖冬日，风吹拂着海面和细沙。

沙滩上人很少，散步的人都穿得很厚实，有的甚至戴着羊毛帽子，还系着围巾。拉布拉多摇着尾巴，舌头吐在外面，警惕地等待着向它飞来的东西。几秒之后，从拍摄点传来一个飞盘，拉布拉多追寻着向水里跑去，一跃而起，想要咬住它。它跳起来咬住了飞盘，然后一路小跑，把飞盘带回主人身边。

“多利，好棒！到这来！过来！”

虽然声音有些失真，但埃米莉马上就听出来了，呼唤拉布拉多的人是自己。

她看起来并没有艾瑞莎那么惊慌失措，脸上甚至露出一个微笑。未来给她展现的这个画面并没有令她失望。**首先，我会有一只狗，还不错。**画面背景上出现了一个男人的轮廓，逆着光，看不清他的脸。“埃米莉，到这来……”他喊道。

或许我还会有一个伴侣，埃米莉心想。

银屏又慢慢变成黑色，星星点点的光也消失不见了。埃米莉看着这场演出的策划者，她很好奇，想知道未来还会发生什么，但男人的表情告诉她：“只有这些。”

一段萨克斯爵士音乐传来，四个人却越来越焦躁，这时候，银屏上突然出现了一个男人和一个女人。

“爸爸！妈妈！”丹尼尔激动愉悦地大喊道。

父亲在床上睡觉，母亲在法式台灯的微光下读着一本杂志。她把头发束在脑后，戴着一副彩色框架眼镜，神态安宁祥和。这个静止的镜头，就像是安迪·沃霍尔[1]的实验影片。画面突然动了起来，一组快镜头依次闪过：不同的人、面孔、眼睛，动作一个接一个叠加起来。男人、女人、年轻人、老人出现在各种各样的背景中。那些脸庞、那些眼神都隐约传递着人生的幸福和痛苦：一个放声大哭的新生儿，一个坐在秋千上大笑的小女孩，两条跳进泥潭的腿，一个把手放在眼睛上遮挡阳光的女孩，一个男孩用手用力敲打着大门，可能大门永远都不会开。镜头越来越快，还有很多其他面孔。

银屏又陷入了一片黑色。

---

[1] 安迪·沃霍尔被誉为20世纪艺术界最有名的人物之一，波普艺术的倡导者和领袖，同时也是著名电影制片人、作家、摇滚乐作曲者和出版商。——译者注

丹尼尔强忍着泪水，艾瑞莎紧紧地抱住他，抚摸着他的头发，埃米莉也坐得更近了些。

“他们都是在等我吗？”小男孩问。

坐在驾驶位置的男人，这场演出的主持者，嚼着爆米花，点了点头。影片在继续。

现在轮到我了，拿破仑心想。他闭上了眼睛，在最近几个小时里，他很少做这个动作，但现在他十分迫切地想要确定自己是否还活着，至少是活在这个平行世界里。

拿破仑重新睁开眼睛。

银幕上出现了一个十八岁左右的男孩。他坐在大学寝室的床边，墙上挂着一个吉他。男孩用忧郁的眼神盯着镜头。男孩的脸变得越来越大，拍摄的人正在使用变焦距镜头慢慢靠近他，可以清楚地看见他浅蓝色的虹膜、薄薄的双唇和额前散乱的头发。

艾瑞莎和埃米莉想看看拿破仑的反应，但他只是专注地看着，没有流露出任何感情。男孩的脸慢慢消失，只剩下他大大的眼睛：严肃、清澈，似乎在寻找着什么。他在寻找一个原因，一个未解之谜的答案。当拿破仑转头看向男人时，画面淡去，音乐结束，灯光熄灭，发电机停止运行。在这个没有星星的夜晚，汽车餐馆的停车场又陷入了一片黑暗。

“这是那些会让我们幸福的人吗？”小男孩问。

“不是，丹尼尔，他们是你们生活里非常重要的人。”男人回答说。

十五分钟之后，他们来到了一家20世纪50年代装修风格的小餐馆。

他们围着餐桌，准备吃晚饭。

在汽车餐馆看到的一切依然冲击着他们，四个人都极不情愿地下了车。他们看了一眼菜单，点餐，十分钟不到，服务员就上菜了。

“这里是两份鸡翅、两个双层芝士汉堡、一份鸡蛋煎培根、两杯啤酒和三杯健怡可乐。”服务员把食物放在桌上，在菜单上打好钩后，就转身走开。

“那个男孩是谁？”拿破仑问。

“我也不知道。”男人抿着一小口啤酒，回答说。

“拜托！这个问题你可以回答。”艾瑞莎咬着小面包说。

“我真的不知道，但应该是拿破仑将来会遇见的一个人。”男人说。

“那狗呢？我的未来最重要的就是一只拉布拉多吗？”埃米莉正拿着小鸡翅蘸烧烤酱，她忍不住问。

“还有一个男人。”

“我都没看清楚！”

“但有这么一个人。”

“这样可不够尽兴！”埃米莉反驳说。

“你可以做得更好！”拿破仑拿着一根薯条在指间翻转，也埋怨着男人。

“还不够好？我刚刚可是把你们带去了未来！”男人辩解道。

“然后，又把我们带到了新泽西最差的小餐馆。”艾瑞莎补充了一句，但她吃得津津有味。

“这儿的甜点很棒。”男人叉着一块鸡蛋培根，对艾瑞莎说。

拿破仑扫了一眼菜单，开玩笑说："我们要当心丹尼尔，这里有甜甜圈。"

大家都笑了。

"这个自杀方法真是有点荒谬！"拿破仑说。

"一点也不荒谬！"小男孩连忙反驳说。丹尼尔正大口吃着东西，他喝了口可乐，继续说："在这个世界上，甜甜圈是我最喜欢吃的东西，只要不打胰岛素，吃甜甜圈就可以结束一切，我怎么能不好好利用一下呢？"丹尼尔看着他的同伴，想要获得他们的认可。

没人说话。他们都曾设想过该如何结束生命，但很难找到最佳方案。

"你第一时间就想到了去桥上吗？"丹尼尔突然问。

拿破仑停止咀嚼，痛饮一大口啤酒，回答说："是的，我没有任何犹豫，这是最好的选择，其他方式我觉得都不行。"

"确实不是很好的选择。"埃米莉舔着手指上的烧烤酱，接着说。

"我不建议吃药，太痛苦了。"艾瑞莎说。

"我同意，自杀就是为了摆脱痛苦。"埃米莉插了一句，就好像在说邻居的闲话。

"开枪反而不痛？"拿破仑看着艾瑞莎，戏谑地说。

艾瑞莎正喝着可乐，差点就被呛着了，她开始咳嗽起来。

"噢，你没法再死一次，这是游戏规则。"拿破仑对艾瑞莎开玩笑说。听到他的话，艾瑞莎又大笑起来，咳嗽得更厉害了。

一个深呼吸后，女警察终于恢复了平静。"我曾经想过用塑料袋，但现在塑料袋都是用可降解的材料做成的，很容易破，人一般都不会窒息。”

“塑料袋很臭！”丹尼尔补充说。

“煤气会给你太多思考的时间。”埃米莉肯定地说。

“可以选择以一百五十英里每小时的速度，去撞一堵墙。”拿破仑说。

“安全气囊可能会救下你。”艾瑞莎质疑道。

“我的六三版的雪佛兰‘克尔维特’跑车没有安全气囊。”拿破仑接着说。

男人看着他们唇枪舌剑，目光中带着一丝满意，他和蔼地笑着。拿死亡开玩笑不是件容易的事情，拿自己的死亡开玩笑，就更不容易了。旅行正在继续，事情在朝预期的方向发展。虽然他知道，在最后一刻，结局可能不会太完美，有些人还是会被死亡席卷而去。烦恼总是陪伴着人们，永远都无法解脱。

“我也觉得，从桥上跳下去不错，但坐轮椅实在是太难了。”埃米莉想了一会儿后说。

“我建议在桥上修一个通道，方便想自杀的残疾人！”拿破仑拿起啤酒，做了一个举杯的动作，然后喝了一大口，感叹道，“刀片也可以排除，现在生产的那些刀片都是防刮伤的，你顶多可以把手腕上的汗毛剃下来。”

“在有些药店里，你还可以找到那种刮胡子的刀片，非常锋利。”丹尼尔说。

“你怎么知道？”艾瑞莎立刻问，母性的本能又一次觉醒。

“我之前想……”

“你之前想什么？”埃米莉打断丹尼尔的话，希望自己误解了他的意思。

“我之前想割腕。”小男孩有些艰难地回答说，几个同伴脸上的笑容此刻都消失了。

丹尼尔感受到大家关注的目光，知道已经不能收回说出的话了，他必须接着往下说。

“不是这次，是一个月前。”

“最后，是什么阻止了你？”拿破仑好奇地问。

“我不想弄脏东西，所以去了浴室。我打开浴缸的水龙头，想躺在里面割腕自杀。浴缸蓄水的时候，我还想吃最后一根西班牙油条：巧克力和香草味的。”丹尼尔讲着他的经历。

男人皱起了眉头，迫不及待地问：“然后呢？”

“我回来时，浴缸水已经满了，但我扳错了水龙头方向……水很冰，我就放弃了。”男孩坦白说。他低下了头，似乎害怕大家把他当成胆小鬼。

拿破仑笑了起来，不想让气氛那么悲伤。“一个想自杀的人，还会关心水冰不冰吗？”他又转向男人，问：“能知道你当时在哪儿吗？”

这句俏皮话引起了一阵哄然大笑。这是拿破仑的强项，他最擅长在特定的时候说出合适的话。

“你承认吧，你当时走神了！”拿破仑故意说，似乎想要为难男人一下。

“也许，就是他动手扳成了冷水。”埃米莉大胆假设说，大家听完又笑了。

大家都很享受这一刻，但拿破仑突然脸色大变。

“抱歉，我可能喝多了，要出去呼吸点新鲜空气。”他站起来说。

“真可惜。你喝了点酒，甚至有些讨人喜欢了。”艾瑞莎打趣道。

拿破仑露出了一个微笑，然后把装满鸡翅的盘子原封不动地递给男人，男人已经吃完了自己眼前的鸡蛋培根。

“你不想吃吗？”

“不想，谢谢，我不吃翅膀。”拿破仑回答说。这话从拿破仑嘴里说出来，又让大家捧腹大笑。

拿破仑走出餐馆，丹尼尔趁机又问了男人一个大胆的问题：“你会飞，是吗？”

“够了！”男人回答道。他突然站了起来，表情变得十分严肃。

拿破仑站在外面，夜晚清爽的微风吹拂着他的脸庞。一个深呼吸，几秒之内，他仿佛觉得自己焕然一新。可惜，一丝丝焦虑很快又卷土重来。是那种亲切、熟悉的焦虑感——他的终身伴侣。**你真的永远都不会抛弃我，是吗？**拿破仑心想。他又觉得，这个问题不重要了。“永远的焦虑”会在很短的时间之内结束。

拿破仑透过玻璃窗，看着埃米莉、艾瑞莎和丹尼尔：他们看起来像是三个饥肠辘辘的好友，可能刚从一场演唱会回来，碰到第一家营业的餐馆就停下来吃饭。拿破仑沿着马路转了一小会儿，大口地呼吸着新鲜空气：餐馆周围只有空阔的田野，偶尔会有汽车经过，留下一阵隆隆声。**这里就像是一幅霍普[1]的画**，拿破仑心想。

[1] 美国绘画大师，以描绘寂寥的美国当代生活风景闻名。——译者注

餐馆里，三个同伴还在有说有笑。

拿破仑难以忍受这样的笑声，这让他更真切地体味到了自己内心深处的黑暗。

男人走到拿破仑旁边，什么都没说，只是靠在一辆旧欧宝雅特的发动机盖上，点燃了一根香烟。

拿破仑有几十个问题想问男人，但他知道，肯定问了也是白问，他不会得到答复。

他们彼此交换了一个痛苦的眼神，因为两个人都知道未来的际遇，都知道快乐转瞬即逝。

拿破仑也点燃了一根香烟。

两个人都没吐烟圈。

第四日

步履匆匆是曼哈顿人最显著的特色。人们将耳朵贴在手机上，喋喋不休，另一只手捧着外卖咖啡杯，握在为防烫伤而加的纸板条上。20 世纪 80 年代风格的彩色耳机绕过头顶，罩在耳朵上，还有很多人戴着几乎隐形的小耳机。成千上万默默行走的路人，脑海中交织着成千上万首不同的歌曲。他们不得不在这座城市走走停停，红灯亮时就止住脚步，绿灯亮时就立刻出发，向下一个街区走去。这群整齐有序的人，只有在路径交叉时才会混合在一起。只有在彼此的故事、思想交叉时，他们才会相遇。他们瞥见的面孔，如此陌生。

拿破仑也在这茫茫人海中，同样手捧着咖啡向前赶路。表面看来，他只是芸芸众生中的一个普通人。但他不再有办公室，不再有家庭，朋友也屈指可数。**有多少人处境都和我相似，**拿破仑心想，**他们却还在这里，若无其事地奔赴一场场约会，没完没了地忙碌。**

他其实也有一个约会，在七十二小时之内，他就要去赴约。

绿灯亮起，拿破仑和其他人一起穿过马路。

他从蓝月旅馆出发，走到 23 街。他生前常常花很长时间散步，试图平静下来，战胜心魔，虽然最后一次散步是以自杀收尾。但他还活生生地在曼哈顿游荡，还可以再自杀一次。

一场可以延迟的自杀。你将要自杀，但你有七天的时间确认。拿破仑想到这一点，差点笑起来。

拿破仑走向通往地铁的地下通道，一个梳着脏辫的男孩正在演唱斯汀的《金色麦田》。拿破仑看到他的一刹那，回忆如同闪电般划过脑海：他曾在一场励志演说中选中过这个男孩。他很确定。虽然他最近忘记了很多人的名字，但他知道，此刻站在他面前的男孩叫作尼古拉斯。他还记得男孩充满希望和畏惧的眼神，拿破仑曾双手捧着他的脸颊，问："尼古拉斯，你来自哪儿？"

"我来自肯塔基州。"

"是什么让你从肯塔基州来到纽约？"

"如果我还继续待在那里，我会死的。"

"为什么？那里有什么不对吗？"

"因为那个地方，那里的人。"

"那里的人……"拿破仑问他，"或许是你的问题呢？"

他当时头发和现在一样长，到臀部那里。

"我的问题？"

"就是你的问题，尼古拉斯。你离开肯塔基州，因为你在那里很受罪，因为你没有归属感。来到纽约就是最好的选择，不管你的头发有多长，这个城市都可以接受你真实的模样。只是这座城市很难面对。想要面对它，你先要原谅自己。"

"你帮我原谅自己！"

“什么能让你感到快乐？告诉我，你想到的第一件事。”

“音乐。”

“音乐？那么音乐将会拯救你，相信我。”

他们拥抱了很久，拿破仑还记得，他最后在男孩耳边低语了一句：“我们一定会找到正确的音符。”

现在，男孩就在他面前，无忧无虑、潇潇洒洒地在地铁站唱着歌儿。他的眼神闪着另一种光芒，肯塔基州的生活已经变成一段遥远的回忆，他似乎已经找到了自己的道路。

地下？拿破仑沉思着。

男孩四周聚集着一小堆好奇的人。装电吉他的盒子摆在地上，里面有几张纸币和很多零钱。拿破仑站在最前面，在某个瞬间，他的目光与男孩交会：男孩微笑着继续弹唱，似乎没有注意到他。

你是怎么拯救自己的？**也教教我！**拿破仑想问男孩，但只是默默转身离开。上一首歌唱完，人群中传来一阵掌声，R.E.M. 乐队的《失去了我的信仰》开始了。

拿破仑的口袋里装着几枚硬币，他买了一张车票后，就走进转门。

他抿了一小口依然温热的咖啡，两盏明亮的前灯驱散了隧道的黑暗：地铁就要来了。

这辆地铁是向南还是向北？拿破仑在心里问自己，他笑了笑，无所谓了。

他坐在长椅中间。

乘客们排成长队，希望自己刚好排在地铁门前。

拿破仑却站着不动，只见地铁向前驶来，他向前迈了一步，计算着正确的时机，纵身一跃。

砰！

每个人似乎都对昨天的经历十分满意。多年之后，如果同一伙人坐在小酒吧里，他们也一定还会聊起那天的奇遇。

艾瑞莎走进餐厅，惊讶地发现其他人都还没来。窗帘还没拉开，座椅整齐地摆在桌子四周。

这家旅馆是谁的？艾瑞莎在心里想，然后就把这个问题放进了装满未解之谜的匣子里，她可能永远都不会知道答案。**还有不到三天的时间，一切就都将结束，在此之前，你想先弄明白哪个问题呢**？她想。

艾瑞莎其实只想知道奥利维娅在哪儿。她想去女儿身边，但很显然，女儿并不在这里。

那我为什么要待在这儿呢？艾瑞莎想。她打开烤箱，加热羊角面包，然后为自己和同伴摆好了盘子，又去准备甜味煎饼。

丹尼尔来到安静的餐厅，只听到金属搅拌器撞在碗上的声音。他停在厨房入口，看着艾瑞莎忙着把鸡蛋和面粉搅在一起。小男孩想起了自己的母亲，想起了母亲给他准备的各种甜点。母亲总是担心他会瘦下来，担心会有别的小胖子抢了他的橙汁广告代言。

艾瑞莎眼角的余光隐约瞥见了丹尼尔，她吓了一跳，本以为餐厅里只有她一个人。

“你怎么不打个招呼啊！”艾瑞莎说。

他们又听到了这些日子里已经熟悉的声音：埃米莉的轮椅声，她看起来心情也不错。

小烤箱发出“叮”的一声：羊角面包热好了。几分钟之后，桌子上就摆满了丰盛的早餐：煎饼、果酱、花生酱、橙汁、咖啡、牛奶和饼干。

他们三个人坐在桌旁，就差拿破仑了。

他们相互交换了一个眼神，仿佛即将开始圣诞大餐，但还得等一个迟到的叔叔。

“或许我们可以去叫醒他。”丹尼尔用叉子叉了一块烤薄饼，放在自己盘子里，提议道。

埃米莉拿起一块羊角面包，说：“我们吃吧，他等会儿会来的。”

“那我们今天还去康尼岛吗？”丹尼尔边吃边问。

“当然，我们已经答应你了！”艾瑞莎回答说。

话音刚落，那个没有名字的男人就出现了。他今天穿得很整洁，衣服也像是熨过的，比前几天要正式很多，但他目光十分严肃。

“早上好！”他嘀咕了一句，就像一个一大早起来就心情不好的办公室主任。

男人倒了杯咖啡，拿出两颗布洛芬胶囊快速吞下。

“拿破仑呢？”埃米莉问他。

“我不知道。我去敲了门，但没人回应。”男人回答说。三个人的眼睛里闪烁着一丝不安。

“再不出发，去康尼岛就迟了！”丹尼尔喊道，声音里满是十二岁孩子的不耐烦。

一阵金属的哗啦声突然传来，升降机缓缓上升：是拿破仑。

拿破仑径直打开栅栏门，完全不在意它发出的刺耳噪声。他迈着沉重的步伐，一眼就能看出来，他的心情也很糟糕。

几个同伴继续埋头吃早餐，安静地等待着将要发生的一切。很明显，肯定会发生些什么。

“这是怎么回事？你可以给我解释一下吗？”拿破仑向男人大吼道。男人却出奇地镇静，回答道：“我们之前说好了，一个星期……”

“好吧！我后悔了。”拿破仑继续大喊。

其他人交换了一个惊讶的眼神。

“你不能反悔。”男人回敬了一句，一口喝完了他的咖啡。

拿破仑向男人走去，面带怒色。

“我不想等了，你知道吗？”

拿破仑的话不仅是一句陈述，更像是一种威胁。坐在桌旁的三个人最初只感到惊讶，后来变得迷茫，现在只剩焦虑。

“到底发生了什么？”艾瑞莎问。

男人没有退缩，也向拿破仑吼道：“是你自己接受的……没人强迫你。”

“你知道我为什么会接受，也明白那些小伎俩很能打动人心……”拿破仑反驳道。他用的是一种控诉的语气，他了解这些权宜之计，因为他一生都在用这些方法说服别人。

男人却不愿意别人把他当成信口开河的骗子，他开始发脾气：“我没用过任何伎俩！”

丹尼尔突然站了起来，仿佛他可以阻止两个男人间的战斗，虽然他只是个一米五的小男孩。

“你就是用了！”拿破仑坚持道。

“没有！”男人反驳道。

两个人面对面地站着，但拿破仑马上向后退了一步：他是只会拿语言当武器的人。

“你知道，在那种情况下，一些小伎俩总是能奏效……”拿破仑声音低沉，似乎带着一丝责备。男人在空中行走的画面，仍然深深地烙在他的脑海中。他继续问:“你说吧，看到你像只鸽子一样在天上飞来飞去，有几个人拒绝你了呢？来呀，告诉大家！”

其他三人都呆若木鸡，这个老男人在他们面前并没有任何类似的举动。

“谁给你的权力，让你在一个人那么脆弱时闯入他的生活？走到那里需要多大的勇气，你知道吗？”

拿破仑停顿一下，喘了口气，继续说。

“在那个时刻，一个人通常吓得要死，但已经决定了要那么做。可你来了，你觉得自己可以给别人更好的选择。你有没有想过，有些人根本不想被拯救？遇到像我这样的人，你只要随他们去就好了！除非你这么做只是为了你自己，如果错过了某个人，你就会怀疑自己的能力。”

餐厅里的所有人都感到越来越不自在，前一天轻松愉快的氛围仿佛只是回忆。

“我们能知道发生了什么吗？”

问话的人是埃米莉，她的眼睛清澈明亮，对美好的未来仍抱有希望，却发现原来死亡也无法改变一个人。

拿破仑走近埃米莉，在距她几厘米的地方，愤怒地低声说："我今天又试了一次，明白了吗？"

埃米莉脑海里浮现的第一个画面，就是自己从酒店屋顶跳下去的场景，她当时再也无法忍受内心的焦虑与折磨，已经停止与自杀的冲动做斗争。

"为什么？"埃米莉忍不住问，她仍然试图保持一些尊严，"他说得有道理，我们已经答应了给他一个星期，你不能退缩，这对我们也不好……我们正在用心体验，我们都在竭尽全力。"

埃米莉的语气非常悲痛，她心如刀割，就像有人把她想忘却的悲伤往事又一次甩在了她脸上。

拿破仑盯着埃米莉，语气让大家很意外，答案也令所有人大吃一惊。

"你在说什么？我们，我们，什么我们？我和你们一点关系也没有。你以为你是待在一个自杀者俱乐部里？你说：'大家好，我是埃米莉，我已经两天没想过自杀了。'然后大家会给你鼓掌？算了吧，事情根本不是这样。"

拿破仑喘了口气，压低声音问："你们知道我每天的感觉吗？"

他依次凝视着三个伙伴的脸庞，目光带着奇怪的攻击性，又饱含着悲悯，一份对自己的悲悯。

"我每天早上醒来，都仿佛自己的孩子死了；感觉到自己将要在轮椅上度过余生；感觉我的父母根本一点都不在乎我……"

丹尼尔、埃米莉和艾瑞莎脸上的表情，仿佛一颗子弹正中他们的胸口。

“我感觉很痛苦，就像我经历了你们的遭遇一样，但其实，这些事情从来没发生在我身上，”拿破仑继续说，“我感觉很痛苦，但我根本不知道原因。说实话，我很嫉妒你们。你们至少知道问题是什么。”

拿破仑的声音里，包含着他曾经拯救过的所有人的痛苦，包含着格蕾塔的绝望，对祖父去世的伤感，包含着他自杀的意愿，还有他清晰的认识：生活给了他所有一切，除了幸福。他没向同伴解释，没有请求原谅，没有放声大哭，也没有继续指责或是歇斯底里。他重新走进升降机，带着受伤的目光和疲于反抗的表情离开了。

几秒之后，金属的铿锵声传来，拿破仑已经到了一楼。

丹尼尔看着艾瑞莎，艾瑞莎看着男人，埃米莉低下了头。所有人都在等待一个答案，一个指示。

“今天自由活动。”男人苦涩地说，然后走楼梯离开了。

升降机又回到了餐厅的楼层，埃米莉匆忙进去。她没有转身，没跟任何人打招呼。

丹尼尔看向艾瑞莎，他害怕一个人待在这里。就在小男孩快要哭出来时，艾瑞莎明白了他的感受，紧紧抱住了他，那是一个有力又沉默的拥抱。

他们就这样拥抱了很长时间，想要珍惜剩下的每一分每一秒：一段生命和一份本来不可能存在的感情。当然，这儿的生活应该与理想中的天国不一样。

埃米莉路过了荒凉的篮球场，篮球还在那儿，等待有人把它投进篮筐。埃米莉转了个弯，来到主干道上，她左右望了望，似乎想过马路，但其实她是在找拿破仑。她看到拿破仑就在前面二十来米的地方，就对准他的方向，用力推着轮椅滑过去。

“拿破仑，等一下……拿破仑，你他妈能不能等一下啊？”

“你想干什么？”拿破仑转身吼了一句，又继续向前走，“让我静静。”

埃米莉努力跟上拿破仑。

“你这样，会让我们也失去希望，你知道吗？”埃米莉的声音十分沮丧。

埃米莉开始喘气，她又想起了自己在汗水中度过的时光。一年又一年，一月又一月，一天又一天，一个小时又一个小时。在那些时光里，强烈的意愿，让她把自己的身体打造成一架完美的机器。意志坚定是她的特点，也是她的武器，但后来她丧失了意志，从她躺在那个该死的体育馆的地板上开始。当她从平衡木上摔下来时，她的意志就遗失了，就像钱包从口袋里滑出来一样。

“我觉得，你们完全可以慢慢儿死。”拿破仑说。他的声音很大，周围的人都能听见，一个从他身边经过的男人换了一条道走了。

别人能看见我们，埃米莉心想。她鼓起勇气，向拿破仑大喊：“你以为你是谁？”

“我跟你说了，让我一个人静静！”拿破仑的语气十分坚定，不容置疑。

埃米莉坚持不住了，她的手很疼，拿破仑越走越远。

“你妻子说得对，你就是一个专门蒙人的骗子……最可怕的是，你还做得很好。”埃米莉向拿破仑喊道，仿佛使出了最后的撒手锏。埃米莉真的有些认同拿破仑妻子的话。

拿破仑停了下来，犹豫了几秒，转身向埃米莉走去，步伐沉重而匆忙，他到了埃米莉身边。

“我是一个骗子？那你呢？你做了什么？你没骗过任何人吗？”

埃米莉目瞪口呆，皱起眉头，气喘吁吁，她不明白拿破仑在说些什么。就在这时，拿破仑突然抓住轮椅的手柄，在人行横道上疾步推了起来，他要把轮椅推向汽车飞驰的十字路口。

轮椅飞快地向前滑动，埃米莉害怕极了，双手紧紧地握着两边的扶手。

“快停下，快停下……快停下！”她大喊。

拿破仑没有停下来，反而继续加速，仿佛这是一个赛马节，为了赢得最后的大奖，他用尽全力。

“停下来！”

不到十米就是十字路口了，轮椅在拿破仑手中颤抖，但他丝毫没有停止奔跑的意思。

五米，四米，三米，埃米莉的大脑一片空白。人行道上看到的是红灯，汽车来来往往，风驰电掣。

在最后一秒，埃米莉跳了起来，她战胜了这些年只想坐在轮椅上的决定，战胜了内心的封闭和恐惧，战胜了“疑似瘫痪”的判决，战胜了那些认为她完蛋了的人，但最重要的是，她战胜了自己，战胜了那个甘愿蜷缩在轮椅上，不想继续奋斗的自己。

埃米莉跳了起来，她拯救了自己，因为拿破仑根本不会停下脚步。他活着时，用语言鼓励别人，现在已经变成了用行动。

空空的轮椅独自滑过马路，撞到了一辆三菱皮卡车上，又重重撞上了红绿灯的灯柱，最后翻倒在地。

埃米莉站在人行道边上，两条腿支撑着自己的重量，她环顾四周，眼里满是惊慌失措。

“你真是一个疯子！”埃米莉声嘶力竭地喊道。

“冷静一点。你没有感觉到吗？我们现在想死都死不了！”

埃米莉用眼睛寻找着可以掩护自己的轮椅，但它太远了，轮子也坏了。

“告诉我为什么。”拿破仑走近她，逼问她。

埃米莉惊魂未定，又羞愧不安。

“你根本没有瘫痪，你为什么要骗我们？”拿破仑大声质问她，“为什么你要撒谎？”

埃米莉的眼里满是泪水，但她凭借坚强的意志忍着眼泪，这份意志帮助她离开田纳西州，让她在国家队中脱颖而出，让她登上奥运会舞台，也让她止住了将要夺眶而出的泪水。

“因为……我受够了！”埃米莉的声音坚定又焦躁，仿佛此刻正站在裁判面前，准备开始一场比赛。

“够了？什么东西让你受够了？”拿破仑问。

他们周围的世界仍在按照自己的轨迹运转着，丝毫不在意这两个争论生命意义的人，更何况，他们争论的是不再拥有的生命。

“我不想再战斗了！”埃米莉回答说，她此刻想要一个拥抱。

拿破仑读懂了埃米莉的想法，这样的眼神他已经看过太多次了，但他什么都没做。

“那次事故之后，”埃米莉接着说，“他们总跟我说‘你自己决定，只有你自己能决定’。我每天都对自己说‘明天吧’，明天我再继续，明天我再重新开始，明天我就会站起来，但我一直没有下定决心。”

很多人从埃米莉身边走过，她站在那儿不动。她站着，没错，但双腿一直在颤抖，似乎无法撑住她的身体。

“你一直在绕弯子，你告诉我为什么。”拿破仑坚持问，他一点也不想放过自己选中的人。

“因为我无法成功！”埃米莉说。

“你当时马上就要成功了。”

“但我摔下来了，我真的很害怕，”埃米莉愤怒地说，“成功已经变成了一个魔鬼，吞噬我的整颗心，一直都不放过我，这简直就是我的噩梦。所以，当我坐在轮椅上时，我马上就转向一个完全相反的方向，我想远离之前的一切。我再也不想去竞争，我不想做任何事情。轮椅上是唯一让我安心的地方。”

“你还是决定自杀了，说明不够安心。”

“我发现自己什么都没有了。”

“你可以重新站起来。”拿破仑对她说。他伸出手，想要触碰到女孩，不管怎样，他都支持她，但这个动作凝固在了半空中，变成一次尴尬的试探。

埃米莉拭去眼泪，转头问："重新站起来做什么呢？"

"你只是害怕输，假如是这样，那是因为你能赢。你现在也可以赢的。"

"我现在对输赢一点兴趣也没有了。"

"这样，你只会伤害你自己。"拿破仑说完这句话就转身离开了。埃米莉一个人孤零零地留在那儿，身边人来人往，但没人留意她。

"什么励志师！"埃米莉小声嘀咕着。她走到一幢维多利亚风格的别墅前，入口处有五级台阶，她无力地倒在了最下面的一个台阶上。她双腿耷拉在马路上，终于找到了一个可以放声大哭的地方。

埃米莉是一个追求极致的人，虽然收获了很多成功，但也背负了不少伤痛。除了精神上的愉悦和满足，她也常常拖着一身的淤青和红肿回家，但她从不在意，反正过不了几天，那些伤痕就会痊愈。现在，她已经疲于冒险。五天前，她决定结束生命，越过人所能面对的那条最幽深的界限时，她也不想冒险。

埃米莉的耳边充斥着纽约的喇叭声、呼喊声和路人的闲聊声。她闭上眼睛，想从这些声音中抽离出来。

这座该死的城市，每条街都这么吵吗？

她想象自己又回到了家里的窗户旁。下雨时，她最喜欢用手指在窗面上画出一道道痕迹，把雨珠连起来，就像那些雨滴是天上的星座。每一次勾画都是一种命运，一些等待实现的东西。她的孤独，身边的寂静，她漫无边际的思绪一直陪伴着她。偶尔电话会响起，但她从不理会，只等待安静再一次降临。她从酒店屋顶跳下时，周围也安静祥和，仿佛有个声音在说：“没事儿的，你很安全，你会很好。”她站在世界的巅峰，没人比她更高了。终于，她站在了领奖台最高的台阶上：现在是跳下去的最佳时刻。

现在，这一切已经离她远去，包括她的生命，可她还想回到那个充满安全感的气泡里。

埃米莉摔倒了，她不想再继续奋斗，但现在她知道，自己或许真的差一点就成功了。她其实一直都知道。但自我欺骗比吃苦流汗、重获胜利要容易得多，停下来比向前进也要容易得多。这些思绪在脑子里回荡，这时候，她好像再也听不见任何噪声，她似乎可以掌控自己的感官知觉。埃米莉把车来车往的喧闹声慢慢降低，直到完全消失，仿佛她此刻正站在一个混合录音器的控制台前。一个人能够掌控周围的声音，这是一件令人愉悦的事。埃米莉闭上眼睛，开始一个小时候常玩的游戏：紧闭双眼，黑暗中会出现一些彩色的轮廓，看着它们在视野里浮现，就像一幅电脑壁纸，它们沿着一个几何图形边缘不停移动。很多年里，她都心存疑问，不知道这样奇怪的现象到底是什么，但她从来没在谷歌上检索过：知道太多，反而会变得更脆弱，有时候，我们只需要简单地去相信。就像男人向她要七天时间，让她经历了那些神奇的事情，就像他竟然能让自己一个人待在那儿，在人行道边上。

“我他妈到底在哪儿？”埃米莉大喊了出来，但她马上意识到，她本来只是打算想一想这句话。一个提着超市购物袋的女人从她身旁经过，看着她，没说话，只是对她笑了笑。在曼哈顿有太多疯子，这也是它的魅力之一。

埃米莉的脸庞上满是泪水，一个突然的变化让她吓了一跳：有个人坐在了她旁边。那是一个看起来比她大一点的男孩，留着短发和蓄了几个星期的胡子，友好的微笑让他看起来十分亲切。他穿着绿色 T 恤，外面穿着一件格子衬衫，袖子卷到了肘部。他前臂上有一个刺青，写着斜体的“今天”。他目光深邃而充满善意，仿佛包含着成千上万的问题，或许还有一些答案。女孩抽泣着，呼吸中夹杂着一阵咳嗽，但眼睛一直看着男孩。他翻遍了牛仔裤口袋，想拿出一包餐巾纸，但可惜纸巾已经用光了，只剩下塑料包装袋。

埃米莉用手背擦了擦眼睛，有些惊讶。

“我住在那儿，”男孩指向他们身后台阶上面的大门说，“如果你需要什么东西……”

埃米莉想起了自己几秒之前喊的那句话，突然用手捂住了嘴巴。男孩看着她，就像看着一只走丢的小宠物，开始用亲切的语气跟她说话，仿佛他们是多年的好友。

“每次我痛苦的时候，我都会玩一个游戏，”男孩说，“我会看看四周，观察身边的人，比如说那个警察，”男孩用下巴指了指，“那位母亲、那个司机，还有那对情侣，你想想……八十年，或者一百年之后，他们就都不存在了。他们中的任何一个人都不会存在了，任何一个。包括那个拿着达菲鸭气球的小男孩，那个在电话里和人吵架的女人，也包括我，包括你。我们所有人都会被同样多的人所取代，他们也有着一样的焦虑、难题、希望和恐惧。一百年之后，又是如此。也许将来又会有一个哭泣的女孩和一个说着蠢话的男孩坐在这个台阶上。你想想，我们是多么容易被取代。”

埃米莉的眼睛像是阳光下的水潭，泪水已经全部蒸发了。

“但我们又独一无二，”男孩总结说，“因为没有任何人的故事会和我们一模一样。”

埃米莉心想，这些话，在这时候说出来是这么合适。

“你是天使吗？”埃米莉突然问那个男孩。

男孩张开了嘴，露出一个微笑。“我？你才是天使。”男孩脸红了。

埃米莉终于笑了。

“不，不……天使都会飞，我可不会。”埃米莉说。她的声音仿佛来自另一个时空，在那个时空里，聊天是一件快乐的事，就像认识这个男孩一样。他们一起坐在台阶上，仿佛这就是当下最有意义的事情。

男孩仔细地观察着她，说：“我很确信，如果你试试，你就能飞起来。”

“我向你保证，我不会。”埃米莉反驳道。一想到这些话是那么荒谬，她都快忍不住要笑出来了。

“你为什么在这儿？”

“我也想知道……”

“是因为一个男人的错吗？”

“差不多。”埃米莉想起了拿破仑和那个无名的男人。

“总是因为男人的过错，”他接着说，“他让你相信一些东西，却又没有坦诚相对？”他的声音很柔软，仿佛想要吸引眼前的姑娘，但没使用任何技巧，只有真诚。

埃米莉点了点头，但她不想继续深谈，因为她没办法和别人聊起自己最近几天的生活。

“你叫什么名字？”她问男孩。

“托马斯。”男孩回答道，并向她伸出了一只手。

“我叫埃米莉，和我说说你的生活吧！”埃米莉听到自己坚定的声音，她也吃了一惊。

托马斯开始讲述他在布鲁克林度过的童年，棒球队、福特汉姆大学——因为哥伦比亚大学太贵了——那是他的硕士阶段，后来他在美林证券公司当经纪人。他向埃米莉聊起他的朋友，他的期望和恐惧。埃米莉沉浸于托马斯的讲述中，沉浸于无数的名字和细节中，沉浸于这个陌生男孩的故事中。她正在忘记自己和拿破仑、艾瑞莎，还有丹尼尔之间的讨论，正在忘记体操，忘记父母和田纳西州的农场，忘记干草房的横梁、雨滴。男孩还让她忘记了假装瘫痪多年的经历，忘记了自己几天前才刚刚自杀，以及她万念俱灰的心情。

“……我一直在叫喊！”托马斯大声说，“我的工作就是一边喊，一边做着难以理解的手势。盖柯，你记得《华尔街》里的戈登·盖柯[1]吗？卖出，买入，买入，卖出……我之前就是这样。”

埃米莉听得饶有兴致，男孩接着往下说。他压低声音，就像在寓言

[1] 《华尔街》是20世纪福克斯电影公司制作的剧情片，讲述了贪婪成性的股市大亨戈登·盖柯在幕后不择手段地操纵股票行情，最后被绳之以法的故事。——译者注

故事里到了一个紧要关头时，我们会读到“就在那时候……”一样。“一天早上，我去上班，从熟悉的地铁站出来，走上人行道，在一堵墙旁边，我看见了一个流浪汉正在锻炼腹肌。卷腹，你知道吗？是什么原因，让一个流浪汉做卷腹运动？我百思不得其解。”

托马斯停顿了一下，看着喧嚣的车流，继续说：“我一直想着这个问题，我来到公司，不由自主走进了经理的办公室，然后我就辞职了。”

“为什么呢？”埃米莉陶醉在男孩的故事里。

“说实话吗？其实我自己也不知道。那时候，我只想着要离开那里，要在家里给自己准备一顿丰盛的午餐，我已经十五年没在家吃过午餐了。之后，要立刻美美睡上一觉，就在整个纽约都在拼命工作时，我当时只是想从这个社会脱身，隐退。”

“我明白了……”

男孩盯着埃米莉，似乎想要审视她的灵魂。埃米莉注意到了他的目光，不禁颤抖了一下。

“现在，这个世界上，我最喜欢的词语就是‘相对化’。”托马斯说。

“相——对——化，”埃米莉抑扬顿挫地读着这个词，“……听起来很不错。”

“你读这个词时，听起来确实很棒。”男孩机灵地接了一句。

女孩的微笑愈来愈暖，男孩注视着她的脸庞，把她垂在脸上的一缕头发别到耳后。

身后的大门突然打开，一个年轻女人走下台阶，很随意地从他们之间穿过。她转过头，不看埃米莉，问那个男孩：“托马斯，确定是后天了？

一瓶葡萄酒够了吗？”

“当然。”托马斯回答说。

女孩给了托马斯一个飞吻，就沿着人行道离开了。她留着一头金色长发，穿着一件印着约翰·列侬的白色短袖，还有一条勾勒出完美臀型的紧身高腰牛仔裤，脚上穿着一双“蒂芙尼”十二厘米的高跟鞋。

“这是我邻居。周日午餐时，我会举办一个小聚会，你想来吗？”男孩问她，声音里没有一丝尴尬。

埃米莉正准备答应男孩，但突然想起自己已经死了——一个她总是遗忘的细节——就拒绝了他，就像以前拒绝其他男生那样，用的还是训练的借口。

“我建议你来，”托马斯坚持道，“你可能只有这一次机会，来参观我的房子。我估计两个月之后，我就交不起房租，必须得搬出来了。你来吧！”

埃米莉看着男孩，没有说话。

男孩抬起眼眸，说：“好吧，我知道了，你还需要考虑一下。”他站了起来，准备离开，又突然停下，大胆地问：“如果我想问你要手机号码，会不会太冒昧了？”

“我……我没有手机。”埃米莉支支吾吾地回答，她知道自己在说一件令人很难相信的事情。

“你没有手机，我懂了……那我把我的手机号码给你。”

托马斯翻着口袋，掏出笔，在一张小票上写好自己的手机号码，递给埃米莉，还向她伸出手，想帮她站起来。埃米莉很想握着这只手站起来，或许还会有一个紧紧的拥抱，但她只是继续坐着没动。

“你就待在这儿吗？”男孩问。

“是的，我还想在这儿坐一会儿。”埃米莉回答说，脸上不再有刚才的微笑。

托马斯离开了。他穿过大门时，回头看了女孩最后一眼。

埃米莉看着面前来来往往的人群，每个人都沉浸在自己的思绪中，都沉浸在自己的事情里。

这是那些生者的事儿。

一辆打着空车灯的出租车在红绿灯处缓缓停下，停在一个黑人女子和一个白人小孩面前。两人上了车，出租车司机是一位头裹长巾的锡克教徒，正对着耳机说着他们无法理解的语言，他神情专注，仿佛那通电话关系着世界的存亡。

“百老汇街一千四百六十六号。”女人说。

司机没有回应，就出发了。

前往市区的路上一直是这样的情景：司机一边在拥挤的车流中行驶，一边扯开嗓子对着麦克风说话。丹尼尔和艾瑞莎则看着车窗外飞掠而过的城市。

“虽然每天都走同一条路，但每次你都能发现一些不一样的东西。这就是纽约。”女人说。

“我喜欢甜甜圈，也是因为这个缘故。”男孩认真地说。

“跟甜甜圈有什么关系？”

“甜甜圈有那么多颜色，你每次吃甜甜圈时，总会觉得自己是在品尝一种新口味。”

艾瑞莎紧紧抱住了他。这个曾经做过母亲的女人，让丹尼尔觉得自己还是个备受宠爱的孩子。为人父母，不仅限于有血缘关系，有时一个充满温情的拥抱——拥抱一个可能跟你没有血缘关系，但需要呵护的孩子，也可以让你感觉到自己是一个母亲。

41 街，红灯亮了，出租车停在了路边。

“我们就在这里下车，谢谢！该付您多少钱？”艾瑞莎问，那时她才注意到，计程器是关着的，出租车司机好像根本没听到她说话。这时候，有三个中国人挥了挥手臂，他们穿过马路，向这辆出租车跑来。艾瑞莎看着他们来到了马路这边。

“下车，快点。”她对丹尼尔说。丹尼尔打开车门，跳到了人行道上，女人紧随其后。那些东方人在车后座坐定，不知向司机报了个什么地点，司机仍是一刻不停地对着麦克风讲话。

绿灯亮了，出租车重新出发时，小小的空车灯还亮着，等车子开出二十几米之外，灯才灭了，向这座城市里的其他人宣告：这辆出租车已经载客了。

“所以，他刚才没看见我们？他只是凑巧把我们带到这儿了。”丹尼尔望着那辆车。

“重要的是，我们到了想到的地方，而且我也没有钱付车费。但是，如果我们需要钱的话，我们肯定也会找到。”艾瑞沙回应道。

“我也这么觉得，”丹尼尔最后说，“我们现在去哪儿？”

女警察指了指“玩具反斗城”——纽约最大的玩具店，孩子的两眼闪闪发光。

他们在毛绒玩具、合家欢游戏、洋娃娃、乐高、超级英雄模型和成百上千种其他玩具之间闲逛，最后停在了玩具飞机面前。丹尼尔在飞行体验区玩了一会儿。艾瑞莎很高兴，来这里真是一个好主意。遥控飞机在一个狭小的空间里飞翔，不断变换姿势，并用上面的小摄像头录下了丹尼尔和艾瑞莎的脸，在遥控器的屏幕上播放。

丹尼尔看着飞机，忽然联想到了什么，他脱口而出："他说'鸽子'。"

艾瑞莎疑惑地看着他。

"什么？"

"拿破仑说他'像一只鸽子'，所以他会飞？"

"谁？我不理解你在说什么。"

"你总能理解你女儿吗？"男孩一边问，一边操控着玩具飞机——从右到左，然后上升。

"有时候能，有时候不能。"她回答道。丹尼尔又看向了玩具，很明显，艾瑞莎的回答并不能让他满意。

"我很难进入她的世界。"她接着说。

"为什么我爸爸妈妈没发现我很痛苦呢？"男孩又问，他操控小飞机绕着艾瑞莎飞。小屏幕里是一张陷入悲伤和沉思的脸。

"你时不时要帮助你父母一把，找到让他们理解你的方法。"

"他们说，我很幸福，怎么可能呢？"丹尼尔坚持道。他提到了一个让人痛苦的话题，也许正因如此，他开始慢慢从女人身边走开。吐露这些埋在内心深处的困惑让他很害羞。

"也许拿破仑说得对，他们根本就不在乎我。"他补充说。这时候，他已经退到艾瑞莎的视线之外了。

当玩具飞机靠近艾瑞莎时，她一把抓住了它，看着正在录像的摄像头说：

“丹尼尔，如果现在，此时此刻，你生病去医院，你知道谁会在你身边吗？你知道那个夜以继日、一直陪着你的人是谁吗？”

男孩定定地看着录像画面里的女人。

“是你的父母。你知道吗，丹尼尔？一直陪着你的是他们。”她说。

“那你呢？”丹尼尔突然问她。这个问题实在令人不自在，也太出乎意料，艾瑞莎答不上来，只能笑笑。

站在小火车边上的丹尼尔也笑了。

“如果你想在曼哈顿吃到西西里‘酥皮甜酪’，你应该去韦涅罗餐馆。他们家的‘酥皮甜酪’和巴勒莫的味道一模一样。”

这是萨尔瓦托雷很多年以前跟他说的话。

男人从来没有忘记过这句话。现在，他正坐在靠窗的一张桌子边，窗子正朝着 11 街。这些年，他听到过许多建议，他视之为珍宝。他遇到了很多人，他们总是会给他留下点什么：一首歌、一句话、一个眼神、一个秘密、一段童年的回忆，或者一个简简单单却让人感动的词语。他在皮面笔记本上写下来，就是为了防止自己遗忘。一页又一页，密密麻麻地写满了感悟，还有与之相关的名字。随着时间的流逝，我们会忘记一些事情，包括那些在某个时刻我们觉得非常重要的东西。可对他来说，时间有着特殊的意义。他就像一位教师，每周都重复上一样的课程。在笔记本里，他记下了所有要点，以防在课上出错，因为最小的错误也会导致最终的失败。

男人需要一直保持高度专注。韦涅罗餐馆里的西西里“酥皮甜酪”有助于让一开始就不顺利的一天走上正轨。

都是拿破仑的错。有一刻，他是这么想的，但他马上就后悔了，怪自己不该这么想。他很清楚是自己的错：在那个家伙面前，他总是卡壳，因为他没办法和他产生默契，或者说他们太默契了。

店门开了，一个红发女人迈着利落的步子走了进来。她穿着一件带花卉图案的长裙，戴着一副紫色圆框墨镜，有点像摇滚女歌手詹尼斯·乔普林[1]。她跟上次在男人房间时的气色很不一样。她看起来疲惫又忧虑，就像一位孩子被停课，校长请她去谈话的母亲。

“发生什么事了？”她一边坐下，一边问。

他吃下最后一口酥皮甜酪，把记事本推向她。

她看了一下，又合上了本子。

“我正在失去一个人。”男人说。

“我看出来了。”她说完，忧心忡忡地叹了口气。

“天哪，我真不知道该拿他怎么办。我今天甚至大喊大叫起来。”

“他到底有什么特别的？”

“我不知道，他让我陷入了困境。”

“让你陷入了困境？”女人问，一脸难以置信。她抬起了墨镜，露出了两只夹杂着绿色的天蓝色眼睛。在虹膜的底层，那明媚动人的天蓝色里还含着两滴琥珀。

“我不想失去他。”

“别想太多。在一周的时间里，失去一个人也很正常，接受现实吧。”

“我知道这很正常，可我不希望是他。”

“为什么？”女人把墨镜摘下，放在了桌上。

男人沉默了一会儿，他在争取时间，最后艰难地说：

---

[1] 一位英年早逝的美国女歌手，被视为摇滚乐历史上最伟大的女性歌手之一。——译者注

“因为在他的身上，我看到了自己。”

“在每个人的身上，我们都能看到自己。”她反驳道。

“今天，他让我第一次产生了怀疑，”男人继续按照自己的逻辑，喃喃地说，“会不会真有一些彻底没救的人？”

“你在说什么？”女人有些警惕，一只手开始绕一缕卷发，“你要想想其他三个人，不然，你可能连他们也会失去。”

他低垂着目光，沉默不语。

“这个家伙对你来说太危险了，别管他了。”

男人抬起了手，似乎想要安抚她。他的语气也很柔和，试图掩饰内心的不安：“不会再有问题了，他已经走了。”

“他会回来的。”

“我不觉得。”

她看向玻璃窗外的另一边，注意力都集中在了马路对面。

“我的人到了，我该走了。”她说。

男人也看向窗外，对面的人行道上有一个黑黑瘦瘦的年轻人，穿着大他几号的衣服，长长的头发，戴着一顶棒球帽。在他旁边是一位衣着考究的先生，穿着西装，打着领带，还有一把用作手杖的黑色雨伞。他们神情迷惘慌乱，仿佛在等一辆巴士，却担心弄错了车号。

“这是他们的第一天。”女人一边起身一边说。

他用带着温柔、怜爱的目光望着他们。“刚开始，他们是多么脆弱啊。”他回想着那个雨夜，他遇到的那几个人。

她微微一笑，戴上了墨镜，用双手捧起他的脸，深情地说：

“别吃太多酥皮甜酪，对你身体不好。”她穿过大堂，离开了饭店。

男人看着她走到了那两人身边。

这个朋友很确定，拿破仑会回来。那其他人呢？自由活动的这一天，他们会做什么呢？

他拿起了第三个酥皮甜酪，闭上双眼，开始想象他们会如何度过这一天。

艾瑞莎想再看看自己的老房子。她慢慢转动钥匙，就好像害怕惊扰到别人。

迎接她和丹尼尔的是一间空荡荡、乱糟糟的公寓。厨房餐桌上还摆着一个盘子、一只杯子和一张餐巾。

女人一言不发地打开了房间的遮阳板，好让阳光照进来。他们看起来就像《行尸走肉》里的两个幸存者，进入一间被遗弃的公寓。这间公寓里的住户为了不变成僵尸，早已逃之夭夭。而事实上，他们俩才是真正的活死人。

丹尼尔打量着客厅：挂在墙上的平板电视，电视前有一张长沙发；右边橱柜的面板上摆放着十多个相框，每张照片上女孩的样子都各不相同：有一张穿着居家服的，有一张在爬山的，还有一张在学校的，她笑着，弓着腰，曲着膝盖在溜冰，在篮球场上，在阳光下跳跃，还有一张和艾瑞莎拥抱在一起的。男孩的一根手指轻轻划过奥利维娅的脸，仿佛能感受到她曾经拥有的鲜活气息。接着，他开始探索这个陌生的房子。他走进了一间卧室：四处散落的衣服，一张没有整理的双人床，旁边是一个床头柜；房间里是一片令人压抑的黑暗。他又来到了隔壁——那是奥利维娅的房间。

这时，艾瑞莎打开了冰箱。里面几乎是空的，只有一些酸奶和一瓶还没打开的牛奶。她拿出了牛奶，看了一下保质期。

“丹尼尔？丹尼尔，你要喝点牛奶吗？”没人回应。她把牛奶放回了冰箱，关上了冰箱门。有些习惯真是顽固。**就算我开着冰箱，又有什么问题呢**？

在艾瑞莎女儿的房间里，丹尼尔更自在一些：一张单人床，一张书桌上整整齐齐地堆着几本书，墙上贴着一张海报，上面是穿着金州勇士队队服的斯蒂芬·库里。这个房间里的布置在时光里凝固，你还能感受到曾经生活在这里的人的气息，可那却像墙上一幅褪色的画。

不知道我的房间以后会不会也变成这样呢？他心想。他走近一个装在墙上的搁板，上面摆放着五个篮球运动员的乐高模型。他拿了一个在手中摆弄着。那个小小的篮球运动员似乎想向他倾诉一个重要的秘密，只有他能够听到的秘密。

身后传来了一声叹息，开口之前，他沉默了几秒。

“我知道在你视频里的那位先生是谁了。”他头也不回地说。

“那不是一位先生，那只是个男孩。”艾瑞莎纠正他。

“好吧，都一样……”

“他是谁呢？说来听听。”

“是我。”他转过身来。艾瑞莎借着走廊里微弱的光，仔仔细细地端详着他。“你明白了吗？”他继续说，“录像里的男孩是我。”

“你是怎么知道的？”

“那个地方，是我家后面的花园。”

艾瑞莎有些不知所措，她没有说话，感觉有些不自然：眼前的这个孩子，在她决定结束生命的那一天突然出现。在最近几个小时，她确实常常表现得像个母亲，但恰恰因为她曾是一位母亲，她才决定自杀。她心里很乱：她为什么要答应那个男人，继续忍受痛苦呢？那些痛苦本可以随着那一声枪响烟消云散。这到底是什么样的现实？究竟是什么样的机缘巧合，要让她再一次做母亲？这些想法刚在脑海中成形，艾瑞莎马上就意识到，它们是多么怪异和丑陋。归根结底，丹尼尔是一个决定自杀的孩子，她怎么能这么迟钝呢？这个孩子，没人能够理解他；这个孩子此时此刻正站在她女儿的房间里，她女儿一点儿也不想死，却离开了人世；这个孩子正在摆弄一个乐高人偶，拧扭着它的手臂，那是奥利维娅最喜欢的人偶之一。

“你能把那东西放下吗？要被你弄坏了！”艾瑞莎气冲冲地对他喊道，仿佛在和一个武装犯罪分子搏斗。紧接着，她像夺下罪犯的手枪一样从丹尼尔手上一把夺过人偶。“从这个房间出去！我把你带到我家，不意味着你可以想做什么就做什么。”

对丹尼尔来说，这无异于脸上挨了一巴掌，就像在学校里遭到校霸欺凌时的情景。他感到很沮丧，也完全没有预料到艾瑞莎会是这样的反应，他低垂着头离开了房间。

艾瑞莎走近搁板，放好玩具，又神经质地把整排玩具重新摆放了一遍，就好像每个人偶都放在了错误的位置。

“他们没教你什么是礼貌吗？”她继续说，就像一个心情糟糕、怒气冲冲的母亲，“你不应该进这个房间。如果你不乐意待在这里，可以回旅馆去。”

她把五个人偶的位置重新调整了一遍，又用一只手拂去书桌上的灰尘，把床收拾平整。她退出房间，关上了门，仿佛担心吵醒了里面正在睡觉的人。

客厅里空无一人，玄关处的门虚掩着——丹尼尔走了。

一群人，三三两两默然走进百老汇街的格雷斯教堂。他们大多数人都素不相识，一些人互相握了握手，拍了拍肩膀。

所有长凳上都坐满了人，后面进来的人只好站着。大殿里安放着一个铺满鲜花的棺木——这就是人很多的缘故，他们是来参加葬礼的。

一位穿着西装打着领带的男士走上布道坛，换下了一位女士。他调整好麦克风，用一种感人的语气开始说话：

“拿破仑拯救了我，也拯救了和我一样成百上千的人，是他帮助我们理解了人生的意义。”

教堂内人头攒动，拿破仑也挤在最后一批挤进教堂的人中，他一动不动地站在中殿，装着他遗体的棺木就放在那里。

我的身体在这里。他不由自主地想到了这一点，这和他在东河边看着自己的遗体被打捞上来的感觉一样。

他开始沿着过道向前走，走向自己。

“……只是这一次，所有的一切都让我们难以理解。”打着领带的发言者在一阵掌声中结束了讲话。

拿破仑缓缓走着，在人群中搜寻着：他一个人也不认识。

亲属都坐在前面的位置，他脑海中响起了一个声音。然而这个声音紧接着说：**什么亲属**？

他只有格蕾塔。而且，他还决定抛弃她。

格蕾塔。

他看见格蕾塔从第一排站了起来，她穿着一身素雅的深色西装，一如既往地光彩夺目。格蕾塔，这个他选择的人生伴侣，这个他曾发誓永远疼爱的女人。他清楚地知道，从此之后，他自杀这件事情只会像蚂蟥一样纠缠着她——无论她如何努力想恢复平静的生活，无论她遇到什么样的男人，无论她怀上谁的孩子，无论她过得多么幸福，那个冷冰冰的阴影都会始终笼罩着她。

庄严肃静的教堂里回荡着女人的脚步声。她走上布道坛，拿起麦克风开始讲话：

“没错，确实难以理解。这些天，有一个问题一直折磨着我：我当时是不是应该做点什么？”

她的眼睛望向中殿，望向棺木，望向站在那里的拿破仑，却看不见他。

“答案是‘是的’，我本可以拯救他，我本可以填补那个空洞，可我却从来都没有察觉到，这都是我的错。”

说完，她就走下台去了。

她的语气优雅而坚定，寥寥数句，恰到好处。这些话直白而慎重，直击内心，可就算如此，这些话也并非真相。

在场的人都望着格蕾塔回到了座位上，拿破仑的目光紧紧跟随着她。他的妻子总是很固执，总是对自己的想法坚信不疑。他们的争执也常常发生在类似的情境下：她对一件事深信不疑，而他试图改变她的看法。

接着，她就会告诫他，让他不要再耍花招，不要用他的工作技巧。

她就是这么说的：工作技巧。拿破仑很喜欢这个叫法，他感觉自己受到了认可。格蕾塔信任他，信任他所做的工作。

可他却背叛了妻子，用最残忍的方式背叛了她。

神甫请在场的人起立，管风琴开始演奏肖邦的《离别曲》。

人们都在哀悼死者，这时候一个女人进入了教堂，她顺着中殿走来。拿破仑丝毫没有察觉到她的到来，当他发现身边站着一个女人时，不由得吃了一惊：她一头红色的卷发，戴着一副复古墨镜，让人想到詹尼斯·乔普林，她穿着一身与葬礼格格不入的花卉图案的长裙。

然而，最让他震惊的是，这个女人并没有看着祭台，而是看着他。她微笑着，停在了他身边。

“从现在起，你自由了。”她说。

拿破仑没想到，在他的葬礼上，竟然会遇到能看见他的人。其他人都在专注地参加仪式，没人注意到他们。

“放心吧，没人能看到我们。”她说。她也会读心术——和那个男人一样。

拿破仑想要说点什么。他想，可是他说不出。女人抓住了他的一只手，从衣服上取下了一根胸针，在他的手指肚上扎了一针。

“啊呀！”拿破仑叫了出来，一下子缩回了手指。一滴血从伤口冒了出来，在皮肤上蔓延，“你疯了吗？”

“你又可以受伤了。从现在开始，你可以做你想做的事了。”她回答说，然后给了他一张纸巾，再次穿过了通往大门的中殿。她离开了，连十字都没画。

音乐停止了，掌声经久不息，人们站立着。教堂的钟声响起来了。

拿破仑还在想着刚刚发生的事，等他回过神来，他用目光搜寻着妻子，但没找到。他冲出教堂，逃离了葬礼现场。但现在他过马路时很小心，他不想被车子碾死。他漫无目的地奔跑，停下来喘口气，又继续跑，直到精疲力竭。他开始漫无目的地游荡，就像之前那样开始了他的散心之旅。后来，他心情平静了一些，但他还是需要时间，好好想想该做什么。他还有三天时间，照他的情况，三天绰绰有余。

他来到时代广场——他爷爷称之为“世界的中心”，身处在熙熙攘攘的陌生游客和白领之中，他觉得很快乐。那个广场意味着生活，而活着，则意味着还有解决问题的可能。他正在重新审视这七天的价值：如果没有经过这七天，他永远不可能了解格蕾塔的负罪感。

傻瓜，这难道不是可以预料的事儿吗？他脑子里的一个声音说。事实上，那些自杀的人都是懦夫，他们不断地告诉自己“没有你，一切也都会好好的”。然后，他们被自己说服了。多一人少一人，这也没有什么，这为什么会成为有的人的心病呢？

问题很多，而答案很少，还常常出错。拿破仑试图放空自己的脑袋，开始看起了广告。

百威啤酒、三星、足球、古蒂橙汁……

丹尼尔！

广告里，那个胖乎乎的小男孩喝着一小瓶橙汁，得意扬扬地走在一群孩子中间。所有人都跟他打招呼，崇拜他，女孩子则朝他微笑。虽然他有些超重，可在学校里，大家都觉得他很酷。画面很清晰，音乐节奏感很强，丹尼尔身边的每个人都是如此“富有激情”，拿破仑很熟悉这个词。

拿破仑微笑着想，如果自己还活着，他可以帮帮丹尼尔。

随即他又意识到，也许现在也不算迟。他闭上了眼睛，感觉自己还活着，感觉自己处在世界的中心。

只要拿破仑看一眼对面的人行道，他就会发现丹尼尔。表面上看来，他还生活在那个活人的世界，而且意识到自己正徘徊在死亡的边缘，因为吃多了甜甜圈而陷入昏迷。

大屏幕上那则广告，他也看了无数次，那则使他成了名，又毁了他的广告。人们说，名气会带来幸福；而对丹尼尔来说，名气只让他明白了一件事，那就是：幸福不存在。或许，错就错在生活本身。他没想到自己会有这样一周来考虑，这使他确认了一件事：他和其他人本应该找到一个更深刻的意义，让他们远离自杀的念头。而事实上，他们都没有找到。在艾瑞莎家里发生的一切，只能说明一件事：那些错误永远都无法挽回了。

事情不可能变好，丹尼尔一边朝地铁站走去，一边想，**我爸爸妈妈还是会和过去一模一样。如果我回去了，什么都不会变，一点儿也不会变。还是会有其他面试等着我，他们还是会想尽办法，让我越来越出名。可我不想出名，我只想当个普通人。**

“普通人！”他冲着地铁站大喊道，但过往的行人中，没有任何人察觉到。接着，在地铁值班人员的眼皮子底下，他跨过了入口的转门。做一个活死人还是有些好处的，开往郊外的车子到了。

丹尼尔和其他十几位乘客一起上了车。所有位子都满了，只有一个脏兮兮的流浪汉旁边还有一个位置，所有人都和他保持距离，不想坐到他跟前。对丹尼尔来说，那却是个极好的位置。那个流浪汉一下子转过脸来，看着丹尼尔：他的脸上全是疤痕，长长的胡子，脸上有毛细血管破裂的痕迹，可能是因为天气冷，也可能是因为他喝太多酒了。流浪汉身上散发着一股恶臭，但丹尼尔毫不介意。他们俩对视着，丹尼尔不由露出了一个真诚的微笑。流浪汉则一直面无表情。就这样，十秒、二十秒过去了，列车一直在隧道里行驶。那个流浪汉转过头，看了一下前方，然后闭上了双眼。

地上，在可怜的流浪汉的两脚之间，有一张传单。丹尼尔捡了起来：是麦迪逊广场上一家新开的洗衣房的广告。长胡子流浪汉穿着一件破旧的渔夫马甲，口袋里插着一支圆珠笔。丹尼尔小心翼翼地拿走了那支笔，开始在传单背面写字。地铁停了，有许多人下了车，又有许多人上了车。在最后上车的几个人里，有个带着吉他的男孩，他唱起了埃莫妮的《你永远不会知道》，声音很有感染力。

此刻，这音乐很适合给丹尼尔做背景。他把传单铺在大腿上，写下自己的所思所想。

妈妈爸爸，你们好，

我唯一的朋友是朱思。她爱笑，她说我“胖若两人”。“胖

若两人”是个可爱的说法，其他根本不在乎我的人都叫我“死胖子”，是马可·莫拉莱斯第一个开始这么叫我的。然后，其他人也都这么叫了。他们捉弄我，抢走我的东西，还在我的下午吃的点心上尿尿。他们说，反正我是个肮脏的下水道，这么吃也一样。我不想拍那个广告，可是你们说我应该去拍，我们需要那些钱……然后，我说也行。我没有说“好呀”，我说“也行”。如果你们说好，我就觉得好。可我一点儿也不好，我感觉糟透了。有一次贝利跟我说，他觉得我很可怜。我也觉得自己有点可怜。不对，是非常可怜。所以，妈妈，我决定了：我要睡了，别再叫醒我。

接着，他简简单单地签上了“丹尼尔”。他把信对折了两下，塞进了夹克的内兜里，又把圆珠笔放回了流浪汉的马甲口袋里。

“谢谢。”他大声说。在此起彼伏的鼾声中，流浪汉似乎嘟囔了一句“不客气”。

丹尼尔倚着扶杆，等着他要下车的那站，他沉浸在歌手的歌声里。归根结底，那个歌手也是在努力寻找幸福。

获得幸福是一件不容易的事，我就没有得到。他心想，然后开始观察身边的一个个乘客。他们都比他年长，他们都顺利走过了十二岁的地狱，真幸运啊。

他在圣尼古拉斯大道下了车，平静地走向他过去的家。今天马上就要结束了，而这一天本应该是去康尼岛，但他知道，大人的话通常不可信：许下承诺，又不遵守承诺。

不知道拿破仑和埃米莉现在在哪里。丹尼尔心想，接着拐了个弯，走进了他的小区。一排排小房子，一栋紧挨着一栋，彼此只隔着一条光秃秃的绿化带。这些房子看起来很“平民”，是典型的下层人民的房子。这些人总要很辛苦，才能撑到月底，他们也只能住这样的房子。住在这里的大多数都是一些有子女的家庭，他们在经济危机爆发之前还清了房贷；这里也是另一些人的奋斗目标，经过很多年的努力，他们最后在这里买到了属于自己的房子。房子很小，又在郊外，但起码还在纽约城。

丹尼尔走进了一个小花园，围着房子转了转，最后停在了后门。出于习惯，他敲了敲门，没人在家，这也是他所期望的。

他们还在医院。

备用钥匙压在一个花盆底下。丹尼尔取出钥匙，开门走了进去。简陋的小区和这个房子里的景象简直是两个天地：一台六十英寸的电视、一个热带鱼缸、一张“乐至宝”真皮沙发，一个带彩灯的日式小喷泉一刻不停地冒着水。那些突然暴富，还不懂得如何花钱的人就是这样，他们会很夸张，买一堆没用的东西堆在一起，让家里变得俗气不堪。那都是广告代言得来的钱。

丹尼尔只站了一小会儿，就忍不住要离开。他径直走上楼梯，到了父母的房间，打开了爸爸床头柜的一个抽屉，把信搁了进去。

好了。他环顾周围，仿佛是要用眼睛拍下最后一张照片，他再也不会看到这个房间了。突然他怔住了，重新打开了抽屉，取出了信，又跑到了楼下，就像一个闯进别人家里又慌忙逃跑的小偷。他打开了客厅橱柜的柜门，开始翻找，找出了一个黄色的小文件夹：封面上是古蒂橙汁的标签。丹尼尔打开了文件夹，里面是他的广告代言合同，也是他悲惨结局的源头。他把叠好的信放进文件夹里，并把文件夹整整齐齐、端端正正地摆放在桌上。

然后他走了出去，锁上了门，把备用钥匙重新放回花盆底下。他离开了。

目的地：蓝月旅馆。

艾瑞莎花了将近三个小时，才走到河滨大道的“三位一体教堂”墓园，但长时间的行走对她也有好处：她心头的怒火已经消散，取而代之的是对丹尼尔的内疚。如果说，过去的人生很艰难，她在生活的战场上一败涂地，那么现在这些补充的日子，可以说更加难熬；如果说，面对之前的痛苦人生，唯一的解决办法是结束它，那么现在她很清楚：在这四天里，她既没有学会控制自己的行动，也无法管理自己的情绪。

此刻，艾瑞莎沿着哈德逊河，在树下的一座座墓碑间走着，那些树上还开着花。刚才发生的事情已经不重要了。在她前面几米远的地方，有一位老妇人缓缓地走着。她拖着两条腿，像是正承受着巨大的痛苦，就连最简单的动作也变得沉重无比。她手里拿着两枝茎干很长的白色玫瑰，在黑皮肤的衬托下，玫瑰花更显洁白了。艾瑞莎一直跟在她身后，尽管她确信自己是隐形的，但还是轻手轻脚，害怕自己弄出动静。两人沿着白砖铺成的小径，一前一后在墓碑间走着。天气不是很冷，如果不是身处墓地，她们看起来更像是在公园里惬意地散着步。

小路沿着一个小山坡攀升，她们俩都继续向上走。

艾瑞莎对这座小山很熟悉。第一次，她花了两个小时才爬上这座山头。当时她每走一米，都要停留一下，想要仔细体味这里的每一缕香味、每一种声音、一棵树上的枝条、一株草，甚至是一只蚂蚁。她想把那条小路上的每个细节都深深刻在脑海里，来纪念那个可怕的时刻，她每周至少有三天都要走过这条小路，年复一年。

艾瑞莎走到了她母亲——那位老妇人身边，她们面前是两座墓碑：在左边的墓碑上，杂草留下了一道道绿色的印子，大理石在雨水的冲刷下变成了深色。另一块刚立起来的新墓碑，还没经历岁月的侵蚀，白得炫目。

两块墓碑上分别写着："奥利维娅·杰克逊，生于2000年1月9日，卒于2016年10月27日"；"艾瑞莎·杰克逊，生于1971年4月2日，卒于2018年3月27日"。

母亲和女儿又团聚了，身体都埋在地下。艾瑞莎的灵魂还在人间游荡，而奥利维娅的灵魂在哪儿，又有谁知道呢？

老妇人小心翼翼地把玫瑰插进了地上的两只花瓶里。艾瑞莎望着她，眼里满是柔情。她多想抱抱母亲，把她紧紧拥在怀里，和她一起放声痛哭。她想跟母亲说说话，向她解释做出这种选择的原因。她想告诉她一些事，那是因为这样或那样的原因，从来都没有向父母倾诉的事情，最终留下了永远无法弥补的悔恨。她想……可她只能望着这位苍老的母亲，年迈的外婆，这个还能找到力量来到此处的老人。

"妈妈。"她低声说。

"艾瑞莎。"老妇人哽咽着说。

艾瑞莎心头一震，直到发觉母亲看着的是她的墓碑，才明白她们正在两个不同的维度里说着话。

"对不起，真的，对不起。"她说。

老人叹了一口气，她闭上了双眼，摇了摇头，喃喃地说:“我的女儿，你别担心，我一切都好。虽然一开始我很生气，可现在我明白了。也许你说得对，做父母的不该比孩子活得长久。但如果我没像你一样，马上来到你身边，你别生我的气。我还想留在这儿。时间可真奇怪。一秒并非一秒，它可以瞬息而过，也可以漫长如年，是我们在掌控着每一秒的长短。而我想，带着你和奥利维娅的回忆，我会把未来的每一秒活成一年。”

她弯下腰，抚摸了两块墓碑。她与来时一样满面悲伤，依依不舍地离开了这座令人绝望的小山，留下了她看不见听不到，却一直放在心头的艾瑞莎。

新泽西州的太阳落山了，起风了。那位坚强的女警察悲痛万分，但她明白，自己该回去了。

“再见了，奥利维娅，我的宝贝。”她说完转身离开了。

十三岁时，埃米莉参加了田纳西州的选拔赛，那是全国冠军赛的初赛。当时，她已是少年组炙手可热的选手。根据之前其他几场比赛的分数，她被安排到最后一位上场。在上场之前，她等了六个小时，一动不动地和教练坐在阶梯座椅上。她哪儿也不去，就连厕所也不去。她就死死待在那里，一个个地研究对手，因为她知道，自以为学会了一切的人是无法胜出的。最后当她站起来时，腿已经僵硬了，她经过十几分钟的热身，肌肉才恢复正常。

她上场了，最后拿了第二名。所有人都为这个结果感到高兴。

当她坐在托马斯门前的台阶上时，那天比赛的情景又在她脑海里浮现。那是一段充满爆发力的时期，她一心只想着训练。为了赢得胜利，她专心训练，她为成为第一名而训练，让身上的每一块肌肉都彻底听从她的指挥。

那现在呢？

现在，她不知道在这儿坐了多久了，因为她觉得，自己没有力气走到轮椅那里。只有十几米的距离，但她做不到。起身走到那里，意味着她要一瘸一拐走进人群中，请别人让路，她有可能会被人撞倒在地，或者遇到更糟糕的事——有人帮助她。

又或许不会。也许她可以站起来，在摇摇晃晃迈出第一步后，重新找到平衡，然后迈出下一步。

也许没人会注意到她。事情发生之后，没人再看见她。

那托马斯呢？托马斯无疑注意到她了：他们一起待了一会儿，那一小会儿对她来说却非常漫长。**时间之外**的时间。在她人生最后一段时期里，她从未有过那么美妙的体验，有的只是痛楚、悔恨和孤独。

天气开始变冷了，埃米莉打起了哆嗦，她用手臂紧紧抱住自己，最终还是决定去取轮椅——她人生中该死的伙伴。她毫不犹豫地起身朝斑马线走去。当她走到红绿灯旁时，绿色的“通行”跳转成了红色的“禁行”。但她还是继续往前走，步履有些踌躇。汽车瞬间急刹车，司机按着喇叭，朝她大声叫喊。埃米莉无动于衷地继续前进，她眼里只有轮椅，仿佛那是她即将站上的平衡木。而眼前通往轮椅的这段路就像一条跑道，四周围满了裁判员，汽车喇叭声是为她加油的掌声。

她闭着眼睛，走完了最后几米。

轮椅翻倒在地，如同一座无人理解的现代雕塑。埃米莉把它扶正，坐了上去，脸上露出了一个微笑，然后又马上变得严肃。那道激发她活力的闪电一瞬而逝。她环顾四周：只有她孤零零的一个人。她不知道几个同伴怎么样了，她也不知道自己会怎样。**还剩三天时间**。

这一次，她等到绿灯亮了才过的马路。**蓝月旅馆**是她唯一能去的地方了。但轮椅很不稳，轮胎瘪了，车圈也变了形，她缺乏训练、已经疲惫不堪的手臂必须竭尽全力才能前进一米，每前进一米，她的身子都要经历一次摇晃。还好旅馆近在眼前了，升降机正等着把她送进房间。

旅馆前停着几辆汽车，其中一辆就是这些天以来载着他们四处跑的那辆旅行车，但埃米莉没注意到。

那个男人在和他的朋友兼同事见面之后，就开始一个人闲逛。他不想干预四个人自由活动的一天，也不想干涉他们必须要面对的选择，以及随之而来的后果。

只是现在，当他看到埃米莉如此艰难地行动，还是感到心里一紧。轮椅坏成那样了，谁知道她都经历了些什么。而他只要动动手指，就可以帮到她。

男人将两根手指放在嘴边，像吹气球一样吹着气，轮椅车胎慢慢鼓了起来，车轮渐渐地恢复了原状。埃米莉发出了一声惊呼，她太惊讶了，几乎受到了惊吓，但同时也很幸福。她知道是谁在施魔法，这一次，她不去想他为什么这么做，或者他是如何做到的。她只知道，在这样的境况下得到帮助，真是极大的幸运。她环顾四周，什么人也没看到，于是按下了升降机的开关，上楼去了。

男人感到很满足，这是那天他为数不多的愉悦时刻。他下了车，付过停车费，把票根放在了仪表盘上。正当要踏入旅馆时，他透过对面还亮着灯的店铺橱窗，看见拿破仑在一家西维士药店里。

这位励志演说家正站在止痛药货架前，手里拿着一盒布洛芬止痛药，但有些犹疑不决。他仔细察看着其他几种药，似乎在期待这些药盒开口说话，向他介绍每种产品的疗效。

“想治头痛，这个药更好。”那个没有名字的男人走到他身后，用手指着一瓶泰利诺的药水说。

拿破仑没有转身。

“那个药太刺激了，让我胃疼。”他回答说。

“可布洛芬里都是咖啡因。”

“是的，但见效快。”

“那就试试这个，不伤胃。”男人递给了他一瓶没有名字的药，回答说。

拿破仑接了过来，查看着标签。“我决定留下来了。”他低声说，目光丝毫没从药盒上移开。

一阵沉默降临在两人之间，时间很长，有些不真实。他们就像一场偷旗游戏中的两个对手，都因为担心被抓住而迟迟不肯开始行动。

男人没料到他会决定留下，而拿破仑也对他的毫无反应感到意外。

拿破仑妥协了。一般情况下，他不会妥协，但这场非人生的日子也要走到终点了，执拗没有任何意义。他抬起眼，看着那个男人，这是他俩在早上吵架后交换的第一个眼神。男人也退让了一步。

“是什么让你改变了主意？”他问拿破仑。

“因为你需要我。”拿破仑答说，仿佛这是通过验证的事实。

“我需要你？”

“是的，不然你会失去剩下的人。”

“你太自以为是了。”

“你也是。”

他们仍定定地看着彼此，此刻他们不仅在和解，也在达成一个无声协议。一个和两人都有关的协议。

“你留下来，是因为你第一次感到了怀疑。”男人说。

“其他人回来了吗？”拿破仑问，避开了他的话。

“你为什么担心起他们了？”

“我只是好奇。”

“他们会回来的。”男人说，一副胸有成竹的样子。

拿破仑没有被他的态度蒙骗：“你确定？”

“你回来了，他们也会回来的。”

说完这句话，讨论结束了，男人离开了。

拿破仑一个人在那里，对着小药瓶左看右看。

最后他把瓶子放回了架子上，取走了布洛芬。

第五日

在有些夜里，你总觉得被子不够长：你想要遮住脚，却发现背上凉飕飕的；你再拉一下被子，感觉肩膀又露出来了。房间里很冷，你浑身打战。你蜷缩了起来，把枕头放在双腿之间，想要把自己焐热一点。你一动不动躺在床上，因为床另一半空着，像冰一样冷。睡梦很不安稳，因为在纽约，总是有一些发动机在工作，一些持续不断的噪声一直骚扰着你，你越想无视它，它反而越无孔不入。有时是一辆拖车驶过还没有补上的路坑，发出巨大的颠簸声；有时是某个人在高声叫喊；有时是一辆汽车急转弯，轮胎摩擦地面发出的刺耳声音。

艾瑞莎对夜里的各种噪声很熟悉。无数个夜晚，她辗转反侧，难以入眠，隔一会儿就睁开眼，查看时间：三点、五点、七点。她清清楚楚地记得那些时刻，那些冷如冰坚似铁的时刻。

在这段新生活里，时间过去的速度好像有些不同。今天，它过得格外缓慢。

艾瑞莎起身，进了浴室，快速冲了个澡，换上干净的衣服，走出了房间。她开始准备早餐，启动了咖啡机。当水在加热时，她一直盯着光秃秃的桌子。餐厅里很冷清，除了她没有别人。她就像在自己家里一样，就像一周之前——卧室、厨房和客厅全都空荡荡的，只有她一个人。奥利维娅离开人世以后，一切都变成了单数：一个盘子、一只杯子、一把勺子和一杯咖啡。如果你变成一个人，你会改变生活方式。你可以毫无顾虑地高声唱歌；你可以大声叫喊，因为没有人会听到；你可以放声痛哭，最后发现没人可以给你一个拥抱。

这种孤独让艾瑞莎感到恐惧，让她发疯，但这就是生活。或者更准确地说，这就是死亡。我们原以为死亡只是一瞬间，会持续一秒左右，可实际上它会持续一辈子。对于那些和时间抵抗的人、受痛苦折磨的人，孤零零存活在世上的人来说，他们无法接受死亡之后发生的事情。

去他妈的一个人！艾瑞莎心想。**其他人都去哪儿了？**她开始制造各种噪声——餐具乒乒乓乓，橱柜门被砰的一声关上，拖拉椅子时，凳脚刮擦着地板发出刺耳的声音，她想让其他人从房间里出来。

一个演说家、一个女警察、一个残疾人和一个孩子，听起来真像个笑话，她一想到他们几个人，都忍不住要笑出声。

你一辈子五十年都生活在亲戚朋友中间，你有自己选择的朋友，你的工作也不错，但是忽然间一切都急转直下。你选择了自杀，想结束这一切，结果你又有了一种新生活，而且有期限，你以前认为不存在这种生活，一个比魔鬼还狡猾的无名老人还为你安排了几个伙伴，据你所知，他可能真的是个魔鬼。你还剩四十八小时来思考是否要拯救世界——你个人的世界。或是结束，或是继续。如果选择结束，会发生什么呢？

我们每个人做出决定时，该发生的就会发生。可既然现在我们在这里，那你们都给我滚出来！

她手上的另一只杯子发出了乒乒乓乓的碰撞声，她把一个勺子扔在了盘子上，打开了电动搅拌机。

埃米莉在房间里听到了那阵嘈杂声，她露出了微笑。原来昨天晚上，她不是唯一一个回到旅馆的人。

她坐在床上，穿上衬衫，然后像个真的残疾人一样，用手臂支撑着身体，坐到了轮椅上——那辆撞成了一堆废铁之后，又**奇迹般地**恢复原样的轮椅。这究竟是怎么回事儿呢？想也白想，就像问她，从金普顿·英克48酒店上一跃而下后，为什么现在还活着，为什么她能在二手市场上找到**那个**玩具，为什么托马斯能看见她，而其他人不能。有太多为什么都找不到答案，这有点儿像她在**第一次生命**里的一些问题：为什么她会从平衡木上摔下来？为什么她要假装瘫痪？为什么她停止了奋斗？为什么她不寻求帮助？

埃米莉晚上也没怎么睡着，昨晚她就像活在过去的生活里，很难挨过夜晚。她夜不能寐，期待早晨能将她从黑暗与愁绪中解救出来，但实际上，这也只是痛苦产生的幻觉。如果你除了躺在床上以外无事可做，你的亲人都在九百英里外的地方，如果你拥有足够的钱支撑你的生活，而不需要工作，如果亚马逊和其他网站能将所有你需要的东西送上门，如果你的朋友都散布在国内不同的地方，因为时刻都有可能被别人超越，她们在辛苦训练，那么你所能做的就只有读书。

埃米莉就是这样开始的。

读书让她可以逃避现实，使她感觉自己正走向吸血鬼德古拉公爵[1]

[1] 德古拉公爵是爱尔兰作家亚伯拉罕·布兰姆·斯托克的长篇小说《德古拉》中的主角之一，是一个残忍而狡猾的吸血鬼，住在一座城堡中。——译者注

的城堡，正在被奥威尔笔下的“老大哥”[1]监视，她成了被布考斯基[2]强暴的女人，罗斯的《美国牧歌》中反抗的女儿[3]。她变成了许多人物，经历了很多故事、很多生活，然而故事结束了，她清醒之后，还要想着一个根本不存在的未来。**当小说结束时，故事里的人物都去哪里了呢？**她心想。

有点像死去了，埃米莉常常这样觉得。

那些虚构生活给她带来的波澜慢慢地消退，最后剩下的唯一生活就是她自己的生活——平淡无奇，千篇一律，缺乏激情。在文学上，这可以说是一种极简的生活：一个不知道自己活着究竟可以做什么的人，一页又一页的空白，日常生活让人窒息，然后是一个戏剧性的转折：她登上屋顶，跳下去结束一切。

然而，她没死。

她连死都没死成。她被那个没有名字的男人说服了，活了下来。如此一来，一个抬脚就很完美的跳跃，一个必定会让你粉身碎骨的跳跃，最后失败了。第二种生活准备好了——这一次是第二条命，你现在要好好利用它。就算前世的遗产——轮椅、残疾以及对过去的难以释怀也跟

---

[1] 奥威尔，英国著名小说家、记者和社会评论家，代表作有《动物庄园》和《1984》。“老大哥”是其小说《1984》中主人公所在国家的领袖，时刻对人们进行严密的监控。——译者注

[2] 布考斯基，德裔美国诗人、小说家，他喜欢描写处于美国社会边缘的穷苦白人的生活，嗜酒如命，离不开女人。——译者注

[3] 罗斯，美国作家，代表作有《再见，哥伦布》《美国牧歌》等。《美国牧歌》讲述了犹太企业家西摩美国梦破碎的遭遇，他的女儿在动荡的20世纪60年代成了激进的炸弹客，摧毁了他们一家三代辛苦创造的一切。——译者注

随着你来到这一世，也没关系。

你只是觉得自己瘫痪了。她无数次在心里重复着这句话，却始终无法下定决心。直到拿破仑——一个业务能力非常出色的人出现了。他是一个推动你超越自身极限的人，一个把你推到马路中间的人——如果你没及时从轮椅上跳下，那辆放着黑人音乐的汽车就会从你身上碾过。但是，不是说不能死第二次吗？这不重要了，生存本能是不遵守规则的：它只是做出反应。这就是一个突击疗法，一切都能治好。

然而并没有。

一个眼神里充满关爱的男孩邀请你去他家。他不认识你，不知道你是谁，而面对他，你也无须掩饰什么。

接着，一个不眠之夜过去了，新的一天又降临了——准确来说是第五天。你起床穿衣服，洗漱，你发觉什么都没有改变，就像过去的日常生活，只有一样东西变了：没书可看！卧室里一点可以读的东西都没有，甚至连一本该死的《圣经》都看不到。

埃米莉坐在那个男人的旅行车上，在纽约市穿梭，她从未想过买一本书。那也是因为，如果你只剩七天可以支配，要集中精力看一部小说并不是一件容易的事。这样一来，从餐厅传来的餐具的磕碰声，还有布置餐桌的声响，成了那个时刻她能听到的最美妙的音乐。如果一个人注定会孤独地死去，那么在死之前，最好还是找点陪伴。

但那真的会是我的命运吗？她想，**我为什么要改变主意呢？**

她打开了卧室门，推动轮椅，来到走廊上。

拿破仑也听到了那些动静。厨房传来的声音，标志着漫漫长夜已经结束。他整晚都在窗前抽烟，盯着空无一人的小篮球场。如果不是因为天气太冷，风太大，他会下楼投几个篮。这七天快要结束了，他现在不想生病，一个在深夜跳进冰冷河水里的人，竟然会担心自己感冒，这真是很奇怪。

在等待黎明来临时，基于最近几天的体验，他想对自己的生活做一个小结。结果仅仅是一个简单而清楚的疑问：一个拯救不了自我的人，能期望他去拯救别人吗？他无法确定，尽管有那么多人在他的帮助下，拥有了第二次生命。

第二次生命……他思忖着。**也许我出现在这里，就是为了帮助那个奇怪的男人，给予别人第二次生命？**

但拿破仑只擅长帮助陌生人，那些人在治疗之前和之后的差别应该非常大。而那些跟你最亲近的人，那些对你来说最重要的人，你很难帮到他们。因为面对他们，人们常常无法坦诚。

在格蕾塔面前，他从未暴露过那个从内心逐渐将他吞没的魔鬼，他永远是那个表面上若无其事的拿破仑。

她在教堂里说的那些话，让拿破仑如坐针毡。他逃离了自己的葬礼，他想，如果他选择了自杀，那也是他妻子的错。随即，他又骂自己是个懦夫，骂自己不该有这样荒谬的想法。格蕾塔常常鼓励他谈心，可在工作中，他已经说了太多话，他每次都装出轻松平静的模样。

昨天晚上，在步行回旅馆的漫长路途中，他反思了一下，也许他就是《绿里奇迹》里的那个大个头黑人约翰·科菲：他只有吸收别人的罪恶，才能将他人从罪恶中解救出来。解救的人越多，他病得就越重。

思考太多的后果就是剧烈的头痛，如果没有救命的布洛芬，头痛简直能让他再死一次。他一次性吞下了四片，脑子里各种想法都一拥而上：不知道埃米莉回来了没，不知道她有没有原谅我，不知道丹尼尔和艾瑞莎昨天去了哪里。有太多的“不知道”等着他去了解，这时候，从餐厅传来了做早餐的声响——有人在那里了。

还好有人，拿破仑想。他换上衣服出门了。离结束不到两天了。

他打开了房间的门，面前正好是坐在轮椅上的女运动员。女孩的表情变得冷漠，就像在向他挑衅：**来呀，有本事说呀，现在你什么都知道了，尽管跟他们说去。反正我根本不在乎！我已经没什么可以失去的了。**

拿破仑什么都不会说，他会为女孩保守秘密，这女孩挺讨人喜欢的。他几乎禁不住要笑出来，可他并不想让步。

“早上好。”他冷冷地说。

她也冷冰冰地回了一句——那是对素不相识的陌生人用的礼貌问候。

“你先请。”他做了一个浮夸的手势。

“不，你先请。”她回答道。

这是一场对抗赛，尽管在这场“被迫”的同居生活中，不知道为什么，他们每个人眼里都滋生了一种柔情，不需要任何话语来说明，只要他们卸下伪装，让内心的微笑流露出来就好了。但两个人出于自尊，都放不下面子，直到拿破仑握住了轮椅把手，默默把她推到了餐厅。这个动作意味着妥协，同时也包含着爱。**能动太阳而移群星，是爱也**，推动轮椅算是小儿科。

埃米莉似乎要说些什么，想想还是作罢了。

到达餐厅时，他们发现餐桌已经布置好了，甚至连早餐都摆好了，就好像有一位奶奶，为了给孙子孙女准备早餐，早早就起床了，好让他们什么也不缺。

这位“奶奶”就是一名做了十七年母亲的女警察，一个即便早上六点上班，也不忘为还在被窝里的女儿准备好果汁、牛奶、咖啡和薄烤饼的女人。年复一年，这些习惯一直保留着。对艾瑞莎来说，照顾这个奇怪的家庭，让她有点儿找回了照顾奥利维娅的感觉。拿破仑是事业有成却郁郁寡欢的哥哥；埃米莉是表妹，一名一蹶不振的著名运动员；丹尼尔是一个性格内向，受人欺凌，无人理解的小侄子；那个没有名字的男人应该是个多年未见的古怪叔叔：你以为他在缅因州卖二手车，可当你再次见到他时，却发现在妻子离世后，他生活在圣地亚哥港口的一艘船上。一家子怪异而颓丧的人，正因如此，他们才该好好吃一顿丰盛的早餐。

当她看到埃米莉和拿破仑时，忍不住露出了微笑。那个笑是发自心底的，那些令人生厌的噪声达到了她所期望的效果。女孩面带微笑，而拿破仑还是一脸严肃。

“埃米莉，酸奶和水果。拿破仑，热咖啡。对吗？”艾瑞莎说。

埃米莉道了谢，拿破仑只是微微点头，嘟囔了一声——这就是他表达感谢的方式。他们挨着坐下了。

“早上好。”他们身后响起了一个声音。

那是《爱丽丝梦游仙境》中抽水烟的毛毛虫、疯狂的司机、给人发布洛芬的人、没有名字的男人。“看来……我们人又齐了。”他盯着拿破仑说。拿破仑咽下一口咖啡，环顾了一圈，像是并不认同他的话。

“几乎到齐了。”拿破仑纠正说。

“你说得对。艾瑞莎，去把丹尼尔叫起来。”男人热情地建议道。

艾瑞莎的表情很不情愿，就像是让她去换掉整个旅馆的壁纸。昨天，在她家发生了那件事之后，她最不愿面对丹尼尔。不是因为她对丹尼尔还心存不满，恰恰相反：愧疚感让她一个晚上都转辗反侧，她打心底里喜欢这个小男孩，但不知道如何面对他。

男人还是以不容置辩的语气，温柔地坚持说：“快，去叫醒他。”

艾瑞莎看了看埃米莉，又看了眼拿破仑：他们不可能知道发生了什么。她调整了一下情绪，就像一个好母亲，在无缘无故斥责孩子之后要请求孩子的原谅。或许，她当时只是受了其他情绪支配，才那么粗暴无礼。

她敲了敲门，继而打开了房门。从窗户透进的几缕阳光，勾勒出了屋里的轮廓。她隐约看到丹尼尔在床上蜷缩成一团，还在熟睡。忽然间，艾瑞莎想到了丹尼尔的妈妈：她走进儿子的房间，发现他还在睡觉；她叫了他一次、两次、三次，但他都没有回应；接着，她掀开被子，尝试着把他从被窝里拖出来，摇晃着他，还是没用。你突然发觉，你的孩子不是在沉睡，而是发生了更可怕的事情，那是最让人害怕的时刻。恐惧吞没了理性，你开始呼喊。你丈夫赶了过来，你惊慌失措，重复着一句话“他死了，他死了”。你痛哭，绝望，把指甲深深地嵌进肉里。你想着，只要能结束这巨大的痛苦，做什么都可以。你努力想要扶起他，你怀抱着他的感觉让你永生难忘——那是一个生命的重量。这个生命曾经依赖着你，又因为你的疏忽而消逝离去。

艾瑞莎坐在床边，耳朵贴近丹尼尔的脸：他在轻轻打鼾，热热的鼻息扑上来，温暖了她的脸。

她轻轻地摇晃着男孩的肩膀。没有反应。接着，她用温柔的声音说："喂，喂，醒醒。"

"妈……我再睡五分钟，妈妈……"丹尼尔回答说，好像内心忽然得到了释放。

"嗨！"艾瑞莎又叫了一遍。

丹尼尔睁开了眼睛，他很惊讶：也许他刚刚在做梦，也许他以为自己在家里，或者在医院。也许他忘了死亡之后的这场"模拟生活"。他眼睛眨了眨，身体向后缩了一下，然后，他的大脑回想起了一切，明白了这是哪里，也知道没有什么好怕的。

"快起床，很迟了。"艾瑞莎继续催促着，语气听起来像是要讲什么重要的事，不愿意出任何差错。

丹尼尔揉揉眼睛，打了个哈欠，伸展了一下手臂，他还是很困。她饶有兴趣地看着他完成了这一连串动作。她等着他坐起来，然后说："那个……"她停住了，有些犹豫，要找到既能准确表达出自己的想法，同时又能令对方满意的话并非易事。"昨天的事，对不起，丹尼尔。"她言简意赅。

"没关系。"男孩嘟囔着说，一副卸下了所有防备的天真模样。

“我当时是在生我自己的气，不是生你的气。”她接着说，目光始终注视着他。丹尼尔对着她微笑，艾瑞莎感觉如鲠在喉。她是一个失去女儿的母亲，而他是一个失去父母的孩子：他们被生活夺去的东西，在这个“阴间”重获了。在这里，他们内心的那些东西，具有更深刻的意义。一切都被放大了，和之前不一样了。

艾瑞莎将手伸进口袋，掏出了在小集市上买到的随身听，递给了丹尼尔。

“给你了。”

他毫不推脱地收下了。他年纪太小了，从来都没拥有过随身听。

“你的**油炸什锦**。”他微笑着说，他们俩冰释前嫌。

“你知道我刚刚在想什么吗？我们今天可以去康尼岛。如果你还想去的话……”

那个充满温情的微笑此刻充满了幸福。

“你觉得他们会同意吗？”小男孩问。

“你穿上衣服，我们去问问他们。”艾瑞莎一边从床上起身一边说。

丹尼尔很激动，不到五分钟就准备好了。

他们走进餐厅时，其他人都吃得差不多了。没人说话：男人在笔记本上写着什么，拿破仑盯着咖啡杯，埃米莉看着前方，一小口一小口地吃着东西。

“丹尼尔有一个提议。”艾瑞莎说，温柔地把男孩推到了餐厅中央。

他却不敢开口，刚刚的热情似乎都消失了，就好像看到几个伙伴沉浸在各自的思绪里，让他打消了出去玩的念头。

“能不能你来说？”他小声对艾瑞莎说。

“不，你来说。别怕，快说。”艾瑞莎鼓励他。

丹尼尔有些踌躇，脸上除了勇敢，更多的是尴尬，他终于说出了今天出行的目的地。

埃米莉沉默着，似乎不愿当第一个开口表态的人。

拿破仑慢慢把杯子放在了桌上，像所有大人一样，轻描淡写一句话，就打破了男孩的梦想：“我们应该昨天去的，今天肯定有其他安排了。”

丹尼尔小声反驳了他，声音透着胆怯，但又像手术刀一样锋利：“我知道，但昨天你选择了跳地铁。”

大家一片沉寂。

男人写字的手停下了。

三秒、四秒、五秒。后来，拿破仑忍不住笑了出来，那是他发自内心的笑，一瞬间也传染给了所有人。没人记得他们上一次放声大笑是什么时候，他们将烦恼、愁绪和期望通通抛诸脑后，此刻的欢乐，仅仅源于一个十二岁孩子的直言不讳——他不会拐弯抹角、闪烁其词，也不在乎后果。

“我们投票吧。”拿破仑说，他重新掌控了局面，“有谁想去？”

艾瑞莎马上举起了手，埃米莉跟着她举起了手，拿破仑也加入了她们，丹尼尔也兴奋地高高举起了手。

那个没有名字的男人重新埋头写东西。

“你不投吗？”拿破仑问他。

“不好意思，各位，我不去。我今早有事。”

四个人纷纷放下了手，面面相觑：没人料到他会这样回答。

“如果你愿意的话，你带他们去吧。”男人头也不抬地说。他的话渐渐消散在空中，却像巨石一样沉重。

拿破仑向他投去了控诉的目光，过去数年的舞台经验，还有与众多观众的接触，让他的目光变得犀利。

“好啊，我们自己去，”他说，“我们说到做到，要信守诺言嘛！”

他在强装镇静。他看了看几个同伴，催促大家动身，毕竟去康尼岛至少要半个小时的路程，不是拐个弯就到了。

男人把车钥匙扔给他，便继续写东西了。拿破仑观察着他的奇怪态度：这实在太反常了，应该有什么具体含义。“好的。”他应道。

男人竖起三根手指，做了个告别的手势，他留了下来，带着那个皮面笔记本。

拿破仑已经有些时日没有开过车了，因此，当他启动那辆老旅行车时，这个日常的动作竟然让他有些享受。他驶入了车流，心里忽然冒出了一个疑问:“你们说，外面的人看到的是不是一辆空车在马路上行驶？”

坐在他身旁的埃米莉笑了起来。

“我觉得，今天路上的人能看见我们。”艾瑞莎自信地回答说。

“只要我们别撞见‘捉鬼敢死队’就行。”男孩逗乐地说。车里的气氛很欢快，毕竟他们是在前往游乐园的路上。

“放点音乐吧。”拿破仑对埃米莉说，他的注意力一直集中在路况上。他想起教堂里的那个奇怪女人，像施巫术一般，扎了他的手。**我现在可以再死一次了，那其他人呢？他们也是这样吗？**在疑惑之中，他放慢了车速，也不去超车，即使他脑子里有一种意识，他很清楚，他们不会受到任何伤害。他们就像身处一场电子游戏里：人物和场所都是虚拟的背景，发生的事情都是可以预测的，他们并不能为所欲为。

埃米莉打开了仪表盘的小抽屉，开始翻找。

“我觉得这不合适吧。”艾瑞莎对她说。

“我只是想找几张 CD……而且，说实话，我也很好奇。”

她翻出了一张街道名称表、十几张旧罚单和四张碟片。

蒂娜·特纳、乔治·迈克尔、费兹杰拉和……布莱恩·亚当斯。

“你不会要放布莱恩·亚当斯的歌吧？”艾瑞莎问，那语气就像是埃米莉要放格里高利圣咏[1]一样。

“布莱恩·亚当斯怎么了？”拿破仑反问，“他是个伟大的歌手。”

“谁是布莱恩·亚当斯？”丹尼尔问。

“你听听吧，就是这个。”拿破仑答道，从音响里取出红辣椒乐队的唱片，放上了那位加拿大摇滚歌手的唱片。

最先传出了电吉他弹奏的和弦，接着《六九年夏天》的旋律传了出来。

拿破仑模仿着轿车主人，像击手鼓似的敲打方向盘；很快，埃米莉也沉浸在了节奏里。丹尼尔一开始有些腼腆，后来也跟着节拍尽情地摇摆身体，身上的肉一晃一晃的。

“真棒，丹尼尔！”拿破仑看着后视镜中的丹尼尔，对他叫喊着。

艾瑞莎用一只手捂住了嘴，一副被逗乐了的样子。“天哪，好吧，没想到有一天，我竟然会听着布莱恩·亚当斯的歌跳舞。”她的身体也开始随音乐摇摆起来。

四个人放飞自我，就像一群无忧无虑的朋友，一起去康尼岛游玩，高涨的热情使路途变短：没有需要在意的人，没有亟待解决的问题。只有倒计时毫不留情地向前迈进，告诉他们时间越来越少，而此刻好像也无人为此担忧。

他们就这样一路开到了曼哈顿大桥。拿破仑的身体突然停住了，如同电池电量耗尽了一般。他又恢复了严肃，一心专注于开车。埃米莉察

[1] 格里高利圣咏是由唱诗班在教堂中演唱的罗马天主教宗教音乐。——译者注

觉到了他的变化，调低了音量。

“干吗呀，我正来劲呢。”艾瑞莎抗议道，手还在空中挥舞。

丹尼尔也安静了下来，但并不知道发生了什么。

透过后视镜，艾瑞莎发现埃米莉正用眼神示意她，让她看拿破仑。

轿车行驶在通往布鲁克林区的车道上，车道在人行横道上空蜿蜒。拿破仑驾着车，一边慢慢向前驶着，一边望着吞没了他的河流。他们恰好在桥中间——拿破仑选择跳河的位置。

“不知道我的东西还在不在那里，”他高声说，“手机、车钥匙和钱包，每个体面的纽约人都离不开的东西。”

“你就是从这儿跳下去的吗？”丹尼尔问。

“是的。”拿破仑回答说。

他紧紧握住方向盘，闭上了眼睛。

埃米莉看见了，连忙喊他：“喂，拿破仑！”

男人叹了口气，睁开双眼。

“不好意思，我没事，”他还露出了一个微笑，“别这么伤感，我们可是出来玩的。”

很快，气氛又恢复如初。

埃米莉把手里拿着的罚单和唱片放回了小抽屉，好奇地左右翻看街道名称表，“这是 1962 年的版本……”

“你们觉得，那个男人多少岁了？”丹尼尔问。

“我觉得很老很老了。”艾瑞莎猜测说。

埃米莉把街道名称表放了回去，又看到了一把皮筋捆住的旧钢笔，她拿起来，给伙伴们看。

“你们看这个。”

“不知道他在那个笔记本上写些什么……”艾瑞莎喃喃自语。

“我觉得他在画画，就像心理医生画的图。我的心理医生就那么做。”埃米莉说。

“我的也是。”拿破仑说。其他三个人都惊讶地看着他。

“你以前也看心理医生？”艾瑞莎忍不住问。

“看过一段时间。后来就不看了。他说的话跟我说的一样，可语气更忧郁，就好像连他都不相信自己的话。”

“我的心理医生总是很沉默。我也不说话。”艾瑞莎回忆道。现在，他们到了贝尔特公园大道。

“你去看心理医生干吗？”丹尼尔有点担心地问她。

“在发生了那些事以后，我必须要看心理医生。警局的人要确信我不会做傻事。”女人的语气开始变得悲伤，拿破仑重新调大了音乐的音量。在他们右边，可以看到布鲁克林港口和下湾的海水：康尼岛不远了。

“可他是怎么做到无处不在的，我们不在一起时，也都能看到他？”丹尼尔提出了一个众人心里不止想过一次的问题。

“很简单：他会飞。”埃米莉答说。

丹尼尔摇摇头。

“他会瞬间移动。”艾瑞莎猜测。

“如果可以选择的话，你们更喜欢飞，还是瞬间移动？”丹尼尔问。

埃米莉和艾瑞莎异口同声地说：“飞！”

“我选瞬间移动，更实用，”拿破仑说，“你呢，丹尼尔？”

男孩望着路边一棵棵飞掠而过的棕榈树，还有沿着车道向前飞翔的海鸥。

“我选择飞，一辈子。”

他的脑海里浮现出了他九岁那年的万圣节夜晚：他想要一件超人服，可是家里的经济条件不允许。妈妈就去买了布料，为他缝制了一件。最后效果不太好，颜色和原版的不太一样，更暗淡，“S”歪歪扭扭的，制作也很粗糙。丹尼尔什么也没说，可他觉得穿着这件衣服出去很丢脸。他不想让爸爸妈妈发觉他的真实想法，又羞于参加万圣节聚会，于是就在曼哈顿晃荡了整整一天，就像个吊威亚都飞不起来的胖超人。现在他明白了，妈妈为他缝制的那件衣服里饱含了对他的爱，而这样伟大的爱在之后的几年里，却再也寻不到踪迹了。

他们到了游乐场，气氛和预想的一样：吵闹的孩子拽着父母的手，因为每分钟都很宝贵；请假来玩的小情侣一起坐过山车；还有参团的游客和逃课的少年。几个流浪汉望着欢乐的人们，两个警察在巡逻。高大的摩天轮欢迎人们来到康尼岛。

他们四人并排慢慢向前迈进，就像重拍电影《战士帮》里的一个画面。几个大人迷茫地环顾四周，而丹尼尔脑子里却知道要玩什么。他拉着三个大人，在各种游乐设施之间穿梭。

他坐在旋转秋千的小座椅上，在空中飞翔。他紧紧攥着安全带，有些害怕，可转了一圈又一圈之后，他的神情开始放松下来，后来甚至敢朝脚下看，看向拿破仑、埃米莉和艾瑞莎。现在他笑了。每次经过他们头顶，他的幸福好像都会传递给每个人。

丹尼尔终于表现出他这个年纪的小孩应有的样子：一个坐在旋转飞椅上的欢乐的孩子，一个没有责任、没有烦恼的孩子，一个即将带着他的懵懂天真，迈进这个社会的孩子。他会带着纯真去感受和经历这个世界。他之前没有这种机会，他被扔进了一个成年人的圈子里，这个圈子里充斥着各种心魔和愧疚感，觉得希望是无用的东西。但对一个小孩来说，这是不对的。作为小孩，就应该快乐地坐在旋转木马上，一直高高兴兴的，这个游乐项目结束了，还有下一个等着他。

“一切看起来都那么寻常。”埃米莉说。

“一个在昏迷的小孩，同时又在游乐场玩耍，身边还有三个行尸做伴，还有什么比这更寻常的吗？”拿破仑讽刺地说。

“我们应该为他做点什么。”女运动员继续说。

“我不认为我们是适合的人选。”励志演说家反驳道。

艾瑞莎默然站在他们身边。她望着飞扬的小椅子——以前奥利维娅也坐过。她叹了口气，走近正在缓缓停下的旋转秋千。

丹尼尔下了地，开始有点站不稳，艾瑞莎低下头抱住了他。

“你有孩子吗？”埃米莉问拿破仑。

“没有，”他回答说，“格蕾塔想要孩子，可是我不想。”

“为什么？”

拿破仑看着这个坐在轮椅上的女孩。

“如果你想照顾好别人，首先你要能够照顾好自己。”

艾瑞莎和丹尼尔手牵着手过来了，小男孩非常兴奋。

接下来，他一直都在说“我们去这里”、“我们试试那个”，极大地考验了这几个跟班的耐力。

一小时后，拿破仑吞下了两颗止痛药：游乐园里的人越来越多，年纪很小的孩子大喊大叫，四处疯跑，音乐一刻也不停歇。

“你知道我为什么不想要孩子吗？”拿破仑突然问埃米莉。她笑了笑，摇摇头。

“那是什么？”丹尼尔指着一个游乐设施问。那是一只巨大的铁臂，把人们举到高处，然后急速下坠，在机械控制下，它会在即将撞上地面的最后一瞬慢下来。

“神风敢死队。”拿破仑说。

“我们去玩吧！”丹尼尔高呼，大家还来不及反驳，他已经跑向了售票处。一个牌子上写着：身高一米四以下的儿童需要大人陪同。

他满怀希望地看向他的几个朋友。

埃米莉和艾瑞莎一齐看向了拿破仑。

“我害怕，太高了。”他摇着头说。

“哦，那曼哈顿大桥就不高吗？”艾瑞莎早已准备好了反驳的话，一边示意埃米莉后退。

拿破仑没有退路了，就像一个主动上前线的志愿者。丹尼尔兴冲冲地朝他跑去，给了他一个拥抱。

励志演说家叹了口气，闭上了眼睛……当他睁开眼时，他已经被大铁臂举到最高处了。旁边是神情紧张的小男孩，正等待着坠落的那一刻。

“我到现在还没明白，你是怎么说服我的。”拿破仑说。他们被吊到了高处，两条腿在空中摇晃。

“站在桥上，是不是也这么可怕？”丹尼尔问。

“水看起来更诱人一些……”

小男孩深深地吸了口气，他双手紧紧抓着安全带，因为用力过度，手都有些发白了。

拿破仑眯着眼睛，看了看下方：人们都变成了不断移动的小黑点。他旁边几个被吊起的人，都焦虑地等着即将到来的时刻。

尝试这个项目，你们想体验什么呢？他有点恶毒地想。待会儿座椅猛然下坠时，那些尖叫的人，还是会继续活下来。而他不会，还有不到两天，他就要永远消失了。

你不比他们强，你不比任何人强。

他抬起了肩膀，也抬起了把他固定在座椅上的保护杆，他试着把保护杆抬高了一些，发现它还没有锁好：他可以在一瞬间解放自己，结束生命。

他看了看自己的手指，那根在教堂里被一个红头发女人扎过的手指，他的手指出血了，那个女人眼神冷峻地看着他。

行动啊，懦夫，你还想怎么样？现在跳下去，一切就结束了。

他又把保护杆抬高了一点，闭上了眼睛。

“还好，有你在这儿陪我。”丹尼尔对他说。很明显，他很害怕，但他在竭力克服恐惧。

如果此时在他面前跳下去，可能会给他留下无法抹去的心理阴影。拿破仑脑中瞬间闪过这个充满善意的念头。

这样，他把保护杆拉回了原来的位置，对着小男孩微笑了一下。

终于，他们听到了保护杆锁上的声音。

“准备好了吗？”他问小男孩。

丹尼尔点了点头。他们还来不及说别的，“神风敢死队”就开始行动了，人们随着铁臂急速下降。此刻爆发出的尖叫声，一定和飞机坠落时发出的尖叫声一样吧。

埃米莉和艾瑞莎坐在内森餐厅的一张小餐桌边上，望着这一幕。这是一家卖热狗的餐厅，如果你去康尼岛，一定不能错过。艾瑞莎正吃着一个热狗，里面的番茄酱和洋葱都要掉下来了。

“你确定你不吃吗？”她已经问过无数次了。

“我吃一个热狗，马上就能长两斤肉。”女运动员回答。

艾瑞莎一边有滋有味地咀嚼着，一边看着她笑了。

“哼，去他妈的体重。你不知道你损失了什么。不对，我觉得你应该知道。”她又咬了一口热狗。

“你有多久没有淋漓尽致做一次了？”

“什么？”埃米莉惊讶地问。

“没什么，上次我们聊到性爱话题，我想起你说的那些话，真让我很惊讶。在我看来，性爱也算得上让我留在这世上的两三个理由之一。”

埃米莉看着轮椅，就像在说：谁会喜欢一个瘫痪的女人呢?

“谢谢你，但这不适合我。”她接着说，又举起瓶子喝了一口水。在艾瑞莎的眼里，这个动作是她紧张的反应。作为警察，艾瑞莎学会了很多东西：数年的审讯经验使她对谎言、情绪的变化、掩饰下的紧张变得极为敏感。她很善于解读肢体语言。她想：**现在，她觉得很不自在。接下来，她可能会摸摸头发，或是其他部位。**果不其然，埃米莉开始拽手上的倒刺。

“不管怎么说，在坐轮椅之前，你应该也没怎么享受过鱼水之欢吧。”

“我在性方面的体验，的确不怎么样，”女孩开始敞开了心扉，回答说，“不知道怎么回事，我找到的男人都是有女朋友的人。看来，在所有事情上，我都注定是第二。”

“因人而异。我丈夫就为了情人把我甩了，他就更喜欢后来者。无论如何，如果你决定重新开始，我建议你找个警察，他们是最棒的。”艾瑞莎骄傲地说。

“是吗？”

“当然了，他们会全力以赴，非常疯狂，那是因为他们知道，每一次做爱都可能是最后一次。”她禁不住大笑起来。她脑海里闪现出一些同事的面孔，她跟这些男人的交情，可不仅是一起在酒吧喝过一杯啤酒。不过，那都是逢场作戏，过了一天之后，就很难回想起究竟发生了什么。那是某种规矩：两人上床是出于生理需求，也可能是出于对死亡的恐惧，与情感没有任何关系。

“我要是找个失业者，你觉得怎么样？”埃米莉抛出了这个问题。

“好吧……也不错……至少他有足够的时间陪你。”

这次，她们俩都笑了起来。埃米莉又想起了托马斯和他的文身——“今天”。但**那个**今天已经过去，她正在度过的今天也即将结束。距离这个小小的世界彻底完结，只剩几天时间了。

拿破仑和丹尼尔朝两个女人坐着的餐桌走来，两人的步子都有些踉踉跄跄的。

艾瑞莎将最后一口热狗塞进嘴里，说：“你们也尝一个，味道真不一般。”

丹尼尔摇摇头。

“我……我要吐了。”拿破仑结结巴巴地说，朝公共厕所走去。

“他认真的吗？”埃米莉问。

“他开玩笑的，就是尿急。不过刚才的确很吓人。”

“现在怎么样？玩够了吗？”艾瑞莎问丹尼尔。

“现在，我想玩一些没那么刺激的游戏。”男孩回答说。

“比如？”

丹尼尔看了看周围：“我们一起去嘛。”在他的再三恳求下，两人只能跟着他。

就这样，他们来到了射击场，靶子是一些橙汁瓶子，拿着手枪的丹尼尔就像一个小狙击手。

他愤怒地开枪了，仿佛面对的是给他带来各种麻烦、逼得他不得不自杀的罪魁祸首。可最后，十发只打中了两发，他只赢了一个普普通通的钥匙圈。

“气势是有了，就是瞄得不准。”艾瑞莎对他说。

“我以为我能打中呢……因为我想要那个奖品。”他指着一个巨大的布鲁托[1]毛绒玩具。

“想要那个，得打中二十枪。”柜台后一个顶着一头白发的人说。

丹尼尔重新拿起了手枪，递给了艾瑞莎。

“你能帮我打吗？”

艾瑞莎握紧了手枪，愣了一下：再次握着手枪，她心里泛起了奇怪的感觉。

埃米莉察觉到了朋友的不自在，说：“算了，我们玩别的吧。”

这时候，拿破仑来了。“我赌十美元，你肯定至少会失手一次。”

[1] 迪士尼动画中米奇的宠物，一只米黄色的狗。——译者注

“说实话，我是有一点手生。”艾瑞莎回答说。

“二十美元。”拿破仑加大了赌注。

出于自尊，艾瑞莎接受了。她戴上护目镜，给手枪上膛，开始瞄准。

一发、两发、四发、十发……每一发都打中了瓶子，每个被击倒的瓶子，都像是她曾经遇到的犯人，可能是她逮捕的，都是那些她想痛打一顿，但却不能动手的人渣。恋童癖者、暴力分子、杀人犯……她不能容忍这样的罪犯。而对有些盗窃犯，她能理解，尤其是那些迫于生计而偷窃的人。

十三发、十五发、十八发……

埃米莉和丹尼尔看着她的表演，目瞪口呆。

十九发……只剩下最后一个瓶子。艾瑞莎眼神坚毅，手臂绷直，在她的脸上看不到一丝紧张。

她扣动了扳机：打中二十发。

柜台后面的男人一脸惊愕地看着她，而埃米莉和丹尼尔则为她欢呼，就像她刚在奥运会上赢得了金牌一样。

艾瑞莎摘下护目镜，拿破仑拍了下她的肩膀。“你真是一个专业警察，”他说，“我一有二十美元，就马上给你。”

接着传来了一阵欢呼，是丹尼尔，两手抱着巨大的布鲁托。“我小时候，总是分不清布鲁托和高飞。”他一边说，一边抚摸着毛绒玩具。

小男孩已经开开心心地玩了几个小时了，满足了心愿。现在，一行人终于可以离开游乐场，向沙滩走去。

以前，拿破仑和格蕾塔常来康尼岛。格蕾塔喜欢坐过山车，可他从来都没上去过，他总是在下面等她。

他这辈子拒绝了多少事？他有多少次拒绝了爱人的请求呢？格蕾塔经常叫他一起跳舞，一起上舞蹈课，可他一直不想去。他们也从来没去探望过住在马萨诸塞州的叔叔阿姨。这周日，要不别看洋基队的棒球比赛了吧？不可能。阳台上种什么花好呢？你选吧，我无所谓，种什么都一样。灰色的窗帘好看，还是褐色的好看？有什么差别吗？都是窗帘。

那么，对他来说，到底什么事物是无法放弃的呢？事实就是：对拿破仑来说，没有任何非常重要的东西，除了工作。

他说了多少谎言啊。当然不是恶意的，都是些善意的谎话。他在心里反复默念："我是出于好心。"他努力营造了这么多善意，为什么最后还是决定从桥上一跃而下呢？还有一句谎言，是最后一句："我今天不开车了，走路回家。"尽管已经很晚了，她还在家里等着他。拿破仑想知道，格蕾塔听到他死去的消息时是什么样的心情。他在猜想，但他脑中刚闪现出这个念头，便立刻打消了。我真是太懦弱了。最好别想了，还是等着再次终结吧。

艾瑞莎也来过几次康尼岛。她和拿破仑不一样，她尝试了所有游乐项目，吃了很多垃圾食品，买了各种各样的小玩意，都是没用的物件儿。她来这里是为奥利维娅，也只是为她。奥利维娅喜欢以每小时一百公里的速度上下摇晃，喜欢和妈妈一起顺着轨道，尖叫着向瀑布俯冲而下。她们淋湿了，越湿她们叫得越厉害，笑得越开心。

也正因为如此，她今天不愿和丹尼尔一起坐“神风敢死队”：她不想触及那些幸福的往事。现在一切都变了：她一笑脸上全是皱纹，大腿也变得臃肿，夜里难以入眠，心里有着难以弥合的伤口。她可以穿上一层又一层颜色最深最暗的衣服，可一旦夜晚降临，她还是会发现胸口位置的那块污渍，那块奇怪的污渍，在夜里更加清晰可见。有时，黑夜仿佛没有尽头，如同一场永恒的月食将她吞没。在那些时候，她除了开枪已经没有别的选择，因为她已经对生活不再抱有希望了。

埃米莉推着轮椅，跟在队伍的最后面，她有力的双臂推着轮椅，低头陷入了沉思。

她以前从没来过康尼岛，事实上，她这辈子也没去过任何一个游乐场，但她一生几乎都在空中翻腾旋转，就像今天那些让丹尼尔喜笑颜开的游乐项目一样。训练，集训，前往各地比赛的路途，焦虑和兴奋，还有那些因害怕失误而失眠的夜晚，这些事情占据着她的所有时间。她最大的恐惧便是，因为没有竭尽全力，她不敢面对镜子里的自己。当她从平衡木上摔下，医生说她可能会瘫痪，她好几个月都不敢看镜子：她知道她无法原谅自己。她尽一切努力，就是为了脱离她生活的那个小地方，可现在她坐在轮椅上，除了“斗争”她别无选择，但“斗争”的结果却让她回到了原点。她很疲倦了，她害怕失败。对她来说，深陷这样的处境，只能说明一件事情：人不可能斗争一辈子。

当你向命运投降，你抬起脸，看着洗脸池上方的镜子，你会看见自己，但那是一张难以辨认的面孔，此刻脸上已经不再是羞愧，取而代之的是蔑视。自责的情绪一天比一天强烈，直到有一天，你再也无法承受。你心里很清楚，你在撒谎，但比起为真相斗争，自欺欺人更加轻松。今天是她“第一次”来康尼岛，她坐在轮椅上，不能像其他人一样活动。轮椅仍是她的盔甲，是支撑她登上屋顶，一跃而下结束生命的借口。

“太平洋！”丹尼尔高喊了一句。

长长的沙滩上没什么人，只有几个勇敢的人站在浪潮拍打的海滨，任海风冲击。四个人经过沙滩排球场，一个排球场里刚走进了六个少年，他们打算开始打球，其余球场都空荡荡的。

丹尼尔和布鲁托的脸紧紧地贴着围栏张望。

“我们来场比赛吧？”他问其他朋友。

三个大人面面相觑，埃米莉摊开两只手臂，艾瑞莎和拿破仑你看我，我看你，像在说：“我觉得不太合适吧。”

“来嘛，来嘛……只是一场比赛。”小男孩再三央求。

“你不累吗？”拿破仑问了一句，可丹尼尔连听都没听。

“嗨……我们能一起玩吗？”他朝着围栏里的几个男孩子喊道。

几个小伙子转过身，用难以置信的目光打量着这一行人：他们看起来实在不像会主动请求一起打球的人。

“对不起，你说和谁一起玩？”一个看起来十八岁左右的金发男孩问，他留着波波头，像后街男孩组合里的尼克·卡特年轻时一样。

“我说我们。”丹尼尔回答说，用手指着一个中年男人、一个四十多岁的黑人女子和一个坐在轮椅上的女孩。更别说他自己了，才十二岁，体重超重，手里还拿个公仔。

“你们？”一个脸上长满雀斑的男孩问。他又高又瘦，像个路灯，头发长得遮住了眼睛。

“是的，我们。别小看我们，我们可厉害了。”丹尼尔说。

虽然拿破仑很欣赏丹尼尔这种态度，他在加强自身信心，扫除他人偏见，**但凡事都有个度啊**，他心想。

“是啊，是啊，当然了。可你们只有四个人。”另一个男孩插了一句。他像丹尼尔一样胖，但比丹尼尔至少要高四十厘米。

“太可惜了！”那个长得像尼克·卡特的男孩说，想摆脱他们。他正要转过身去，一个声音让他停了下来。

“还有我。”

四个“幸存者”一齐转过身：是他，那个没有名字的男人，那天没有车子，不知道他是怎么来的。他们快忘了还有这么个人了，然而，当时每个人都为他的出现而感到高兴。

与此同时，排球场里的六个男孩脸上的表情明摆着在说“太烦了吧”。

“不好意思，还是不够六个人。”那个胖胖的男孩说，他看起来像是排球的主人。

没有名字的男人走向丹尼尔，从他手里拿走了硕大的布鲁托，走进排球场，把它放在了正中间，仿佛它就是指定的接球手。

“第六个人就是它。来吧，开始吧。除非你们害怕了……”

“尼克·卡特”望着几个伙伴，就像在说“这些人都疯了吧”，他只好接受了提议，因为他没有台阶可下。

“好吧。一局定胜负，十五分。”

丹尼尔跑进球场，艾瑞莎也行动了起来，“谁怕谁呀？”她喃喃道，脱掉鞋子，走进了方形的沙滩球场。

“你要帮帮我，不然的话，我没办法上场。”埃米莉对拿破仑说。拿破仑默默来到轮椅后面，把她推到了球场左边的角落，然后走到网前，和这场疯狂比赛的“促成者”肩并肩站在一起。

“厉害呀，有时候我也会让我的人单独在一起，帮助他们增强团体意识。”比赛开始前，他对那个没有名字的男人低声说。

男人的回答却是另一个：“我做这些，根本不是为了他们，而是为了你。”这真是一个精彩的挑衅，拿破仑没时间回应了，因为埃米莉已经在击球了。“球！”她叫喊着，比赛开始了。

他从下方击回了球，球飞得又低又慢，没有任何难度，对手轻易就可以接到：对面是“胖子”垫球，“尼克·卡特”高高跃起，反戴帽子的黑瘦男孩扣球：一比零。他们很快又拿了五分。两分钟内，就变成了六比零，但他们看起来并没有那么强：他们缺乏技巧，凭的都是钻空子，耍花招。

拿破仑研究了一下。他们有两次都朝着无法接球的埃米莉打去，有一次向丹尼尔打了个高球，还有一次打向了布鲁托。如果他们喜欢不费吹灰之力地赢球，那么他也不喜欢就这么输了。

他看了看已经有点泄气的同伴，做出了一个励志演说家的习惯性动作：挽起了衬衫袖口。

那个没有名字的男人也决定给大家打气。“年轻人，加油啊！”他充满激情地鼓励大家。

“是呀！妈的！”艾瑞莎高呼一声，大家都很惊异。

没有时间分神，这不仅是一场比赛，还有他们这个团队的荣耀。在此刻，他们已经有点像一家人，需要达成共同目标：所有人都在一条船上，他们不能沉下去。他们改变了击球的次序：那个没有名字的男人、拿破仑，就连丹尼尔也打过去了一个球。埃米莉尽力伸长身体和手臂，挽救了两个球，艾瑞莎也拦了两次网，一次成功了。

十比四：他们还在输，但扳回了一点点比分。在太阳的照射下，球场在升温，他们五个人穿的衣服显然没有任何优势：对面的六个男孩都穿着短裤。只是身上的汗水流淌得越多，五个人的精神也越亢奋。他们渐渐地熟悉了沙滩场地、击球姿势，还有排球的飞行轨迹，摸透了对方的弱点。拿破仑甚至来了几次扣球，球是那个男人颠起来的。排球在球场上空飞过来，又飞回去。结果是：十二比七，他们还是有点落后。

丹尼尔喘着粗气；他看看艾瑞莎：她也上气不接下气。拿破仑精疲力竭；埃米莉非常气恼，因为她活动受限。此刻轮到他们的“队长”发球了：要赢球，真的需要奇迹。奇迹出现了！五次发球，五次得分。球的轨迹都非常刁钻，急速飞过，又在最后一瞬突然变了方向，对面的男孩都目瞪口呆，来不及做出反应。他们几个则不以为奇，那个没有名字的男人让他们对种种怪事已经习以为常了。十二比十二。肾上腺素飙升。拿破仑又重拾了让他声名大噪的老本行：激发人的潜力。他一个接一个地激励伙伴。

“此时此刻，你绝不能放弃，永远不要给自己留下遗憾！”他对丹尼尔大声喊。

艾瑞莎击球，对方回击，眼看着他们又要拿到一分，轮椅上的埃米莉鱼跃而起去扑球。她翻倒在地，但她有力的臂膀救起了球，紧接着丹尼尔背对着网，垫了个压线球。

十四比十三，对手都惊呆了。

“现在是一分决胜负！”拿破仑高喊，语气前所未有的激动。其他伙伴纷纷像毛利勇士一样，呼喝着战词回应他。

埃米莉发球，球被回击过来，落到丹尼尔面前，丹尼尔直接把球打向对方场地，“尼克·卡特”马上来了一个有力的扣球。眼看球就要落在地上，男孩已经开始欢呼，此时拿破仑来了个鱼跃扑球，张开手救起了这一球。排球高高飞起，为那个没有名字的男人提供了一个绝佳的扣球机会。他开始助跑，抓准节奏，目光紧盯飞起的排球……他跳起的高度，实在太不可思议，令人难以置信。但更惊人的是那个完美的扣球：从三米多的高处冲下，精准而具有爆发力，简直就像漫威电影中的特效。

十五比十三，比赛结束。

对面的男孩都感到匪夷所思，窃窃私语着捡回排球，他们离开了球场。他们不清楚到底发生了什么，也不明白自己是怎么输掉比赛的，但没一个人敢来质问。

球场上只剩下他们五个人。他们互相拥抱，如同刚在俄国战役[1]中合力战胜了敌人一样。他们扶起了被一个扣球打翻的布鲁托，也给了它

[1] 1812 年由拿破仑一世发动的俄法战争。——译者注

一个拥抱。几个人一时无言。当一件事引发了你非常强烈的感情，最好的做法就是保持沉默，享受成功带来的喜悦——战斗过后，几个伙伴大汗淋漓，荡漾的海水让人禁不住想要跳下去游几圈，干燥的嘴唇急需水的滋润。

“我们走吧。”那个没有名字的男人淡然地说，他宁静安详，像一个从来不为未来操心的人。

大家沿着海边漫步，虽然疲累，但很幸福。海边比上午热闹了不少：大家庭、小情侣、孩子、街头艺人和小吃摊都冒出来了。一个穿着乡村风格服饰的男人弹着吉他，同时另一个男人戴着扬声器，在表演节奏口技，震耳欲聋的现代音乐吸引着路人纷纷拥来。

“你是不是搞小动作了？”丹尼尔突然问听正在听音乐的男人。

“我吗？没有。”他回答道，脸上还挂着一丝狡黠的笑容。

“没错，他捣鬼了。”埃米莉说。

“我真没有。”

“那你发誓。”丹尼尔对他说。

“不要，我不发誓。”他走在小男孩和女孩中间说。

“好吧，我相信你。你是不是会飞？告诉我嘛，拜托了……”丹尼尔一遍又一遍地央求。

男人笑着摇摇头，不作答。

“那你至少告诉我，你叫什么名字！”小男孩还在坚持，所有人都竖起了耳朵，因为这也是五天以来，一直萦绕在他们心头的疑问。

“过来，我们一起过马路。”男人话锋一转，牵起了丹尼尔的右手。

他们旁边的艾瑞莎自然而然地牵住了小男孩的左手。

街道对面的一家药店的玻璃橱窗上，映出了一幅宁静和美的画面。牵手的三个人就像在康尼岛游玩的众多家庭一样：父母亲带着儿子。丹尼尔注意到了这一点，每向前一步，玻璃上的画面就扩大一点，他对那个男人身份的好奇也一点点消退了。他露出了一丝苦笑，在记忆里搜寻着他和父母在一起时的类似画面，却没有找到。尽管这只是一件普普通通的小事，却是他过去一直梦想的、能令他幸福的小事。可他从来都没有这样的机会。成功的愚蠢规则束缚住了他：他越是成功，生活的本真就离他越远。

“这周结束以后，我还会记得你们吗？”他有些动情地问，艾瑞莎的脚步倏然放缓，“因为我不想失去你们。”

艾瑞莎看了看那个没有名字的男人：他看起来像是没有听到，或是假装没听到。身后的埃米莉和拿破仑正在低声交谈，没有听到那个提问。

到达安全的路段之后，男人松开了小男孩的手。艾瑞莎停了下来，把手搭在丹尼尔的肩上。

“我们会记得所有的一切。”她尽力使自己看起来很笃定。

“但……我知道，我们都会忘记的。”男孩回答道，他还是无法相信。

艾瑞莎对着他微笑了一下，神情也没之前那么肯定了：她无法欺骗这个孩子。问题是，连她也不知道明天会是怎样。就算她知道，她也没办法回答孩子的问题。所以，她选择了一个不那么让人痛苦的回答：一句给他带来希望，尤其是带给自己希望的谎言。

她紧紧拥抱了丹尼尔，又牵起他的手，一起赶上了前面数米远的三个朋友。

黄昏降临了。绯红色天空渐渐变成深蓝色，接着开始向更深的颜色过渡，最后变为黑色。

他们忠诚的伴侣——那辆旅行车，出现在了距离他们二十米左右的地方。

四个人都沉浸在自己的世界里。康尼岛为他们带来的快乐可能会延续很短的时间，又或许会延续四十八小时之多，然后消失在那些从来没有发生过的事情之中。

停车的广场前面有一个年轻人。他脸上挂着笑，在街道上熙熙攘攘的人流中挥舞着双手。他大约三十岁，长长的头发梳成马尾，脚上穿着一双锐步鞋子，身上穿着黑色牛仔裤和一件印有科特·柯本的短袖T恤，表情很亲切，就像一个想要与世界交流，同时也乐于交流的人。他的脚下有一个牌子，上面写着“免费拥抱”。

有人放慢了脚步，看了看牌子，但没人上去拥抱。

丹尼尔好奇地停下脚步，其他人也停了下来。他们在纽约街头见过这样的场景，但每一个人都行色匆匆，从未停下来花一秒来思考。一个人，一个给有需要的人送去拥抱的陌生人，大概因为他也是那个需要拥抱的人吧。他想以这样慷慨的方式寻求帮助，同时也给予他人帮助。拿破仑很受感动：毕竟，这有点像他过去二十多年以来在做的事，拥抱那些有拥抱需要的人，拥抱那些期望获得重生的人——他选中的人。但有一点不同：拿破仑收钱作为回报，从来都没考虑那些紧紧的拥抱带给他的力量。他也需要拥抱，可他从来都不愿意承认这一点。最终，冰冷的河水拥抱了他，这也是他收到的唯一拥抱。想着这一切，拿破仑觉得，也许自己应该走上前，抱抱那个年轻人。抱抱他，感谢他揭开了一直以来深藏在他内心的真相。

“是的，我应该上前拥抱他。”他心想，但他没有采取行动。

而丹尼尔却这样做了。

路人都饶有兴趣地围观着这一幕；有些人停了下来，如同在地铁站里看到突然开始的演奏会一样，很多人则依旧无动于衷，向前走去。

看着眼前发生的这一幕，埃米莉和艾瑞莎都受到了感染，女运动员率先行动了，此刻她就在那个年轻人的怀里。他弯下腰，闭上眼，紧紧拥抱了埃米莉。艾瑞莎正要上前，但被两个背着笨重背包的情侣抢先了。接着，一位老妇人、一个正在讲电话的男人、两个戴着墨镜的女孩也纷纷上前，还有一位老爷爷，带着一个汗流浃背的小胖子，也走上前，而老人似乎还没明白发生了什么。丹尼尔的拥抱引发了一阵连锁反应，好像有些没完没了了：现在，已经有十几个人在等候这场意外的亲密接触。

拿破仑转过身，用询问的眼神望着那个没有名字的男人，仿佛是他导演了这场戏。

“这次可不是我。”他说，笑里透着狡黠。

拿破仑不相信他的话。但不管怎么说，他想，如果这真是他的把戏，那这个把戏还挺有效的。他自己也可能会那么做。

一行人继续往前，走到了旅行车——那辆非常复古的车子旁。他们开始爱上了这辆车，它就像一艘神奇的船，能够载着他们四处兜风，寻找激情，可以赋予他们整个人生的意义。

他们又一次行驶在了靠海的贝尔特公园大道上，广播里放着蒂姆·麦格罗演唱的《飞燕舞者》。

夜幕逐渐降临，四个人都因今天度过这段特别的时光而感到满足，他们也在想，是否还有其他惊喜等着他们。

“明天就是第六天了。”丹尼尔突然说。

一句看似简单的话，却搅动了所有人的心思。他们也知道，明天将会是第六天，但都努力不去想它。因为情绪一旦落入低谷，想要再恢复就太难了。

对面驶来的车辆前灯晃着一车厢人的眼，也照亮了他们疲惫的脸。拿破仑试着转变话题：“明天的安排是什么？来，让我们惊叹一下。”他对开车的男人说。

“你们尽可以提出自己的要求。”

“什么意思？”埃米莉问。

“就是我说的：你们可以说一个愿望，我来实现。”

“什么愿望都可以吗？”丹尼尔再次确认，仿佛他脑子里已经有现成的主意了。

“拒绝古怪的愿望。”

“‘飞’古怪吗？”小男孩问，他已经不抱希望了。

“非常古怪。”

远处，曼哈顿大桥的轮廓渐渐变得清晰，桥上灯光闪烁。

丹尼尔一只手撑着下巴，摆着“思考者”的姿势，他调整了一下他的愿望，“那……我想跟我爸爸妈妈待一会儿。”

男人犹豫了一下，说："可以，你可以去找他们。"那一丝难以察觉的迟疑没有逃过拿破仑的眼睛。

"我一个人？"丹尼尔有些惊讶地问。

"是的。"

小男孩对这个回答感到意外，很满意地点了点头。

"你呢，埃米莉？"男人问。

女孩的脑子里有些混乱。她还沉浸在各种思绪中，回想着那个男孩的刺青，还有艾瑞莎在吃热狗时说的话。

"我想要……一条裙子，"她最后说，"一条漂亮的裙子，不需要太扎眼，简单优雅的款式就好，红色的。"

艾瑞莎偷偷地看着她，露出了微笑。

"你回到你家里就会看到的，衣服已经在那儿了。"男人说。

"我的心思就这么好猜吗？"

"是我的动作快。"男人调皮地眨了下眼，然后又问了艾瑞莎同样的问题。

"既然你什么都知道……"她打趣地说。

"但你还是得亲口告诉我。"

"我想跟你谈一谈，一对一。"她的语气很严肃，不可动摇。

男人迟疑了一下，似乎在掂量她的请求，然后答应了。最后他问了拿破仑。

"我这样就挺好了。"励志演说家回答说。

"你什么愿望都没有吗？"

"没有。"他重申道，双眼盯着街道。他又思索了一下，说："不对，有一个愿望。"

因为交通堵塞，车子停了下来，车厢里，所有人都等着拿破仑继续往下说。

"我想要一个三明治，里面夹五香熏牛肉、芥末酱、红灯笼辣椒，还有洋葱。"这就是拿破仑的愿望。

后座上的艾瑞莎、埃米莉和丹尼尔一时都有些不理解。

男人笑了，说："没问题。"

拿破仑看起来心满意足，旅行车在车流中灵活地穿梭，渐渐将曼哈顿大桥甩在了后方。

在黑暗的车厢里，如果有人能看见这位励志演说家的目光，就会发现他的眼神很复杂，混杂着感动、遗憾、愤怒和害怕。拿破仑闭上了双眼。

半个小时之后，他闭着双眼，嚼着三明治：他不仅实现了个人愿望，还和大家一起分享了这个愿望。

他们坐在约翰街公园的草坪上，前方曼哈顿大桥上的灯光很辉煌。在凝重的气氛中，他们默默地吃着三明治，里面夹着沙拉、番茄、奶酪、辣芥末酱、淋上糖浆的洋葱酱，还有完美契合最后一个愿望的五香熏牛肉。他们一口接一口，享受着每一口三明治的滋味，这是一段静止的时光，可以让他们恢复元气，重新找回那些失去的感觉。

拿破仑吃完三明治，擦了擦嘴，吁了口气，接着喝了一口啤酒，躺倒在了草坪上。男人拿过酒瓶，喝了一口，然后递给了艾瑞莎。艾瑞莎一饮而尽。

丹尼尔吃得最慢，这可能是他这辈子吃过的最大的三明治了。

“谢谢你们，我今天玩得很开心。”他嘴里塞得满满的，嘴上沾满了酱。

“我们也很开心。”埃米莉一边舔去手指上的酱，一边回应说。

拿破仑出神地望着纽约的万千灯火，他想起了格蕾塔，但他尽量不去想，多想无益。他在西装口袋里摸索，掏出了在小集市上买的香烟，打开烟盒，从两根大麻中拿出一根，点燃。

艾瑞莎盯着他的眼睛，或许身为警察，她的正义感依旧很强烈。拿破仑看着别处，吸了几口。

于是她双手叉腰，嗔怪地说：“喂……能不能传一下呀？”

拿破仑笑了，把大麻递给了她。女警察深深地吸了一口，把烟吸进肺里，然后慢慢吐出。她转向了那个男人，“你要吗？”

“为什么不呢。”

男人取过大麻吸了一口，像往常一样，从他嘴里吐出的烟圈很完美：它们一圈套着一圈，在空中升腾，仿佛永远都不会破碎、散开。

丹尼尔就像戳肥皂泡一样，指着那些烟圈，然后又指了指烟，鼓足勇气问了句：“我能抽吗？”

艾瑞莎的“不能！”回荡在整条河边。

其他人爆发出一阵笑声。这时，埃米莉顺走了男人手上的烟。“看吧，这又是另一件你会错过的事！”她对丹尼尔说，然而在吐烟圈时，她内心想的却是这七天的甜蜜收场：穿着红裙参加派对。

他们都沉浸在自己的世界里，享受着这个夜晚时，拿破仑突然冒出了一个问题。“你拯救的那些人，后来都怎么样了，你知道吗？”他问男人，“绝大部分来找过我的人，我都不知道他们后来发生了什么。我不知道我有没有帮到他们，或者他们在遇到我之后，情况是不是变得更糟糕了。我不知道他们是否幸福。”

“我也不知道，”男人回答说，“但是，这或许并不重要。”

这个答案很坦白，让大家都有点惊讶。那个没有名字的男人感受到大家的目光此刻都聚集在他身上，开始吊大家的胃口。

“你们知道，曼哈顿有多少幸福的人吗？”他问。

沉默。大家都没明白这个带着挑衅意味的问题。

“我指的是此时此刻，”男人指着前方，继续说，“住在那里的所有人之中，有多少是真正幸福的呢？”

他说这番话的样子，就像剧院里上演多年的经典独角戏，简直太精湛了。他在表演中停顿了一下，这个停顿带着强大的冲击力，使人感到即将有大事发生，使等待的每分每秒都变得无比漫长。

男人用手沿着天际线一挥而过，照亮这座城市的万家灯火都消失了。

曼哈顿陷入了一片黑暗，这个足够赢得奥斯卡奖的特效，或者说，这场精彩绝伦的魔术表演，让大家都惊呆了。

“现在，我们为此时此刻感到幸福的人亮灯，好吗？”

丹尼尔毫不犹豫地点点头，仿佛他的同意决定着全世界的命运。

男人稍稍停顿了一下，再次用手从城市前挥过。漆黑之中，一座摩天大楼高层的一扇窗户亮了，接着一盏盏灯陆续亮了。十盏、一百盏……两百盏灯。但最终，与男人原来灭掉的灯火相比，此刻亮起的可能不到十分之一。

“我的天，我是不是大麻抽多了……”埃米莉说。

“我可没抽……”丹尼尔说。

男人开始用手指点着数灯火。

两个、三个、四个、五个……刚过了五秒钟：数量已经变了。

这是一场瞬息万变的灯火秀：一些灯光熄灭了，另一些又亮了，如闪烁的繁星一般变幻无穷。

“我没办法保证你们未来很幸福。有时候你们会是一盏闪烁的灯，有时候又会是那盏熄灭的灯。唯一一件真正重要的事在于：你们要怀念幸福，只有这样，你们才会想去追寻它。”男人总结道。

而此时，大家还沉浸在那场他们专享的“显灵”中。渐渐地，就像魔法逐渐失去了效力，曼哈顿的灯光也慢慢恢复如初了。

“太不可思议了，我简直太激动了！”丹尼尔说，“现在我想尿尿。”

“去那后面吧。”拿破仑指着水泥桥墩对他说。

“你们陪我一起去，行吗？我害怕……”小男孩说，两个男人同时站了起来。

三个人走到岸边桥下一个隐蔽的角落里。拿破仑环顾四周，忍不住回想起自己的身体被从东河里打捞上来的情景。他试图从脑海中抹去那个画面。“我也顺便解决一下吧。”他说。

“来都来了，我也……”男人说。

现在，他们三个人肩并肩站着，就像三个士兵，背景是一幢幢高楼大厦。

丹尼尔纹丝不动，连裤子都没解开。

“怎么啦？”男人问。

“我害羞。”

“你害羞？害什么羞啊？”拿破仑问。

“会被人看见。”

“这里只有我们仨。”男人接着说。

“你们会看见……”

男人明白了，叹了口气，又在城市前晃了一下手，纽约的那片城区的每一盏灯都熄灭了：眼前陷入了彻底的黑暗。

丹尼尔终于下定决心解开裤子了。

无名男人结束后，就走回了两个女人身边。

“你知道我刚刚在想什么吗？”小男孩问。

“别告诉我，你现在又觉得天太黑了。”拿破仑警告他说。

“不是，我在想我们之中，谁会选择活下去。”丹尼尔回答说，然后走回了其他人身边，所有灯又恢复了明亮。

拿破仑独自留在了河边，同样的疑问也盘旋在他心头。

第六日

那个没有名字的男人站在卧室窗边，望着空荡荡的篮球场，心想：**每一回都像是再死一次**。

他拦截的生命是一部部没有剧本的电影，只有一些简要的大纲。只有等到开场，他才能逐渐明白故事的类型：毫无疑问，都是一些悲剧，尽管常常会包含一些喜剧性的情节。其中有惊险、恐怖，但更多的还是黑暗，这些色彩阴郁的电影，简直可以送去参加圣丹斯电影节了。故事的真正价值在于结局，每部电影的结局都很不同。结局有时可以预见，有时却会与开头的预料截然相反。男人的脑海里挤满了各种名字和面孔，他们的希望、悲剧，还有时而闪现的幸福回忆。如果把这些人物的面孔剪辑在一起，他们的脸孔会一个接一个地冒出来，像苹果广告里那样，来自不同的民族、性别、年龄和地区。但这些脸上都没有微笑，而是流露出恐惧、愤怒、焦虑、犹豫、担心、哀伤和悲痛，这是任何广告中都不会出现的情绪。

他闭上眼，一段记忆浮上心头。

旧金山，十月里一个寒冷的早晨，厚重的雾笼罩着金门大桥。有个人从桥上一跃而下，没有发出任何叫喊，就迅速被浓雾吞没。那一跳果断干脆，仿佛是在完成一件必须完成的事。最后他落入水中，既没人看见，也没人听见。

他脑中充斥的全是这类画面。

投篮常常是最好的解压办法。但现在不行，还太早了。他看了一眼手表：清晨七点零三分。

有人急匆匆地连敲了四下门，传递着一种焦急的情绪——门外的人虽然心急如焚，却懂得尊重。男人打开了门。

艾瑞莎既没打招呼，也没有征求同意，就走进了房间。“我给你带了咖啡，这样节省时间。”

他接过咖啡，吹了吹，坐到了床边。

女警察站着问：“我女儿现在在哪里？”这和她在成百上千次审讯中所用的语气一样，这样的提问方式只接受真相，不接受谎言。

男人喝了一口咖啡，定定地看着她。

艾瑞莎也喝了口咖啡，鼓足勇气说：“你知道的，对不对？”她接着说，“这是我留下来的唯一理由。”她的语气仍然很坚定。但在她坚定的面具背后，微微颤抖的手暴露了她的不安，男人察觉到了这一点，继续保持沉默。

跟这个男人进行这场对话是一件非常艰难的事。你不清楚这个男人是谁，不知道他代表着什么。更何况，距离一切结束只剩一天了。

就像到一场旅行快要结束时，你总是会觉得，你本可以做更多事，更有效地利用时间。而现在时间所剩无几了，艾瑞莎不想浪费时间，她要做最后的尝试。

“那你至少告诉我，她是不是还存在于某个地方，以某种方式、某种形态……”

男人仍旧只是望着她，艾瑞莎明白，他不是在考验她，也不想欺骗她：那疲惫的眼神，饱含着他对这个女人的怜爱，这个女人苦苦追问死于青春的女儿的下落。

男人告诉她：“是的，她还在。”她开始眼冒金星，就像在地上蹲久了猛然站起来的感觉，整个世界也突然变成了一块湿滑的香皂，怎么也无法抓住。艾瑞莎感觉天旋地转，眼前是点点金星，就像打开闪光灯照了十几张照片：奥利维娅还在。

可惜，那些话没办法拍下来，但艾瑞莎的脸可以。她此刻的心情，在脸上一展无遗：除了混乱不安，她的脸上还写着惊喜，因为她满心期待这个答复，却没料到真的能亲耳听到。

他接下来的提议，更是让人始料不及。

“你想让我带你去看看她吗？”男人问。

艾瑞莎把杯子轻轻放在书桌上，借着那个动作，她身子正好靠在了桌子上。她不假思索地说“想”。

“那我们走吧。”男人对她说。

这是一个寒冷的早晨，她的双手和鼻尖冻得生疼。艾瑞莎小时候，妈妈给她织了一个羊毛口罩，就像外科医生的口罩一样挂在耳后。每次她要出去玩，妈妈都会让她戴上。她照做了，可是才走到台阶，她就摘下口罩放进口袋了，在回家前重新戴上去。如果可以的话，艾瑞莎愿意用她所有的一切，换取那个口罩。

他们坐进了那辆随时待命的旅行车里，车窗模糊不清。男人发动汽车，调节暖气旋钮，让热风吹着玻璃。收音机里传出了《父与子》这首歌。凯特·斯蒂文斯用深情的歌声，讲述了一位父亲的故事，讲述了他很多次忍住的眼泪。不管什么情景下，那个家伙似乎都能找到合适的背景音乐。艾瑞莎用疑问的目光打量着他，他装作不知道，开车出发了。

面对即将发生的事情，女警察心情急切。她叹了口气说，如果见到的只是一座坟墓，她会崩溃的。

在那里可以遇到奥利维娅，她也受不了吗？

她看了一眼男人，又看了看前方的马路，最后看向了窗外。她想，需要多久才能到达目的地？再次见到奥利维娅时，她会是什么样的心情呢？不知道奥利维娅待的地方好不好，她能不能也留下呢？不管是什么条件，她都会毫不犹豫地接受，她会确认自己的自杀，就好像那是一份用电确认书。当女儿的生命之火熄灭后，她就再也没见过光明了，继续煎熬，活着，有什么意思呢？

他们经过的这个地方，她很熟悉。男人放慢车速，靠近路边，刹车熄火。他交叉着手臂，满意地说："我们到了。"

"这里是我家。"她失望地说。她不明白。

"没错，蒂莫西住在那儿，"他指着一幢三层小楼补充说，"你记得吗？他们以前都一起去上学。你女儿疯狂地喜欢他。"

艾瑞莎充满了困惑：她想质问、想叫喊、想哭泣、想下车冲进家门，可能奥利维娅正在家里等着她？事情是不是这样？但她一言不发，等着男人的解释。

"你看看你，怎么这个表情，你还不明白吗？"他接着说，一边左顾右盼，仿佛在寻找什么东西。“你在那里教她骑自行车。”他指着一个小公园说，公园里有一些儿童游乐设备，还有几张长椅。

女人回想起了奥利维娅四岁时，她骑着带小轮的自行车，沿着那条路前前后后地骑着，一边笑，一边叫着妈妈。有一天，她们决定把小轮子摘掉。她怕奥利维娅摔倒，刚开始不得不扶着自行车。可奥利维娅对她大喊：“妈妈，放手吧，让我自己骑，我已经长大了。”

“还有那盏路灯，那盏靠近你窗户的路灯，”男人接着说，“它陪你度过了多少个等待女儿回家的夜晚啊。”

没错。艾瑞莎总是要等到女儿到家了，才能安心入睡。奥利维娅回家向来准时，一分不差。在说好的时间，她总会步伐轻快地穿过马路，每一步都轻盈得如同在空中跳跃，接着便会传来钥匙插入锁眼的声音，还有她的声音：“妈妈，我回来了！”

艾瑞莎的眼里闪闪发亮，但她并不想哭：她沉浸在了回忆中，神奇的氛围笼罩着车厢。

男人指着花坛中央的一棵树。“她从那上面摔了下来，下巴缝了十二针，那年她九岁。”

艾瑞莎的眼前，画面重现了：她冲向女儿，把她抱在怀里，按住她脸上的伤口止血，把她送上急救车。女儿没事了，她露出了一个欣慰的笑。

“你看……”男人专注地看着她。

“看什么？”

“你笑了。”

她摇摇头，似在极力否认自己在回忆离世的女儿时竟然会笑出来。但他坚持说："你没察觉到，但你的确笑了。奥利维娅就在这里……"他轻轻拂过她嘴角两边的酒窝，说："她和你在一起。也许你无法时时刻刻都感受到，或许，你只在短短一瞬间感受到了，但正是因为她，你才有了这个微笑。只要你记住这个微笑，它会帮你抵挡一切痛苦。"

艾瑞莎的笑容没有消退，这次，她不加掩饰地绽放了笑脸：她打开了自己，卸下了所有武装，释放了那些生活中被压抑很久的情感。她之前压抑那些情绪，但那些情绪一次次地冲击着她，当它们找不到释放的渠道后，就找到了那把手枪。

"瞧，你看见了吧？你还在笑。保持微笑，艾瑞莎，不要让笑容消失。你消除不了痛苦，但你可以赋予它意义，把痛苦放在回忆旁边。"

那些关怀的话语直击女警察的心底。她很清楚，男人做的这一切都是为了救她，而她不愿意骗他。

"对不起，我办不到。"

泪水从她脸上滑落。他拥抱了她，就像一位父亲在安慰心碎的女儿——一个无法释怀，忘记了幸福是什么的女儿。

艾瑞莎，一个在各种恶贯满盈的罪犯面前毫无惧色的女警察，一个独自抚养女儿长大，从未灰心丧气的女人，在此刻崩溃了。

"你是一位母亲，不要放弃。"男人低声对她说。

"我再也不是母亲了。"

那些话就像一块铁锚，向海底深处沉沉坠去。

早上，丹尼尔来到餐厅，看到那里空无一人，他感到很惊讶：这是第六天，做决定前的最后一天，他本想和几个朋友一起开启这一天。他想，也许大家还在睡觉，可转念一想，明明知道不久之后一切都将结束，谁还能睡得着呢。这次是永远的结束，因为你很肯定，没有别的机会了，那就像你玩游戏机时，仅剩最后一条命，只有寥寥几颗子弹了。

他吃了一块戚风蛋糕，喝了一口橙汁，就出门了。林诺克斯山医院不是很近，但对他来说并不是问题。一辆空出租车停在亮着的红灯旁，他上了车。车子再次出发，不一会儿，就来到了七十五大道。丹尼尔不需要交代地址，不需要说任何话，因为他知道，无论如何，他都会到达目的地。现在，他不会对任何事情大惊小怪了，也不再想知道这些奇事背后的原因，他不再琢磨给他这七天时间的男人叫什么姓名，或是他能不能飞。此刻，他唯一想做的就是见到他的父母。

看着拿破仑、艾瑞莎和埃米莉一点点重建他们的生活，把过去生活的碎片放在一起，他陷入了深思。实际上，他并没有经历过真正的人生，他在父母的呵护下生活了短短数年，从来都没能够自己做选择。或许现在还来得及改变。毕竟，放弃几十只感恩节火鸡，还有同样多的圣诞节礼物，实在太可惜了。但他还是想弄清楚。所以他来到了这里，就像自己生命中的看客一般，想看看在这七天里，他父母的爱究竟有没有改变。

或许他们为他倾注了所有的爱，尽管是以他们的方式。

四楼，病房的门虚掩着。他走了进去。

一些像现代版“科学怪人”的仪器在监控着他的状况，每一声“哔”都象征着濒死的生命又延续了一秒。妈妈拿着湿毛巾，正小心翼翼地为他擦脸。她的脸色看起来很疲惫，就像一个回到家，筋疲力尽，想倒头就睡，甚至没有力气脱衣洗澡的人；就像一个从噩梦中逃脱，在一片漆黑中猛然起身的人，环顾四周，想看看床边是不是有好消息在等着她，却发现自己仍然身处黑夜——另一个永无尽头的黑夜，吞噬掉越来越多的希望。

父亲跟上次见时一样，坐在单人沙发上。他出神地望着手里的手机，关上了屏幕，将它塞进了衬衣口袋。

“不是我们的错。”他对妻子说，声音很低沉，仿佛在回答一个很久之前他忘了回复的提问。

女人还在擦拭昏迷中的丹尼尔的脸，无视丈夫的话。

父亲站了起来。

“啊，你明白了没有？”他提高了嗓门，“我们当时根本发觉不了。”但母亲还是无动于衷，眼里的痛苦让她无视任何刺激。

父亲走近她，用手捧起她的脸，对着自己，动作不算粗鲁，但也不温柔。他转过母亲的脸，仿佛那是迫于无奈，是唯一能让母亲认真听他讲话的办法。

“你明白吗？”他又说了一遍。他只吐出了这几个字，仿佛只要求得理解，就能获得原谅。

她点了点头。当她再次看向沉睡的丹尼尔时，表情又变得充满慈爱。

醒着的丹尼尔望着这一切，心中非常混乱。他决定自杀，主要原因是他父母不理解他。但或许是他没能让父母理解他，是他没告诉他们，什么对他来说是真正重要的。他当时才十二岁，他**现在**才十二岁。对那个年纪的孩子来说，有些事情很难解释清楚。

“总之，他一醒，我们就跟他谈谈，应该让他知道，我们会支持他。”父亲接着说，仿佛经过数日的深思熟虑，终于做了一个重大的决定。

“宝贝儿，你听到了吗？我们会支持你。”母亲轻声对儿子说。丈夫说的这番话，她终于听进去了。

丹尼尔望着他们：他们看起来就像两个遭遇海难、精神崩溃的幸存者，漂泊到了汪洋大海里巴掌大的一片岛屿上，翘首期盼着一艘船经过那里。

“以后，我们要更小心点儿，广告公司的人也说了，让我们慢慢来，都是他们太夸张了。”父亲强调说。

“我们可以送他去看心理医生。”母亲说，仿佛她之前已经想过这个建议，但担心丈夫的反应。

“行吧，行吧，”男人回答说，“在我看来，那是白白浪费钱，但如果需要的话，我们就带他去看心理医生。”

丹尼尔简直无法相信自己的耳朵。

他们还是不懂，他心想，然后大喊：“我才不要去看心理医生！”但没人听见他的声音。

“很多出了名的孩子都去。”父亲说。“出了名”这个词激起了小男孩胸中的怒火。

“我不想出名！”在那场无法进行的对话里，丹尼尔徒劳地呐喊着。

“广告只是个开始，我们可以试试电影，也许他会更喜欢。”父亲接着说，表现出一种无法遏制的兴奋。

丹尼尔忽然走近父母，动作里透着愤怒，看起来几乎是想要揍他们一顿。

“你们还是不懂！什么都不懂！”

“至于那些校霸，我们可以给孩子转学。”母亲平静地说。

“新学校里，还是会有人欺负我，一直会有！”丹尼尔说。

最后，父亲做出了决定：“他不用去上学了。”

“爸爸，你别说了！别说了，求你了！”丹尼尔还在大喊，他的胸口急速起伏，他很痛苦，恨意在心中熊熊燃烧。

“可他还要学习啊。”他母亲说。

“他会在家里学。”

“在家里？”

“是的，我们给他请私人教师，反正他也不喜欢上学。他讨厌学校。”

丹尼尔摇摇头，“不是这样的，我喜欢学校，我不喜欢的是那些欺负我的人。”

“我们去咖啡厅吃点东西吧，我饿了。”父亲说，仿佛刚刚为儿子描绘的美好蓝图使他恢复了精神。一切问题都解决了，只差他们的胖儿子苏醒过来。

母亲点点头，在病床上的儿子额头亲了一下，她拿起了外套。丹尼尔浑身发抖，眼里噙满泪水。

“总之，以后我给他当经纪人，”父亲一边打开门一边说，“还是离那些唯利是图的人远一点，他们眼里只有钱。”

“宝贝儿，你听到了吧，有爸爸在呢。”母亲转过身，望着昏迷中的丹尼尔说。那些话正好击中正站在她面前的丹尼尔。

“可你得醒过来，知道吗？”父亲温和地命令道，仿佛只是在叮嘱一件微不足道的小事，比如刷牙之后记得拧好牙膏盖子。

丹尼尔开始浑身发抖，他受不了这一切。他没办法看着这世上本应最疼爱他的两个人，把他当成马戏团里的猴子、下金蛋的母鸡。他没办法接受那两个以爱之名伤害他的人。

“妈妈，爸爸，你们不要这样！”他的声音里充满了失望与沮丧。

父母走出了病房，眼看着他们都要走远了，还能听见父亲说话的声音：“希望那些人没有找到广告的替补演员。”

他恨恨地脱口而出：“去他妈的！”他的失望忽然间变成了愤怒。

小男孩回想起他和新朋友们度过的这六天，还有他们之间的关爱。他觉得，父母永远都没办法像他期望的那样爱他。除了确认上周的决定，他别无选择。或许还有其他生活、其他世界，他无从得知。但一定不会比这个更差劲了。

他的目光投向了维持着他生命的仪器，那个机器只会发出令人厌恶的**哔啵**声，仿佛在说：“你们别担心，丹尼尔还活着。”他暗暗咒骂了一句“**活个鬼**”，愤怒地关掉了所有仪器，扯掉了电线，那些线就像水母触须一样，从他身上垂挂下来。凡是能够到的东西，他通通胡乱摔在地上。监视器开始发出警报声，一声声更加尖锐刺耳的**哔啵**取代了之前的声音。

丹尼尔望着病床上没有知觉的自己，心中没有泛起丝毫同情，相反，他很高兴。接着，随着心电图变成一条直线，之前断断续续的**哔啵**声也变成了连续的声音：情况到了最危急的时候，警报信号的呼叫频率也越来越高。

他走出病房，沿着走廊离开。两位护士一左一右，从他两侧疾行而过。

你们活该。他想着，走向楼梯。

恰好在那时候，他看到了父亲和母亲，他们和一位穿着绿色大褂的医生正朝着病房跑去。

他停下脚步，望着父母的脸。他们看起来似乎是要奔向他，去拥抱他们终于平安无事的孩子。丹尼尔露出了微笑，张开双臂迎接他们。他闭上了双眼，像是在给他们最后一次机会……他听见耳边一阵风呼啸而过，他们从他身边过去了。他知道，他们在往那个濒死的儿子身边去。

“你们不配有我这样的儿子。”他说，然后大步流星地离开了医院。

那个没有名字的男人坐在一张餐桌边，小口呷着一杯调味番茄汁。当他预见到这一天会很艰难时，他就会点这杯饮料。他称之为“倒数第二天饮料”，因为事情总是这样结束：他坐在一个被上帝遗忘的地方，等着一个想被世界遗忘的人。

在纽约的有些地方，你不需要真的隐身，别人也会对你视而不见。**林肯餐厅**就是这么个地方。在那里，没人注意到他，就像也没人注意到坐在他右边，戴着毛茸茸的粉红色耳机的那个中国人，或是稍远处一个有文身的五十岁左右的男人——他留着嬉皮士的大胡子，穿着一件无袖机车牛仔短上衣。在那里，每个人都可以做自己，沉浸在自己的梦想或痛苦中。

番茄的味道刺激着他，让他清醒。他翻阅着随身携带的记事本，纸上承载着他工作的回忆，但记录更多的还是他的心情。当你接触到那么多灵魂，你很容易把他们搞混，但你最应该记住的是：他们都各不相同。有时你会遇见一些相似的灵魂，只存在极小的差别，有人把这称为“孪生灵魂”。事情其实很简单，当灵魂数量众多时，就会出现这种情况。数字只有十个，可以搭配出不同组合，但结果是：很多数字会很接近，可能只有一个数字的差别。人也是这样。人们把那叫作“相似”，情感、智力、情绪或是精神上的相似。实际上，那只是一个数学问题。

那个男人写东西是为了备忘，尤其是为了避免重复过去犯下的错误，尽管人们常常会明知故犯。

失误依旧会发生。

每次感到悔恨时，他总是没时间深入思考，因为变化一直在发生，人的灵魂也在不断发生变化。他无法拯救所有人，但可以拯救他们中的一小部分——那些被他说服、愿意和他共度七天的人。他常常为此感到高兴，长期与绝望接触，使他的接受力变强了。于是，就像海明威说的，丧钟敲响时，亦是为我而鸣，因为我分担着这世间的疾苦。

而此刻敲响的铃声，则是来自放在餐厅大门前的那个小铁铃：每进来一位顾客，就会传来一阵“叮叮当当”的铃声。男人一抬眼，看见了拿破仑。他合上记事本，把笔放回去，等着拿破仑——他要等的人。

励志演说家看起来气喘吁吁，仿佛是走遍了这一片的所有餐厅，才找到了这家。

“为了以后的自杀者，我强烈建议你去配部手机。”他说。

“你不是找到我了吗？”男人说，示意他坐下。

拿破仑坐下了，身上还是一样的衣服：深色西装下是一件蓝色T恤。他望着这几日的向导，那个试图将他从死神手里夺回，目前仍不确定能否成功的男人。他知道，自己是一个难对付的顾客，有时甚至带有破坏性。如果他是个容易对付的人，也就不会从桥上跳下去了。他知道，在这个附加世界里，每做一个决定，都要承担相应的后果，就像昨天，男人让他说出自己的愿望，但他不感兴趣。

“我重新考虑了一下，我有一个愿望。”他说。

“说说看。”男人喝了一口番茄汁，回答道。

“我想让一个人避免痛苦。”

“怎么说？”男人看起来很好奇，鼓励他接着往下说。

拿破仑闭上双眼，**我还活着吗**？他睁开眼摇摇头，叹了口气，又鼓起勇气。

“我想跟我妻子说，那不是她的错。因为我的负面情绪是无形的，她不可能看得出来。”

“不好意思，我办不到。”男人毫不犹豫地说。

“为什么？你说过，不管什么愿望都……”

“因为这没用。”

拿破仑摇摇头，他不明白。男人试着说得更清楚一些。

“今天晚上，我们会回到一周前，一切都会重新开始，你现在做的事情不会留下任何痕迹，一切都会消失。但如果你想的话，我可以让你见见她。”他说这话的语气，仿佛正在给在问答比赛中刚被淘汰的选手颁发安慰奖。

“如果不能跟她说话，我为什么要见她？而且我已经见了两次。”

“为了理解她。”男人坚决地说。

“没什么好理解的，她只是不应该承受那份痛苦。”拿破仑说，又说出了他演讲时常用的一个概念。

在观看他演讲的观众中，很多人都承受着“不应承受的痛苦”，因为对有些情况他们无力反抗：母亲患病，爱情结束，或者一个亲近的人自杀。拿破仑总是在努力帮他们卸下这种潜在的负罪感，因为这只会带来绝望，宽恕自己是重生的第一步。

“你真的确定不想见她吗？”

“是的。”

“那就滚蛋吧！”男人对他吼道，拿破仑像被打了一耳光。他没料到那个没有名字的男人会是这个反应。他想不通这突如其来、莫名其妙的怒气从何而来。一直到那时候为止，这个男人都竭尽全力满足他们的心愿，当他们心绪纷乱时，他会营造感人的氛围，给他们情感上的支撑。他把他们从死亡线上拉回来，承诺会拯救他们，可刚刚……**这又是什么策略**？他心想，又一次将他们俩的工作进行比较。

接着，又传来了那阵“叮叮当当”的铃声：有顾客进来了。

男人发出了无声的叹息，扭头示意他看看入口。拿破仑转过身，一束阳光令他一时目眩，然后，他看到了她。不对，应该说看到了**他们**：格蕾塔和她的朋友保罗。

他转过身来，惊讶得不知所措。

“如果你不想见她，就走吧。”那个没有名字的男人平静地对他说，然而为时已晚。

拿破仑预料到了事情的发展趋势：妻子和她的同伴面对面，在他们的餐桌边坐下了，因为在他们眼里，这就是一张空桌。侍者送来了菜单，保罗递给了格蕾塔一份。

“我不饿，谢谢。”她说。

假如有人能同时看见他们四个人，会觉得他们是在一家餐厅里见面的四个朋友。可事实上，他们只能两两对话。

拿破仑脑子里冒出了成千上万个问题。**他们怎么可能在这儿？他们为什么看不见我们？那杯番茄汁也是隐形的吗？他们已经在一起了吗？她是不是也想着自杀？**各种情绪从心底翻涌上来，堵在了喉咙，他又生生咽下，他看向格蕾塔。**她多美啊**，他心想。他想亲吻她，拥抱她，把从未向她坦白的真相告诉她。他想和她一起坐过山车，在中央公园结冰的湖面上溜冰，一起跳他们从未跳过的舞，一步又一步，一个脚印踩着一个脚印，整夜不停。

“点点儿什么吧，你应该吃点东西。”保罗坚持道，同时也打破了拿破仑想象中连续的画面——过去从未出现，未来也不会出现的情景。

除非他活下去。

“我想喝葡萄酒。”格蕾塔说，她东张西望，似乎在找侍者。

她目光落在拿破仑身上。餐厅这个不起眼的角落里，刹那间闪过一束光。那一瞬间，他觉得妻子似乎能看见他。

“嗨！”她说。拿破仑一直都很喜欢妻子这样说话，声音温柔，就像在说“注意啦，我要讲一件重要的事”。

但格蕾塔没听见他说话，她听不见。她转向了保罗，他正在说：“我不想催你，但是……你考虑过了吗？”

她耸耸肩，似乎并不想多说什么。

“你想离开这里吗？”男人问拿破仑。

他示意“不想”。

耸肩是格蕾塔的习惯性动作。拿破仑回想起了很多从前妻子常用的肢体语言，而他总是一副心不在焉的样子，直到最后妻子忍不住了，问他："你觉得呢？"他才仿佛突然醒悟过来，做了一个表示反对的手势。

他回想起最后一次和她去餐厅吃饭，是在巡回演讲开始的那天晚上，也就是他从桥上跳下的两周之前。跟往常一样，他不记得两人聊了什么，但有一句话，他记得清清楚楚："我们需要几天时间，就你和我。"

他应允了，抬手又点了第二瓶赤霞珠葡萄酒，第一瓶基本上都是他一个人喝光的。

或许，他当时应该听她的话。

保罗的话将他的思绪拉回到现实。"格蕾塔，听我一句，你需要做出改变，一个彻底的改变。"

"我不愿意去洛杉矶。"她回答道。她双眼疲惫，就像一个几天以来一直寻找答案，最终却徒劳无功的人。

拿破仑盯着那个没有名字的男人，眼神在说："还记得我上次在消防楼梯间跟你说的话吗？我猜对了吧？"然而，他一点儿也没因猜中了事情的进展而扬扬得意，反而涌起了一股失落感。他了解格蕾塔，也能够猜到她的打算，在他脑海的一个隐秘角落里，甚至有这样的想法：如果他深夜从一座桥上跳下，他妻子也有一点责任，因为他绝不会让妻子有自杀的可能，他能预知她的意图，也会想办法避免悲剧的发生，而她却办不到。可他是一个三十年来都在攻破他人心理防线的男人，要读懂他的心思并非易事。

一个能够打开任何保险箱的小偷，自己必定拥有一个牢不可破的保险箱。

"为什么？"保罗点了两杯葡萄酒，问。

“我是纽约人。而且，拿破仑喜欢这座城市。”这就是格蕾塔的回答。

当拿破仑听到妻子说出自己的名字时，他的心都融化了。在生命的最后一段时间里，他忽略了很多细小的东西。此刻，他全神贯注地倾听着她声音的抑扬起伏，看着她身体的姿态、眼波的流转，仿佛他要带走那些细节：仿佛她不是一个完整的人，而是许多碎片，而他用这些碎片，可以拼凑出不止一个格蕾塔。随着时间的流逝，人也在改变，没人能保持不变。当我们失去这些人时，我们会努力拼凑出不同版本的他，然后留下一个最值得铭记的、那个**最好的他**。虽然不是真正的他，却是我们希望的。

“没错，他很喜欢纽约，正因如此，你才应该离开，就算离开一阵子也好。”保罗还在坚持。

接下来的这两句话令拿破仑始料不及。他希望是自己听错了，他告诉自己，一定是门口惹人烦躁的铃声、柜台上餐具的磕碰声、背景音乐，还有其他客人聊天的声音害他听错了。**是的，肯定是我听错了**，他对着自己一遍遍重复，可他心里知道，自己并没有听错。当侍者送来两杯葡萄酒时，她确确实实说了这两句话：“我希望他的孩子在这里长大。这是我欠他的。”

拿破仑惊得目瞪口呆。

昨天，埃米莉问他有没有孩子。他的回答是：“格蕾塔想要，但我不同意。”

那现在呢？发生了什么？

“告诉我，这不是真的！”他冲着那个没有名字的男人大吼，而保罗则在继续安慰他的妻子。

“格蕾塔，你什么也不欠他。”

该死！我能来杯威士忌吗！拿破仑对一个无法听到他说话的侍者大喊。

“如果我早点把怀孕的事情告诉他，他就不会跳河了。”格蕾塔接着说。这句话如尖刀一般，刺向拿破仑的心，他也无意闪躲。

“你怎么能预料到呢。”保罗还在努力说服她。

但格蕾塔却对这一点深信不疑，她很肯定地对保罗说了出来。她的眼睛变成了两个小盆，泪水已经蓄满了，马上就要夺眶而出。

拿破仑也很动容。虽然他不确定能不能办得到，但他想拉住格蕾塔的双手，安慰她，但却被保罗抢先了。

“你为什么不告诉我？”他喃喃地问，这是唯一一句他想对格蕾塔说的话。而此时的格蕾塔正望着保罗，眼神近乎绝望。如果是在电影里，两人这时应该会开始亲吻，消除彼此的痛苦。

拿破仑等待着这一幕的发生，而妻子却回答了他那个无声的问题。

“我不知道我为什么没说。我想等他结束巡回演讲，想找一个合适的时机……”

保罗露出理解的表情，他的手一直不停安抚着格蕾塔的手。

“因为……”格蕾塔的目光从保罗脸上移开，与拿破仑的目光交织在一起。两人好像在端详着对方，尽管格蕾塔并不知道拿破仑就在她面前，他们颤动的瞳孔中映照着彼此。

“因为他不想要孩子。”她说完后，再也止不住泪水。眼泪在她的脸上恣意流淌，勾勒着她的痛苦。她把手从保罗紧握的手中抽出来，擦干泪水。

“你不能再这样伤害自己了。”保罗对她说。

“我知道，我需要时间。”她含混不清地低声说，她努力想得体一点儿。她举起盛着白葡萄酒的高脚杯，挤出了一个笑脸。那微笑虽然很别扭，却能展示她的心境。

拿破仑把这个微笑默默记在了他心里，这是在一切发生之后，她露出的第一个笑容，标志着她要将痛苦都抛到身后，重新上路，继续书写她的未来。拿破仑转向了身边的男人。

“你要告诉我一件事：她决定把孩子生下来吗？”

“你已经知道答案了……”

“是我在露天影院里看到的那个男孩吗？那是我儿子？”

“是的。”男人毫不犹豫地回答道。

埃米莉最后一个起床，她发现旅馆里空荡荡的。她敲了敲其他人的房门，没有任何人回应。她又一次落得形单影只，仿佛回到了过去，回到了以前的日子，每天最值得盼望的事就是躺在沙发上看书：朋友不在身边，父母在田纳西州，重拾正常生活的决心也不知被抛在何处。

她看到餐桌上有一杯已经凉透了的咖啡，她端起来就喝了。在最近一段时间，她在家的时候也已经习惯了吃前一天剩下的残羹冷炙。过去的十几年里，她一直坚持节食，保持身材，拒绝一切高热量的食物。体操训练，还有她所执着的生活，如今都变成了褪色的回忆。

在曼哈顿边缘的这座旅馆里，倒数第二天开始了，可眼前的情景却并不令人欣慰。团队散了，可能每个人都在忙着实现自己的愿望，希望在一切终结之前完成夙愿。

那她呢？她应该和谁争论，说服自己，重新考虑最初的选择呢？

这几天里，她站起来走路了，在此之前，她已经有数年没下过地了。就算是在这个奇怪的“平行”世界里，拿破仑也依旧擅长自己的工作，他对她的激励已经超过了他应做的。现在，她想尝试着一个人行动，因此她向那个男人要了一条裙子。她将会穿上那条裙子，参加聚会，用自己的双脚走到那个男孩家中。那个男孩教她一个美好的词——相对化。这个词如今已深深刻在她脑海里了。她露出了微笑，然后低下头，推着轮椅来到镜子前。她望着镜子里的自己：她终于卸下了负罪感，也不再怨天尤人。

早上的阳光很灿烂，埃米莉·沃尔什已经准备好了，要成为今天的女主角。

她从未想过自己会再次迈进家门。最后一次离开家时，她甚至都没有关门，因为不到一个小时之后，她就从一座大厦的楼顶跳了下去。现在她又回到了这里，厚重的窗帘勉强透进了一点阳光。她环顾四周，家里一片混乱：到处散落的衣服、没洗的杯子、空瓶子和一些吃剩的快餐速食；地板上扔着一些中餐的外卖餐盒和比萨纸盒；一张桌子上，杂乱无章地堆着几本体育杂志。还有一叠书，最上面一本是理查德·曼森的《溺水的人》[1]。墙上贴着她比赛时的照片，还有一些现代风格的装饰画。在几张照片里，她站在领奖台上：有时站在第二级上，有时站在第三级上，一脸严肃。书橱旁的衣架上挂着一条美丽的红裙子，衣服外面还套着防尘袋。埃米莉微微一笑，她推着轮椅走近，伸手去取，却发现够不到。她叹了口气，习惯性地四处张望，想找个东西把衣服叉下来。她突然想起，穿着这件衣服要去见的人期待的可不是坐在轮椅上的她。她刚要站起来，又迟疑了一下，她把手放在轮子上，一直退到了房间的另一头。现在，她准备好了。

---

[1] 理查德·曼森，南非籍英国小说家，1999 年凭借他的第一部小说《溺水的人》（*The Drowning People*）大获成功。小说中的主人公詹姆斯·法雷尔杀害了自己的妻子，为了理解他行为背后的原因，作者带领读者回溯了几位主角五十年前复杂交错的故事。——译者注

她站了起来。

最初的几步不太稳，渐渐地，她像是恢复了失去的记忆。她走到裙子前，取下它，放在了床上。她把身上的衣服脱了下来，只剩内衣内裤，从头上套进新裙子，调整了一下肩部，走到镜子前：裙摆稍稍高于膝盖；裙子式样简洁，边上有精致花纹，颜色将她的白皮肤衬得红润起来。衣服轻轻柔柔地贴在她身上，同时又凸显了她的曲线，优雅中透着性感。她左看右看，她已经很多年没看到这么美的自己了。她从未穿过红色衣服，或许连想都没想过，当那个男人问她的愿望时，她下意识地选择了红色。那个颜色就像征服的欲望，如此鲜艳夺目，令人过目难忘，就像声嘶力竭的呐喊，就像在欢庆生命。它仿佛是一件会说话的衣服，说：“我存在。”

如同钢铁侠穿上了盔甲一般，埃米莉带着已经遗忘许久的勇气和决心，走下大楼阶梯。她一步一步，不慌不忙。最后，她出现在了人行道上。这些年来，她从一个不同的高度观察着这个世界，现在她和其他人一样：既不自怜自艾，也不再摆出一副可怜的样子。她抬手，一辆出租车停了下来。埃米莉是个绝色佳人，待她坐定，司机还一直目不转睛地盯着后视镜里的她。察觉到这一点，她不仅没有生气，还笑了：这件衣服起作用了，她看起来很棒。

她化了妆，扎起了头发，还涂了红色的指甲油。这位出现在曼哈顿而并非出现在午夜的灰姑娘，除了水晶鞋子，她可能会失去更加珍贵的东西。

她忘却了一切——自杀，那个拦住她的男人，她的朋友。她又变成了一个普普通通的二十岁少女，为了让心仪的男子倾心，她精心打扮自己。她忘了轮椅——它现在留在空荡荡的家里。

正午的阳光照得人慵懒困倦，她乘着出租车穿过城市。广播里正放着魔力红乐队的《甜心》，重返生活的道路，应该尽可能地甜蜜。平衡木还架在那儿，是时候重新踏上它了，不能再哭泣了。

出租车缓缓停在了托马斯的家门前。

“小姐，我们到了。”司机说，依旧定定地看着后视镜里的她。

埃米莉从车窗望去：聚会已经开始了，一群人正在台阶处闲聊，那位置恰好是上次她和托马斯肩并肩坐着，愉悦地度过了几个小时的地方。有人手里捧着酒杯，有人在吸烟，有人站着，有人坐着。透过一扇大窗户，可以看见公寓里有二十来个人，大家在谈笑风生，还能隐约听到绿洲乐队的歌。气氛轻松而愉悦，却看不到托马斯的身影。

“请稍等一下。”埃米莉说。她的手已经搭在了车门把手上准备下车，她正用自己的双脚再次迈进生活。

所有在场的人都令她胆怯，她不像上次和托马斯单独在一起时那么坦然。她脑海里浮现出西雅图的钥匙球馆。她当时十一岁，那只是一场表演，可是看台上至少坐了五千人。她双腿发抖，不愿从更衣室出来。那是她运动员生涯初期最重要的比赛之一，她成功了，拿到了第二名。

现在，她的双腿也在发抖。她不断告诉自己，那是因为她太久没走路了，而且那群人也不认识她，她也不知道他们能不能看见自己。**要是托马斯也看不到她，那怎么办？**不会的，那个没有名字的男人既然给了她裙子，就不会跟她开这样的玩笑。他绝对不会做出这么残忍的事情。

可如果规则并不是由他定的呢?

接着，她看到了窗户那边的托马斯，她的思绪中断了。

男孩走向一对刚进门的朋友，跟他们问好。他穿着一件胸前有纽扣的灰色 T 恤，袖口卷起，露出了那个“今天”文身，那是深深烙在她脑子里的两个字。

她打开车门，突然想起来要付车费，可她身无分文。司机什么也没说，仿佛他只是一个受雇出演这一角色的演员。就像在《楚门的世界》里一样：所有人都知道真相，唯一不同的是，这些主角也知道真相。

我想太多了，该下车了。

她一只脚刚落地，就看到了她上次坐在台阶上遇到的那个踩着十二厘米高跟鞋的金发女孩。那个女孩端着两杯葡萄酒，走向了托马斯。他们碰杯，她说话，他回答，她又说了一句什么，他在她耳边低声嘀咕了一句什么，她扑哧一声笑出来，他也跟着笑了。然后他们喝了口酒，又继续聊着。

埃米莉怔住了，一只脚在车内，一只脚在车外，非常尴尬：那个身材曼妙的女孩也穿了一条红裙子。像放慢镜头一样，埃米莉缓缓退回了车里。目睹的一切让她不知道自己是愤怒还是沮丧。她之前在想什么?以为聊了半小时，就可以登上最高领奖台了吗?埃米莉，你永远是第二，就连在这个与真实生活那么相似的世界里，你也成不了第一。一个人会想象天堂是一个没有伤痛的地方，可那些像她一样的人，也许只能期盼炼狱，或者地狱。无论如何，她该停止做梦，尽快从这个世界消失。萦绕在她脑海里的全是这些念头。她最后望了一眼那对卿卿我我的男女。

“相对化这个吧！”她竖起中指，大声说。这个粗鲁的动作她过去从未做过，但这次也许象征着一切都会结束吧。

她转向司机，说：“我们回……”

这时后门突然开了，吓了她一跳。

是一个男人，那个没有名字的男人，他们的向导、旅行车的主人。他钻进出租车，坐在了她旁边。

“你为什么不去了？”他慈爱地问。

她扭过头，又一次看向了窗户——那两个人还在聊天。

“他对她笑了。”她气馁地说。

“他对你笑得更多。”

“我不感兴趣。”

“他邀请了你，他还想见到你。”他还在坚持。

托马斯看起来很开心，女孩很随意地拨了拨他的头发。

“他们在一起很合适。”埃米莉喃喃地说。

“他们没在一起。”无所不知的男人纠正说。

“就差一点儿了。”

“不要害怕受伤。在生活里，有时争取一下，是可以成功的。”

“可在我的生活里，不是这样。”埃米莉长叹了一口气，仿佛咽下了一些话，她不想在那辆出租车上，在两个陌生人面前袒露自己。

男人放弃了坚持。他目光低垂，失望地下了车，一句话也不再多说。

车门再次关上了。托马斯和那个女孩也不在窗边了，埃米莉的脑海里却放起了一部电影，可刚播放了几帧画面，就立马被她掐掉了。

“您能把我载到之前上车的地方吗？”她对司机说。司机似乎被她的沮丧所感染，默默地遵从了女孩的话。

埃米莉十岁时，有一次小学老师发现她在哭，因为一个女同学对她说了过分的话。老师没有安慰她，而是简单跟她说：“你要慢慢习惯，对敏感的人来说，伤痛会一直如影随形。”她从未忘记这句话。短短数月之后，那位老师就因为急病离世了，那是埃米莉第一次面对死亡。她的同学也为这件事感到难过，可一到课间休息，他们还是照样跑到操场上玩耍。她就不行，她生病了，因为发烧在家里待了一周。好几天，她都做着同样的噩梦，梦到她从干草房的横梁上摔了下来。之后，她身体恢复了，在十岁的年纪，一切都会过去的。可老师那句话却如同刺青一般，印在了她心上。

出租车行驶在路上，司机关上了广播，仿佛是为了尊重此刻莫名的悲伤。

埃米莉闭上了眼睛，开始哭泣。泪水从颧骨上迅速滑落，沾湿了她的红裙子。

她想，就算她竭尽全力，也改变不了任何东西。此刻她唯一想做的就是重新拥抱她的轮椅——她唯一可以信赖的伙伴。

她想，她的几个同伴，今天是不是过得好些？她想着拿破仑和艾瑞莎，他们毕竟经历过人生，如果他们拒绝了这次机会，遗憾就会少些吧。可丹尼尔呢？他才十二岁，他应该活下去，再努力试试。那个年纪，未来还有很多空白等着他去书写。

二十岁，不也一样吗？

她无视自己内心的回答，继续想着丹尼尔。那个孩子的伤痛感染了她，也放大了她的伤痛。她想象着她对丹尼尔的怜爱之情，穿行在纽约的大街小巷，向他涌去。她全神贯注地想象着，仿佛这是一个可能实现的梦想，毕竟在这个奇怪的世界里，她见识了那么多难以置信的事。

此时此刻，丹尼尔正在一辆准备进站的地铁上，他突然感到脊背一阵战栗，有点害怕地张望了一下周围。

他想起了一部电影。在那部影片里，当一只鹅经过你的坟墓时，你会有类似的感觉。这难道是昏迷的丹尼尔已经死去的信号吗？是不是有只鹅经过了那片准备用来埋葬他遗体的草地？

地铁停下了，车门打开了，那个试图用七天时间拯救他们的男人走进了车厢。他走向小男孩旁边的座位，坐了下来。

“你说，你为什么放我回去呢？”丹尼尔省了客套的环节，生气地对他说。在纽约成千上万坐地铁的人中遇见他，仿佛是一件稀松平常的事情。“你当时应该阻止我。”他接着说。

“你现在知道怎么捍卫自己了。”男人解释道。

“在我父母面前捍卫自己？”丹尼尔一脸困惑地问。

男人点点头。这个概念对一个十二岁的孩子来说的确难以理解，他还需要进一步解释。

“从小到大，身边的人都告诉我们，父母做的一切都是为我们好，他们都是对的。但事实并非如此，有时候，他们也会因各种各样的原因犯错误，伤害我们。你明白吗？”

“我大概明白了。”

“这话说出来很残忍，我知道。但有时候，我们不得不保护自己，免得那些扭曲的爱伤害到我们……”

男人尽可能地解释清楚，尽管说出这番话很艰难。

丹尼尔似乎在思索，接着他问：“我能留在你身边吗？”声音里满含着希望。

“不行，但将来你身边会出现许多其他人。我已经让你看到了。”

“他们会喜欢我吗？”小男孩问，就像有人在给他讲童话，而他正在问童话里主人公的结局。

“骗你也没用。说实话，有些会喜欢你，有些会讨厌你。”

丹尼尔欣赏他的真诚坦率。他瘪瘪嘴，做了个鬼脸，意思是：我听惯了谎话，谢谢你的诚实。他才十二岁，可种种遭遇却让他过早成熟。

“如果我选择活下去，我还能继续隐形吗？”他有点故意装傻。

男人对他笑了笑。

丹尼尔盯着他。这次，男人看到的不是一个耍脾气的小孩子，只看到了一个目光严肃、必须做出重大抉择的小大人。

“我们走。”男人说。

丹尼尔抬头看了看，并不是他们应该下的那一站，但这不重要。不管那个男人脑子里冒出了什么主意，最后都会顺利发展下去。

地铁缓缓停下，车门打开了。

他们俩和一名黑人女子一起下了车。那黑人女子身材肥胖，摇着扇子，走起路来一晃一晃。她拖着疲乏的步子，消失在了那个通往出口的通道里。

地铁重新启动，钻进隧道，又一次被黑暗吞噬。

男人环顾四周，就像一个在敌方阵地上的间谍：站台上除了他们两个再无别人。

“把手给我。”他对小男孩说。

丹尼尔一脸迷惑，也扫视了一下周围，心里涌起了一丝焦虑，像是糟糕的事情即将发生。

他紧紧握住了男人的手，仅仅是这样的接触，就使他安心了不少。

丹尼尔望着那个没有名字的男人，正要发问，就看见他闭上双眼，全神贯注，似乎在聆听一个遥远的声音。

丹尼尔颤抖了一下，惊恐地四下张望，因为眼前正发生着他从未见过的一幕：脚下的地面仿佛正在塌陷，脚掌已经离开了地面，只有脚尖还踩在上面。他们正在渐渐远离地面，就像有人从高处将他们提起。但没有别人，也没有绳子把他们往上拉：他们在上升，虽然只有几厘米高，但他们在不断上升！丹尼尔看了看正在专心“施法”的男人，又扭头看了看站台：还是只有他们俩，没有其他人。

“我在飞！”

不需要超人的衣服，也不需要那些不知从何而来的超能力，一个男人的爱心和一只紧握的手，实现了他的梦想。而这个男人，他才认识不久，他用一个简单的握手动作，和昨日的拥抱一样，就让他飞起来了，他内心难以克制的激动就像一股无法阻挡的浪潮在奔流。

男人仍然全神贯注。现在他们不仅在上升，而且在向之前车厢停留的空间移动。

他们在两米高的空中飘移，就像不受重力束缚的宇航员一样。

紧握的双手就是奇迹出现的原因，他们调整姿势，直直朝着隧道飞去，仿佛要去追赶那列已经消失的地铁。

他们出发了，就像一辆载满人的汽车在加速：开始缓慢，然后变快，在轨道上空画出一条线。

这是丹尼尔一生中最美好的瞬间，也是最近六天的生活中最美好的时刻。那个拒绝了他的世界被抛在了脑后，此刻他在空中自由地飞行，就像在电影《超人》中那样，那是他看过十几次的电影。

他不再因喜悦而大叫，因为他想细细体味那些瞬间，最好的方法就是沉默。

他们到了隧道的入口处，他们开始减速，一个轻巧的转身，又往后飞。这次他们更快了，像《星球大战》里的宇宙飞船一样在加速。

当回到始发点时，他们慢慢地降落，动作非常精准，就像已经演练过上千次了。

两人的脚刚触到地面，下一班地铁的前照灯就刺破了隧道里的黑暗。

男人和小孩交换了一个眼神，就像一对父子，手还紧紧握着。

此刻不需要任何话语。

地铁停下，他们上了车。丹尼尔既不关心地铁驶向何方，也不在意正用口琴吹奏《当圣人莅临时》的小伙子，还有车厢尽头仔细打量乘客，以伺机下手的一帮蟊贼，正在亲吻的一对朋克情侣，还有体形硕大、占了两个位置的胖子，就连明天会发生什么，他也通通不在意了。让一切都见鬼去吧，重要的是，他刚刚在飞！

时候到了。

纽约夜幕降临，所有人都再次聚到蓝月旅馆。不需要办理退房手续，额外的消费也包含在内。

“十分钟后，我们在楼下见。”男人说完，乘电梯下楼了。

四人正在各自的房间里。

丹尼尔加快翻看着漫画书，他想要知道最后的结局。

艾瑞莎重新穿上制服，又成了警察的模样，看着镜子里的自己，她心里涌起了一点对过往的思念。她几乎都快忘了作为纽约市警察是什么样的感觉了。

埃米莉也换上了她从酒店屋顶跳下时穿着的衣服，那天还下着倾盆大雨。现在，她正小心翼翼地将那条红色裙子叠好，装进盒子。她一气之下差点把它撕成碎片，但这毕竟是一件美得让人惊叹的衣服，也许别人能用上。

拿破仑也准备好了：他的衣服有点皱了，但总体上看还过得去。他是第一个离开房间下楼的人。他点了一根烟，试着吐出烟圈，却一直没成功，他还需要时间练习。

后来，他的几个伙伴都到了。不久之后，他们就要做出最终的决定。没人知道将会发生什么，一切都是一个未知数。但他们知道，等待他们的不会是一个多选题，让他们表达自己的满意或者失望。刚才男人让他们下楼，现在他们都下来了：艾瑞莎牵着丹尼尔的手，埃米莉坐着轮椅出来了，拿破仑跑上去帮她。

他们来到了旅馆门口。

艾瑞莎蹲下来，抱了抱丹尼尔，丹尼尔也使尽全力拥抱了她。

坐着的埃米莉握紧了拿破仑的手。

拿破仑摸了摸小男孩的头，艾瑞莎则紧紧拥抱了女运动员。

大家都很激动，但没有人流眼泪，每个人都强忍着，以免触发别人的泪水。他们的眼底隐藏着恐惧，彼此交换了一个意味深长的眼神。或许，拿破仑应该在这时说点什么，但他说不出口。所有人都一言不发，不愿破坏这充满爱的氛围。此时此刻，任何言语都显得多余。

一阵雷声震彻天际。

天空落下了几滴雨。四人抬起头望天，霎时间大雨如注。

这时出现了一个女流浪者，她一边唱着《为你祈祷》一边穿过马路，坐在了旅馆入口边上，躲避风雨。

又一阵雷声。

坐在旅行车驾驶座上的男人费力地发动引擎，接着打开了前灯。

四人上车。

一道闪电撕裂天空。

空中一亮。

接着，陷入黑暗。

一切重新开始，又回到了一周之前。

第七日

有人说，这世上不存在坏天气，只存在不一样的天气。

雨天就是其中一种。

有人喜欢下雨，有人在雨天里会感到安心，有人沉醉于倾听雨打窗户的声音。对有些人来说，雨会净化心灵；对另一些人来说，雨会帮助他们清理思绪。但在很多人眼里，站在雨中只会感冒。

今天，曼哈顿下了不少雨。

一周已经结束了。男人已经尽己所能，做了他能做的一切。

此刻，他在蓝月旅馆楼下的小篮球场上，借着路灯的光，可以看见雨水从天空飘落。他投了一个三分球，球撞在篮筐上反弹了回来，落在了一个水坑里。地上已经积了很多水。男人拾起球，再次拍打，又一次投球：球先撞到篮板上，又落到篮筐上，转了半圈，滚了出来。他还不气馁，在湿答答的水泥地上继续拍打篮球。**这次球一定能进**，他心想。没进。再试：一次、两次、三次。动作激烈，带着愤怒。

他讨厌等待，厌恶生死未卜的每分每秒。他想站在他们身边，握住他们的手，摇晃他们，跟他们说话，高声呼喊。

可他什么也做不了了。

这一周对他来说也结束了。现在，他们自由了。

他们可以按照自己的想法度过自己最后的一天，按照他们对过去时光的感受，以及对未来时光的预测做出决定。

而他只能等待。

在雨中。

“我请你喝杯香喷喷的咖啡，说不定明天就变今天了。”曼森对艾瑞莎说。豆大的雨点猛砸在警车的挡风玻璃上，被雨刷擦去。他们把那对夫妇抓起来了，他不想谈及刚刚发生的事。

女警察闭上双眼，这并非她第一次把一个陌生女孩看成奥利维娅，或者更准确地说，把那女孩想象成奥利维娅。

他们到了警局，总部位于 102 街和第三大道之间，离东哈莱姆区只有几步远。曼森下了车，进去买两杯咖啡。按照往常的习惯，这次轮到艾瑞莎，可她留在了车里。今天他买吧。

总部门前有三辆警车，车顶上的警灯一闪一闪的，变幻的灯光映在高楼上，就像发疯的蝴蝶。两位警察倚着汽车前舱盖在闲聊。天气很冷，但至少雨已经停了。

曼森往咖啡机里投了 2.5 美元，口中在低声哼唱，面色却焦虑紧张。他很担心艾瑞莎，她所遭受的悲剧不止一次让她崩溃。这几天来，她总是莫名其妙地走神，表情悲伤，她以前从来都没有这样低落过。他觉得应该和艾瑞莎谈谈，可他不善言辞，他只能选择待在她身边，保护她——做这些事他还是很在行的。

曼森从警局出来，手里拿着两杯热气腾腾的咖啡。

那个时刻，世界很寂静，闲适的人们来来往往。

艾瑞莎在等待，但她并不是在等咖啡。她的手拂过放在腿上的手枪，握住它，然后攥紧。

曼森走向警车。他发现自己没关车门。他身后有人说了句什么，他回以大笑。他把杯子举到嘴边喝了一口，然后抬头，好像在察看天气。

一声响雷在天空中炸响。

曼森吓了一跳：那声巨响之后，天气一定不会变好。他钻进车里，把咖啡递给艾瑞莎时看到了手枪，他全身的肌肉瞬间紧张起来。

"你还好吗？"曼森问。他看似镇定，其实已经随时准备好跃起，现在的状况实在太奇怪了，他的第六感很少出错。

"你拿着那个做什么？"他指着手枪问她。

艾瑞莎似乎在出神。突然她眨了眨眼睛，盯着同伴，仿佛惊讶于自己出现在这里，惊讶于见到了曼森。

她低头看了看枪，愣了一秒后回过神来。她马上把它插进手枪皮套，又一把夺过曼森手上的咖啡。

她对曼森激动地大喊："我们走！"

"去哪儿？"

"快，出发！"艾瑞莎一边大吼，一边往掌上电脑中输入一个人名，查找准确的住址，"赶紧发动车子，快！"

曼森了解这个与他并肩多年的女人，无数次，他将自己的生命交到这个女人手上。她像刚刚从某个地方逃了出来，现在她回来了，带着她通常的果断与魄力。

他有很多问题想问她，可他只是默默听从她的指挥。

他倒车，打开警报器，伴随车胎摩擦地面的响声，地面平静的水坑里好像发生了一阵阵小海啸，警车驶入了曼哈顿夜晚的街道。

一阵冷风在高楼大厦间吹过，搅扰着路上的行人。车流之上矗立着许多脚手架，城市里的高楼总是在无休止地翻新。大树稀稀疏疏，它们的枝叶神经错乱般地抖动着。车窗在震颤，丹尼尔家里厨房的窗户也在震颤，男孩的母亲正收拾餐桌。今天的晚餐简单得就像一顿早餐：鸡蛋、培根、吐司、牛奶和橙汁，必不可少的还有男孩从五岁起就开始喝的可口可乐。对患糖尿病的他来说，可乐无异于手中的一颗“炸弹”，可他从不愿戒掉。

女人检查了一下窗户，天又开始下雨了。从客厅传来了一位主持人的声音，他正在赞扬一个男孩，说他唱歌像迈克尔·波顿一样，夸得天花乱坠，一阵掌声之后开始放广告。

“丹尼尔，我们看看有没有你。”父亲大喊着，一边不停地搜寻古蒂橙汁的广告。冰箱里有一打古蒂橙汁，可是丹尼尔再也没碰过它们。并不是为了健康或是减肥，纯粹只是因为他厌恶那些橙汁，他希望那家公司破产。可是拜他所赐，这个饮料一直卖得很好。他备受煎熬，而他父母却一无所知，他们欣喜若狂，盘算着再挣几笔大钱。

丹尼尔穿过客厅，父亲沉浸在电视节目中，完全没发觉他出现；他走进厨房，母亲还在整理。他打开冰箱，拿出一盒五彩斑斓、撒着糖霜的甜甜圈：牛奶巧克力味、白巧克力味、草莓味、香草味、开心果味；上面撒着星形糖、巧克力豆或是彩色糖针。一整盒甜甜圈，看起来就像一幅阿夫列莫的画。

他拿出一个甜甜圈给母亲。母亲笑了。

“谢谢，宝贝儿，我不吃，这是给你的。”

他耸了耸肩，就像在说“好吧”，然后端着盒子走了。

现在，电视上出现的是一个小迈克尔·杰克逊：他叫埃里克，只有七岁，可跳起太空步，却像是已经学了三十年。

小男孩走进卧室，关上门，坐在床上，凝视着这些甜甜圈。他身后的墙上挂着一张自由塔[1]的照片，丹尼尔一直梦想坐一回自由塔著名的超声电梯，上到观景台，俯视底下的人变成一个个移动的黑点，可他们从来都没有带他去过。

他想着，如果他死了，他会错过很多东西，也包括自由塔。他肯定没有想到，在那一刻，在另一架超快的电梯——**金普顿·英克48酒店**的电梯里，一对年轻情侣正在激情拥吻，无视一旁坐在轮椅上的埃米莉。女孩望着他们，内心充满了厌恶。他们不是见不得人的地下情人，他们的恋爱是真挚的、光明正大的，他们对彼此来说都是唯一，这是她从未拥有过的。

到了十一层，那对情侣出了电梯，而她则一直坐到了最顶层。但她的目的地并不是有着咖啡厅和沙发的**天台**。她登上了简陋的屋顶阳台，那里摆着蓄水罐和一些空调外机，周围是一米多高的水泥栏杆。埃米莉此刻就站在那里，雨在她的眼前挂起了一道水晶帘：在天空的映衬下，

[1] 美国纽约新世界贸易中心一号大楼（1 World Trade Center），原名为自由塔（Freedom Tower），坐落于9·11袭击事件中倒塌的原世界贸易中心的旧址附近。——译者注

林立的摩天大楼轮廓分明。她在刺骨的寒风中瑟瑟发抖，隐隐可以听见城市中的喧嚣声。这个城市里正在上演的故事，正在生活着的人，她再也没有机会知道、认识了。

没有任何防护，也没有躲雨的地方，她终于走上了最高的地方，脚下的一切都尽收眼底。

那辆警车也在她脚下飞奔，它在城市的街道里疾驰，与时间赛跑，直奔上曼哈顿区。

当艾瑞莎发现自己重新回到曼森身边时，她感觉就像从一场梦中醒来，一瞬间，所有的画面都消失了，虽然还残存着一些细节，可你却无法说清。你只能揉揉眼睛，再次适应现实，弄清自己身在何处，找回陷入沉睡之前的思绪。

丹尼尔这个名字一直在她脑中回荡。

那个孩子曾经深情地问：“这周结束以后，我还会记得你们吗？”

她给出了肯定的回答，即便当时她并不知道结果会是什么。

可这竟然成真了！但比起思考这些事情让自己头痛欲裂，现在还有更重要的事等着她去做。因此，她让曼森疾速出发，仿佛在与时间赛跑。她不知道这场比赛限时多少，可她明白，必须尽快行动。

曼森信任她。尽管他不清楚原因，他还是驾车一路狂奔，闯了一打红灯，不到二十分钟就穿过了半个曼哈顿。此刻，他们就像刚甩开魔鬼的追踪一样，停在了糖山区一座双拼小别墅前。

艾瑞莎从车里一跃而出。

丹尼尔的母亲还在厨房，突然传来一声响，吓了她一跳，她有一瞬以为是雷声，后来细想觉得不对，不可能，那个声响和雷声不一样。她把抹布往洗碗槽一放，走进客厅。

“维克多，是你吗？维克多？”家门大开着，沙发上露出了丈夫的头，他睡着了。电视上正播放着天气预报：夜里，阵雨将越下越大。

女人有些迷惑：或许是今晚风太大，把那扇旧门推开了？

女警察已经到了楼上。她进入丹尼尔的房间，动作果断干脆，仿佛她总是知道丹尼尔的具体位置。她看到他躺在床上，神色疲惫，眼睛微睁，甜甜圈盒子已经空了。

“该死！该死！丹尼尔……胰岛素在哪里？”

艾瑞莎陷入了恐慌。她心想：**我来晚了**。她脑海里不停闪现着奥利维娅倒在篮球场上的画面，而她托着奥利维娅的头，叫着她的名字。她大声呼喊，想要叫醒奥利维娅。她记得急救车上的警示灯：她们很快就到了医院，并不是时间的问题，但医生已经回天乏术了。

可丹尼尔不是这样，他的命运有所不同。

艾瑞莎四处翻找胰岛素；丹尼尔一动不动，只是缓缓地眨动眼睛，仿佛生命正在一点点流逝。

女警察翻箱倒柜，衣服被她从衣柜里翻出，搁板和床头柜上的物件也都被她扔在地上。

“在哪里？告诉我在哪里！”咆哮声渐渐嘶哑。她听见心脏在疯狂跳动，就像在篮球场的那个夜晚。她不能再失去他。

她看向四周，心中满是恐惧，她甚至没注意到楼梯上的脚步声：有人在上楼。

就在她近乎绝望的时候，丹尼尔从床上起来了。他走近她，抓住她的手，心平气和地拉开一个抽屉。

“别急……别急，”他对她说，“胰岛素在这儿，甜甜圈在那儿。”他指着窗户。

艾瑞莎不明白。小男孩带她走到窗边，朝下看：草地上散落着所有的甜甜圈，就像一朵朵没有花瓣、五彩缤纷的花。

艾瑞莎将他抱起，她抱得那样紧，丹尼尔都快喘不过气来了。

她把丹尼尔放下，弯下腰看着他的眼睛。

“你看到了吗？我们没有忘记彼此。”

现在是丹尼尔抱住了她的脖子。

就在此刻，男孩的父母出现了。他们目瞪口呆，一脸难以置信的表情：他们的儿子正在拥抱一位女警。

“发生了什么……”母亲正要发问，艾瑞莎牵起男孩的手，走出房间。

“丹尼尔！”父亲大喊。

“没事儿，”他回答，“我很快就回来。”

男人试图阻拦，艾瑞莎突然转过身，将手按在手枪皮套上。

“你最好别动。”她咬牙切齿地说，那话听起来就像一句威胁。

警车再一次飞驰在曼哈顿。丹尼尔坐在后座，曼森望着后视镜里的他，有些迷惑不解，也有点担心。他有千千万万个问题想要问艾瑞莎，第一个就是“这孩子是谁？”，但他的伙伴用眼神告诉他，他可以相信她，那个眼神和她失去女儿之前一模一样，从未在任何事物面前畏缩。他总是像相信自己一般，信赖着她那双透着坚毅的眼睛。因此，当艾瑞莎恳求他，尽快驶达那个位于“地狱厨房”上方的酒店时，他照做了。

丹尼尔的鼻子紧贴着车窗，他感觉自己正身处电影之中，而不是在广告里。警车就像一颗飞驰的子弹，在雨夜行驶在被灯光染得红蓝相间的街道上，直奔**金普顿·英克 48 酒店**。

雨继续下着，越来越密，使救援行动又多了一重阻碍。

风雨给篮球场上的男人也增添了难度。他还在投篮，心情出乎意料的焦躁。他浑身透湿，就像掉进了哈德逊河一样，可他还在运球，然后投篮，带着一腔怒火：球砸在了篮板上，没进。他脱掉外套，只剩衬衫。外套被他随手一扔，落在了一个水坑里。他接着捡起落在网子附近的篮球，在手中转动，接着拍打了两下，又远远投向篮筐。

雨点像细针一样，落在埃米莉的脸上，提醒她，她还活着，她站在大厦的屋顶，孤身一人：这是她不变的宿命。她还坐在轮椅上。上次，虽然吃力，但她只用了短短几分钟就站了起来，可今天不行，她需要时间。她的双眼红通通的，眼泪早已经流干了。她擦干脸庞，坚决地站了起来，没有一丝踌躇。她把轮椅往后一推，轮椅退得远远的。她终于摆脱了那个东西：她再也不需要它了。

她朝栏杆走了上去。她站着的地方是宽度不超过三十厘米的水泥栏，旁边就是深渊。所有的过往都向她袭来：父母、堆草房、平衡木、学校的训练房、最初的几场比赛、成功、失望、跌落和醒悟。她的双腿稳稳地站着。

她抬头望天，呼吸着雨水的气息：此刻的雨不再使她感到疼痛，反而像在抚摸她。街道上传来的声音若隐若现，卡车的声音、轿车的声音、警车的警笛声，而她站在上面。

她不会忘记走平衡木的日子。生活不会让你忘记，反之，它会让你不断回想。

她用右脚脚尖脱去了左脚的鞋子，又用同样的方法脱掉了右脚上的鞋子。她站在靠栏杆这一边，她双腿放在一条直线上，一只脚在前，一只脚在后，那段深色的水泥栏变成了承载她成功与失败的平衡木。

她闭上双眼。

她又出现在了小体育馆里。当她上场时，人群在欢呼。扬声器里一个声音在喊“埃米莉”。

她目光集中，神色从容，脸上挂着微笑。

她睁开双眼。

她稍稍后退，似乎要小小助跑一下，然后开始。

就像她终结了自己的职业生涯的那一天。

同样的动作。

但在今天的比赛里，等待成功者的不是最高领奖台，而是某种更珍贵的东西。

她在三十厘米宽的水泥栏上稳稳当当地走了几步，接着一个精彩的后空翻。

几个协调的动作之后，又一个后空翻。

艾瑞莎和丹尼尔气喘吁吁地赶到天台，看见了她：埃米莉站在离他们二十米远的小矮墙上，在曼哈顿的灯光中翻腾，好像一只淋湿的蝴蝶，翅膀上的鳞粉已经脱落，可它仍在飞舞，带着它与生俱来的美丽与优雅。她的舞蹈轻盈柔美，进行到了最后一跃——那个难度最高的收尾一跃，那个可能会让她付出生命的一跃。

要么成功，要么死。

少女仿佛真的在空中飞舞。她的右边空无一物，没有任何保护网，她在空中翻转了一圈、两圈、三圈，然后下坠。

艾瑞莎用手蒙住了眼睛。

“不！”丹尼尔惊呼。

埃米莉落在了天台上，安然无恙，两脚完美地前后交错着。

她鞠躬、昂首，似乎在向观众致谢，却发现面前真的有观众。她感觉心头一紧，雨还在不停地下。他们从未见过她站着的样子。她露出了微笑，艾瑞莎和丹尼尔也笑了，为她完美的一跳而欢呼鼓掌。

埃米莉走向他们，千言万语都融化在三人的拥抱里。此时一道闪电照亮了世界，好似一盏闪光灯“咔嚓”一闪，只为永远记录下他们紧紧相拥的时刻。

那道闪电似乎想要烧毁这座城市：充满能量的闪电如树枝般分叉，在曼哈顿大桥上空蔓延，照亮了黑暗中的一切。拿破仑又回到了那里——跨过工字梁，坐在了大桥的护栏外面。

他又回到了那里，和一周之前一模一样，双脚悬在空中，衣服湿透，百感交集，定定地望着自由女神像。

他在那里一动不动，不知坐了多久，就像一位退休老人坐在他最喜欢的长椅上。

这一次，他没被闪电吓到。这一次，他没有那么害怕了。

他想着过去的七天，想着埃米莉、艾瑞莎、丹尼尔，想着他被打捞上来的遗体、他的葬礼，想着康尼岛、烟熏牛肉三明治……想着一切。往事一一浮现。他想到了怀孕的格蕾塔——她怀着一个孩子，他的孩子。是那个无名的男人，那个竭尽所能想拯救他的人，让他发现自己还有个孩子。

他思绪万千，无法平静。

接着，他听到沿着桥上的人行道传来了急匆匆的脚步声。

那个没有名字的男人匆匆赶来，他浑身湿透，只穿着一件衬衫，他双手撑在膝盖上，大口大口喘着粗气。

“我要怎么做？”他朝着拿破仑大喊。拿破仑没有转身，那个没有名字的男人出现了，他一点儿也不意外。

男人深吸了一口气。

“我究竟要怎么做，才能挽回你？”他抛开了一切心理招数，直接问道。

拿破仑好像并不想回应他，开始晃荡着双腿，像坐在秋千上一样。

“既然我的话不管用，那就用你的。”男人接着说。

“首先，你要叫我的名字……”拿破仑回答说。这是一个给人希望的信号，尽管如此渺茫。

“好，拿、破、仑……然后，我该说什么？”男人用一种戏剧化的方式，一字一顿地说。

“再温柔一点，再热烈一点，要用腹腔发声。”励志演说家转过身来，仔细地解释道。

两人距离大约三米远，他们四目相对，眼中都饱含哀怜：他们在传递着同一则信息，却有着不同的含义。

求求你，让我救你。求求你，让我离开。

两人都没听从对方此刻的哀求。

“现在，你要走近我，用双手捧着我的脸。”拿破仑继续说，就像一位受伤的老师，尽管已经没东西可教了，可仍在竭力，用最后一点力气传授自己的知识。

男人正要上前，拿破仑抬起手臂，打开掌心对着他，示意他不要靠近，无名男人服从了那个无声的指令。

“然后，你要让人放心，要满怀激情和同情心……”励志演说家补充道，似乎在总结自己漫长职业生涯中积累的技巧。拿破仑的双眼湿润了，男人察觉到了。

“……你要努力理解，我为什么会这样做……”拿破仑说完，停了下来，凝神注视着男人，仿佛在等待他说出正确答案。

在那个开着旅行车的男人眼里，看不到任何回答。车子被抛弃在了人行道入口，离这儿有一公里远。

于是，那个无名的男人鼓起勇气说：“你来给我说说，为什么？”

拿破仑抬头望天，雨水打在脸上，他不得不闭上了眼睛。他猛吸了一下鼻子，回答道：

“很简单：生活里的一切，都在逼迫我们结束，”他语气里带着一点儿妥协的味道，“这个世界是个令人疲惫的地方。你觉得疲惫，原因很简单——因为你活着。你疲惫，因为你觉得自己爱得不够，给得不够，拥有的太少。所以这个……”他指着空荡荡的脚下，“是一个人合乎情理的死亡。遗书不该由离开的人写，而应该让留下的人写——向我们解释的人应该是他们。”

拿破仑的声音不带一丝迟疑。他越往下说，感觉希望离得越远。他舔了舔嘴唇，尝了尝雨水的味道，仿佛那是自然界赐予他的最后一顿圣餐。

“你会有一个孩子。这也改变不了什么吗？”男人喃喃地说。

“这改变了一切。你真的很厉害，那一刻你成功地让我动摇了。我就是在知道有这个孩子后，才下定决心的。”

男人摇摇头，他明白自己下错了一步棋。

“听起来很不合理，我知道，”拿破仑说，“可是，如果我看着这个孩子出生，我就再也没有勇气自杀了。如果我看着他出生，我的生活就会变成一个牢笼，再也无路可逃。”他望着河面，一艘驳船从他下方驶过，亮着昏暗的信号灯，撕裂了黑暗的深渊，“我跟你说过，像我这样的人，你应该放手，让他们离开。”

“不，我无法放弃的就是那些和你一样的人，”现在，敞开心扉的是那个无名的男人，在共同度过的那些日子里，他从未袒露心迹，“很久以前，我每天醒来的感觉就像失去了女儿，像是终生要与轮椅为伴，仿佛全世界最糟糕的事情都落到了我头上。可事实上，我什么事都没有，只是我心底有一个巨大的窟窿。”

拿破仑静静听着。

男人一口气说完这番话后，吸了口气，继续道：

“我也没听……那个竭尽全力救我的人的话。当时，我坚信自杀是逃脱的唯一出路，就像一个紧急出口。最后我选了金门大桥——另一个经典的自杀圣地。”

拿破仑转过身看着他，脸上第一次露出了惊讶的表情。

“可是现在，你不知道我有多么想念那段我错过的生活。如果可以重新拥有七天，让我做出正确的选择，我愿意拿出任何东西作交换。我跟你说过，我们很像。”

拿破仑开始哭泣，泪水打湿了脸庞，之前的惊讶转变为一脸绝望。经过这一番交心，那个男人也算是他结交的最后一个朋友。他怀着慈爱与歉疚，端详着那个人的轮廓。他转过头，好像脖子疼似的。他看向前方，闭上双眼，这是他爷爷教给他的简单动作，就像过去那样，让他可以感知自己还活着。

“我们不是很像，而是一样。”他说。

接着他向后一倒，坠了下去。

“天使”跪倒在地，他的呼号混杂着雷电的咆哮，淹没了拿破仑落水的声音。

没有扑通声，寂静的告别，无声无息。

男人身后是匆匆赶到的艾瑞莎、埃米莉和丹尼尔。他们看到了结局，已经不需要问了。曼森又一次选择信任艾瑞莎，他竭尽全力开着车，甚至连埃米莉上车时他也不曾发问。他只希望能及时赶到，希望得到圆满的结局。

可事与愿违。

拿破仑选择了死。

那些共同度过的时刻，那些谈话，那七天毫无用处，又或许有用——它们帮拿破仑更坚定了自己的抉择。

男人垂着头，黯然神伤。

大雨没有变小的迹象，四人在雨中淋得透湿。

艾瑞莎抱着丹尼尔，另一只手拥着埃米莉。在那个纽带中有爱——一份所有人在过去缺失的爱，如今重拾回来了，一份少了拿破仑、残缺的爱。

“我变得太沉重，飞不起来了。”男人说。

我生命的

第一天

死亡会改变你的生活，这话听起来很矛盾，却是事实：当你认识了这个没有你的世界，当你成为旁观者，你就可以从远处评判生活，你就会明白活着没那么难，总之，你可以试一试。

丹尼尔才十二岁，他决心要试一试。

他穿着在跳蚤市场上找到的皮上衣，走在学校过道里。他勇敢自信的步伐就像在说，生活还有一种可能。

迎面走来几个男孩子。以前他们推搡他，朝他身上泼水，抢走他的书，抛到空中。他一度反抗过，结果却更糟了：老师的介入，仅仅让他免于被塞在嘴里的练习本弄到窒息，而那些肇事者却并没有受到惩罚。也是因为这个缘故，他生了心病。

校霸贝利用肩膀撞了他一下。丹尼尔昂首挺胸，毫不退缩，像什么事都没发生那样，继续走着。他身上这么多肉，终于派上点用场了。他笑了起来，两个男孩看到这一幕都有些震惊。

“喂，死胖子！”其中一个男孩叫道。

“这不是行走的橙汁嘛！”另一个男孩也叫嚷着。

丹尼尔依然面带微笑，没有任何东西可以伤害到他，他们不知道他现在变得有多强大。他们也不知道，生活留给你的东西会有多么特别。

他从背包里拿出艾瑞莎送给他的随身听，戴上耳机，按下“播放”键，继续昂首走路。

他正在听他的“油炸什锦”第一首——蠢朋克乐队的《幸运》。他此刻感到前所未有的轻松，就像是又一次在空中飞翔。在自杀之前，他不知道音乐原来能使人这么愉悦。

他将手伸进口袋，摸到了两张纸，掏出来一看：两张《星球大战》的首映电影票。

他脸上有幸福，也有一丝怀念。

他径直走向朱思·迈尔斯，邀请她一同看电影。朱思正在整理储物柜里的书，她微微一笑，答应了。丹尼尔心想，朱思没有戴牙套，她真漂亮。

埃米莉望向车窗外。

天没有下雨，外面阳光灿烂，如果她能像从前一样，用一条线把雨滴连起来，那她会画一个箭头，一个向前的箭头，无论东西，勇往直前。

出租车缓缓驶过**蓝月旅馆**所在的街道，原本停着那辆旅行车的地方空荡荡的。埃米莉露出了微笑。

出租车、新衣服，还有一场她不愿缺席的聚会，今天就是那个让她对自己的决定产生怀疑的一天，那个本可以挽救她，却差点摧毁了她的日子。

当然，第一次，她收到了邀请，她也认识托马斯，她有足够的理由从出租车里迈出腿，进入那个屋子。但她却没有这样做。可生活——不，应该说是死亡教会了她，生命里永远不止一种可能。

出租车渐渐接近目的地。

“小姐，我们到了。”司机从后视镜里打量着她说。

这次埃米莉穿的不是红裙子，而是一条花裙子，款式简单却优雅，她浑身散发着春天和重生的气息。想想看，午饭时间穿红色，也许会显得有些格格不入。**可那个金发女孩穿的就是红色**，她心想。**对呀，那就更不应该穿红色了**。这就是她最后得出的结论。

聚会已经开始了，房子门前的台阶上挤满了人，正是上次她和托马斯愉快交谈的地方。有些人手里拿着杯子，有些人在抽烟，有些站着，有些坐着。透过一扇大窗户可以看见公寓里面有二十来个人谈笑风生，还能隐约听到共和时代乐队的歌。今天不是绿洲乐队。**发生了一些小小的差错**，她心想。气氛依旧轻松而愉悦，屋子的主人此刻却杳无踪迹。

上一次，她不知道谁能看见自己，而谁又不能；可今天如果她穿过那一小群人，他们的目光都会黏在她身上：她回到这个世界了。

她看到托马斯了，他在玻璃窗后，袖子是挽起来的，“今天”的刺青看得清清楚楚。金发女孩也出现了，端着两杯红酒走近他。两人神情惬意，碰了下杯。她说了一句什么，他回应了一句，她又说话了，他在她耳边低声说了句什么，她扑哧一声笑出来，他也跟着笑了；接着他们喝了口酒，又继续聊着。

上一次，埃米莉放在车门把上的手迟疑了，连试都没试就离开了。

“该付您多少钱？”她问司机，付过钱，她下了车。她把长发扎了起来，化了淡妆，手里还拿着一瓶纳帕谷的黑皮诺葡萄酒。此时此刻，她只想出现在这里，她露出了微笑。

她向公寓大楼走去，步伐优雅而坚定，引来了众人的目光。

她心里没有任何计划，临场发挥吧。

她敲敲门，托马斯和金发女孩停止了对话，转过身来。他们彼此说了些什么，埃米莉猜她在问："你认识她吗？"

托马斯打开窗户。

"嗨！"他说。他很有礼貌，和上次遇到她时一样。

"嗨！"她举起了手中的红酒说，"我带了这个。"

他好奇地眨了眨眼，走开了。几秒后，他出现在了屋外四级台阶的最高一级上，站在他的朋友之中。那群人现在已经对埃米莉失去了兴趣：她也是一位受邀参加聚会的客人，和他们一样。

当男孩走到她身边时，金发女孩从门里探出头来。托马斯穿着短袖T恤、宽松的牛仔裤和一双范斯的鞋子。他接过红酒，端详着埃米莉。

"谢谢。但不好意思，你能告诉我……我们在哪里见过吗？"

"我们从未见过。"她的回答更加重了男孩的好奇心。

两人做了自我介绍。

有那么一瞬，两人陷入了沉默。此时突然传来了金发女孩的声音："托马斯！"

他像是要转身，视线却仍然停留在埃米莉身上，似乎有一根隐形的线连着两人。

虽然出现了片刻的尴尬，可这一次是埃米莉在主导这场戏。她又一次踏上了平衡木，也明白自己再也不会跌落，因此她从容不迫地向前移动。

“我们有一个共同的词。”女运动员说。

托马斯不明白，可表情非常专注，世界上的任何事情都不可能让他分心。

“一个词？”

“相、对、化。”埃米莉一字一顿地念出了这个词。

“相对化……我喜欢这个词！”托马斯看起来有些放松了。

“我知道。”埃米莉回答说。

不远处的金发女孩盯着红酒杯，酒杯已经空了，她以此为借口回到屋里，以掩饰尴尬。

埃米莉和托马斯一直聊着，气氛像上次一样融洽，直到从大门里露出了一只拉布拉多的脑袋。拉布拉多经过站在台阶处的几个客人，走到托马斯身边，任他抚摸着。

埃米莉吓了一跳。

“你害怕狗吗？”男孩问她。

“不，不怕……”埃米莉回答。她无法向他解释这只狗和她在录像里看到的那只一模一样，录像里出现的是她未来最重要的人和事，也就是那个没有名字的男人在废弃的露天影院里给她看的那段。

“它叫多利。”托马斯说。拉布拉多嗅着她，她蹲下来，极尽温柔地拥抱它。

这是她期待已久的一刻：享受美好的当下，没有任何顾虑和担忧。

她又想哭又想笑。如果现在能照镜子的话，她就会看到自己的妆容已经被泪水打湿了。她迟早都要起身，托马斯一定会看到。

录像里的人是他，在沙滩上远远呼唤她的人一定是他，尽管那天看不清他的脸。但今天她知道了，就是他文在身上的词——今天。

今天，她知道自己将迎来一个全新的开始。

“嘿，多利，快放开她。”传来一声呼喊。

说话的是一个小伙子，他穿着一件格子衫，肩上的两条红色背带连着紧身牛仔裤，脚上一双绿色匡威运动鞋。

“嘿，扎克，”托马斯说，“多利爱上埃米莉啦。”

她抬起脸，露出了被泪水打湿的脸。

“太奇怪了，它可不是跟谁都这样。你得完完全全赢得它的心才行。”扎克说。埃米莉转向托马斯，犹豫地说：“我……我以为是你的狗。”

“不，是扎克的。”

埃米莉现在明白了，为什么音箱放的是共和时代而不是绿洲乐队的歌。尽管你能预知未来，可事情还是有太多变数。细节改变了。生活是难以预见的，就算是活两次，你也无法确定生活将如何继续。仅仅按照事先想好的，用一条线把两个雨滴连起来是不够的，因为总是有一颗雨滴会摆脱你的控制。可对埃米莉来说，此时此刻已让她满足，未来循序渐进，一步一步来吧。

“一步一步来吧。”这是曼森在奥利维娅去世后，常对艾瑞莎说的话。每当他的伙伴跟他说自己微小的进步，比如多睡了三个小时，没吃安眠药，做了早餐，夜里不再盯着窗外的路灯，他都会这样说。艾瑞莎从不信什么“一步一步来”的理论。她所经历的过程都只是一场幻觉。她不希望死后灵魂继续存在，她希望死亡可以让她停止思考，不再受罪。现在，尽管脑子里有一颗子弹，她却变得比过去更加灵活敏捷。

不知道我的脸成什么样子了，她心想。也许是看到了警车后视镜里的自己，她才产生了这样的疑问。那个后视镜正好对着她，她发现，自从回来以后，她眼里就闪烁着一种不一样的光芒，更有一种她以为再也无法拥有的宁静。在自杀后的那个世界里，从某种程度上来说，她又一次见到了女儿。她微微一笑，用一只手指擦去嘴上的巧克力渍。

“你笑什么呀？”曼森问，他一边开车，一边吃下最后一口奶油甜甜圈。仪表盘上放着一个已经空了的甜甜圈盒子。

“我想到了一部老电影。”艾瑞莎回答说，又把后视镜扳回了原来的角度。

“哪部？”

“《美妙人生》。”

曼森回想了一下，“讲的是不是有个天使……”

“就是那个。”艾瑞莎肯定了他的猜想。

“我觉得那个电影一点儿也不好笑啊。”曼森说，在红灯前降低了车速。

“我觉得好笑。”她说，嘴角挂着一丝狡黠。

曼森却转变了话题：“你昨天晚上做什么了？”

“没做什么，很早就上床睡觉了。”艾瑞莎说。

昨天那个争分夺秒的雨夜，关于那个美丽的少女和胖胖的小男孩，曼森什么都没有问。他让艾瑞莎明白，总有一天她要解释这一切，但他不着急。

绿灯亮了，汽车启动加速。曼森看向窗外，又装作漫不经心地转向艾瑞莎:“哪天晚上我们一起吃个牛排吧。”

看似是随意抛出的一句，实际上却经过了深思熟虑。她明白，那位巡逻队的伙伴在努力掩饰尴尬。艾瑞莎心想：在所有同事里，在追求女人方面，曼森是成功率最高的，但请合作多年的伙伴吃晚餐，竟然难倒了他。她心里感到一阵窃喜。

“你不是吹牛说，我是唯一一个你没有追过的女人吗？”

曼森不解地望着她。他不知道，当时她也在那个酒吧里，在一个永远也不会出现的未来，听他说了那番话。事件改变了，每个人的行为也随之改变了。

艾瑞莎笑了，曼森也跟着笑了，紧张的气氛得以化解。

今天的纽约很美：空气明净，也没有往常刺耳的警笛声，灿烂的阳光照在高楼大厦间。

汽车沿着一所学校低速行驶，学校的露天篮球场上正在举行一场女子篮球比赛。

艾瑞莎转过身，望着操场说:“麻烦你在这儿停一下。”

曼森缓缓停下车子，关切地问:“你确定吗？”

艾瑞莎点点头，下了车。她走进篮球场，坐在了一个小阶梯座位上，旁边是运动员家长和一些为比赛助威的孩子。这只是一场训练赛，现场却弥漫着一股浓烈的竞技味道。

女警察的目光从一支队伍移到另一支，目光扫过一个个女孩。她们的身高、头发、肤色各不相同，但每个人都竭尽全力：她们站到球场上，似乎是为了向注视着她们的人，更是向自己展示她们的能力。过去的奥利维娅也是如此，她想让母亲感到骄傲，更想证明自己。艾瑞莎一直以女儿为骄傲，她也常常向奥利维娅表达这种骄傲。不知道这些父母会不会也让他们的孩子感觉自己是独一无二的？

篮球偏离了方向，跳出了方形的球场，落到了艾瑞莎手中。

一个身材单薄的黑人女孩走近，向她示意。艾瑞莎望着她，那一瞬的凝视无比漫长。她愣了一下，把球还给了女孩。女孩对她微微一笑表示感谢，比赛继续。

艾瑞莎起身离开，望见了倚在车门上耐心等待的曼森，她心想，晚上和他一起吃牛排，真是一个好主意。

曼哈顿大桥上站着一个男人，七十岁左右，穿着绒裤、毛衣和一件用来御寒的雨衣，脸上的胡子几天没刮，眼睛湿润浮肿，像是过去几个小时他一直在哭，甚至是这几天或者这几年里流了太多泪水。

他一直以为自己会躺在床上静静地死去，可如今，生活开始压得他喘不过气来。

活着有什么意思呢？他又一次问自己。这个想法让自杀的念头在他脑子里生根发芽。

他吸了一下鼻子，向下望去，一阵恐惧逐渐蔓延全身。他开始颤抖。

这时候，他听到左边有动静。

他马上想到，那可能是一只海鸥，当他转身时，差点儿比他预想的还早掉下去：不远处有个男人，穿着讲究，戴着一顶棒球帽。

两人四目相对，沉默不言。老人茫然不解，而来者看起来很自在。

“很高，对吧？”拿破仑说。

老人很困惑：会有人在同一天、同一时刻，抱着同样想法，选择了同一个地点吗？

“跳下去不一定能成功，关键在落水的那一刻。”拿破仑继续说。

老人仰望着他，不作声。

“如果是竖着落水的，那你有可能还活着。反之，如果是横着落水，那就完蛋了。”励志演说家补充道，仿佛只是在谈论天气。

“你是谁？”自杀者紧紧握着铁栏杆问。

我是谁？拿破仑想。

他想告诉那个男人很多事情。他想跟他讲讲自己的爷爷——在结冰的湖边，牵着他的手一起散步的爷爷；他想跟他讲讲自己第一次上台，给付了钱的观众做演讲的那个夜晚，他发现了自己的人生道路；他想跟他讲讲自己在世时拯救的那些人，还有他们的故事；他想跟他讲讲格蕾塔，讲述他们的爱情，讲述他们本可以幸福美满，最后却黯然落幕的婚姻。

他想告诉他，每次谈到孩子的问题，他内心有多恐惧，讲一讲当他知道自己真的会有一个孩子时，后来发生了什么。

他想告诉那个男人，从桥上跳下去，问题不会得到解决，只是把问题推向了其他人，可能会让别人预料不到。

他想告诉他，他很熟悉那个位置，很了解他此刻的感受。

他想把这些事情全部告诉他，还有其他成百上千件事，还有那段日子——因为几个新朋友，一个没有名字的奇怪家伙，他差一点儿就改变了自己对死亡和生活的看法，决心养育孩子，疼爱妻子，努力工作，慢慢老去。

他想告诉他，他再次回到那座桥上时，他还是不愿意重新生活，可在他跳下去的七秒里，他为放弃的一切感到后悔。

他想告诉他，他刚开始做这份工作，他的皮面笔记本还是崭新的。尽管他过去的职业是励志演说家，可这份工作不同，它更有挑战性。为了成为第一，为了吹出完美的烟圈，他还需要更多的实践。

他想把这一切都告诉他，但他知道自己没时间了。

于是，他只是简简单单地说："请给我七天时间，你会找到答案。"

接着，他朝空中走了一步，来到那个绝望的男人面前，向他伸出一只手，露出了一个微笑。

作者的话

你有没有想过参加自己的葬礼？有没有想过你离开之后，这个世界会发生什么？我们到底离开了什么，人们怎么纪念我们，我们身边的人到底有多爱我们？

故事中有四个人，他们有机会了解死后会发生什么，他们有一个共同点：迫切地想让一切结束，他们在同一个城市——纽约，选择在同一天结束生命。

七天。

在七天时间里再次爱上生活。

因为这七天里会发生一些很特别、难以重复的事情。从旁观者的角度观察自己的生活，可以让我们重新发现自己内心最宝贵的东西。

任何一天都可以成为新生活的第一天。

现在由我们来决定。

Paolo Stamm

FONGHONG
凤凰联动出品